T0243937

La espía roja

SOFÍA DEALMA

La espía roja

Grijalbo

Papel certificado por el Forest Stewardship Council®

| Penguin
Random House
Grupo Editorial

Primera edición: octubre de 2023

© 2023, Sofía DeAlma
© 2023, Penguin Random House Grupo Editorial, S. A. U.
Travessera de Gràcia, 47-49. 08021 Barcelona

Printed in Spain – Impreso en España

ISBN: 978-84-253-6584-3
Depósito legal: B-13.732-2023

Compuesto en Comptex&Ass., S. L.

Impreso en Liberdúplex
Sant Llorenç d'Hortons (Barcelona)

GR 6 5 8 4 3

Aquí estarán siempre, aquí, los enemigos,
los espías aleves de la soledad,
las piernas de mujer que arrastran a mis ojos
lejos de la ecuación de dos incógnitas.
Aquí hay pájaros, lluvia, alguna muerte,
hojas secas, bocinas y nombres desolados,
nubes que van creciendo en mi ventana
mientras la humedad trae lamentos y moscas.

Sin embargo existe también el pasado
con sus súbitas rosas y modestos escándalos
con sus duros sonidos de una ansiedad cualquiera
y su insignificante comezón de recuerdos.

MARIO BENEDETTI, «Elegir mi paisaje»

Índice

LIBRO PRIMERO
Cuando fui una niña
(1932-1940)

JUNIO DE 2011
Una desconocida viene de visita

Estoy sentada en mi mecedora, disfrutando del silencio de una mañana cualquiera. Tengo un libro de poemas de Mario Benedetti entre las manos.

Suena el timbre de la puerta. No hago caso. No espero visitas y no me apetece levantarme. Además, estoy dándole vueltas a ciertos asuntos. Cosas de vieja.

En los últimos días he estado pensando en la muerte. Supongo que es algo normal cuando se tienen ochenta y siete años y el corazón delicado. Pero no tengo ganas de morir, no me siento tan vieja y mi corazón no está tan delicado. Es solo que las horas son muy largas y una acaba meditando sobre cualquier cosa; también en el final del camino, en su significado o en su inevitable llegada.

La primera vez que pensé en la muerte fue justo hace un mes, cuando llegaron los nuevos vecinos. Una pareja muy bien avenida, a lo que parece. Los he visto besarse por los pasillos y hacerse arrumacos. Y no son unos niños, tendrán al menos cuarenta años ya.

Es bonito contemplar cómo riegan su amor y no dejan

que muera. Javier y yo fuimos igual de felices y de efusivos. Echo de menos sus besos, su presencia... todo.

Lo peor de vivir demasiado es que vas dejando a otros en el camino. Un día descubres que lo que queda atrás es más interesante que lo que tienes delante. Te entristeces. Te resignas. Tu cuerpo lo percibe y se deteriora aún más. Porque para un viejo, la tristeza y la resignación son los mejores atajos para que te visite la parca.

Vuelve a sonar el timbre. Esta vez con mayor insistencia. ¿Será algo importante? No para mí, eso seguro. Río entre dientes. Para las personas de mi edad, pocas cosas son importantes, e incluso las más trascendentales a menudo nos importan un pimiento.

Así que vuelvo a no hacer caso del timbre y regreso a ese momento, un mes atrás, en que comencé a pensar en la muerte. Fue cuando vi a la hija de mis nuevos vecinos, de pie, junto a la puerta de su piso. Me miró en el pasillo. Nos miramos. Pasó más de un minuto. Cuando entré en casa tuve la sensación de que ya la conocía, que la había visto antes. Me recordó a mí misma a su edad. Tal vez a alguna de mis compañeras de colegio en Torrelavega o en Valencia. Por un instante tuve un nombre en la punta de la lengua. Pero lo olvidé o no llegué a recordarlo.

Fue entonces cuando comencé a reflexionar sobre la muerte. Las viejas generaciones deben dejar paso a las nuevas. Aquella jovencita me recordó que es hora de que mi historia acabe y que otras mujeres busquen su destino.

Al pensar en el final de mi historia me di cuenta de que pocos, quizá nadie, la conocen de verdad. Y es una historia que merece ser contada. Así que tomé una decisión: escribiría mis memorias, serían mi legado para la posteridad. Otra cosa es que la posteridad esté interesada. Probablemente no, pero eso ya no es problema mío.

Quienes hemos vivido sucesos devastadores o traumáticos rara vez hablamos de ellos, y nunca de buen grado. Cuando alguien habla libremente de la guerra, de las bombas, de los muertos, del hambre y de la penuria, lo más seguro es que nunca estuviera allí. Los que vivimos aquello solo abordamos esas historias en situaciones extraordinarias. ¿Y qué situación más extraordinaria que la presente, en la que me veo abocada a contar mi historia o que esta se olvide para siempre?

Así que llamé a mi hija.

—Laura, quiero que me traigas a alguien para que le dicte mis memorias.

—Mamá, ¿estás aburrida? ¿No va Rosita a verte todos los días? ¿Necesitas algo? ¿El portero no te hace bien la compra?

Mi hija es muy buena, pero tiende a ahogarse en un vaso de agua.

—Todo va a la perfección. Pero quiero contar la historia de mi vida. Paso la mayor parte de la mañana sola y sería un momento ideal para trabajar en ello.

—Podrías contratar a alguien que te ayude a limpiar o a cocinar. Si quieres lo hago yo.

—Laura, escucha: no quiero una chica en casa. Lo hemos hablado muchas veces. De momento me valgo sola. Como bien has dicho, la compra me la trae el portero y siempre tengo visita por la tarde. No necesito ni compañía ni ayuda, solo que encuentres a alguien a quien pueda dictarle mis memorias. No quiero contarle mi vida a una grabadora o a cualquier otro aparato moderno. Sabes que odio las cosas electrónicas. Prefiero el trato humano.

Mi hija resopló.

—Veré lo que puedo hacer.

El timbre suena otra vez, alejándome de mis recuerdos, de aquella conversación de apenas una semana atrás. Me levanto, algo enojada. Espero que sea algo importante.

—Ya voy.

Camino despacio por un largo pasillo. No tengo prisa: uno de los privilegios de haber vivido casi noventa años. Al abrir la puerta, me encuentro con una adolescente de pelo castaño y ondulado que le cae hasta los hombros. Su rostro es delgado, anguloso, de ojos brillantes que parecen esconder secretos.

Es la hija de mis vecinos. Al verla, me asalta la misma sensación que la primera vez, que todas las veces que hemos coincidido en la escalera o en la portería: conozco a esa muchacha. Estoy segura. Su cara me es familiar.

—Nos hemos visto antes pero no nos hemos presentado. Me llamo Carol.

—Yo soy Marina. Un placer.

Estoy a punto de preguntarle a qué ha venido. La observo, su sonrisa amable, su expresión ansiosa. Entonces me doy cuenta: Laura la ha contratado. Me sorprendo por la buena decisión de mi hija. Contratar a una jovencita saldrá más barato. Además, ahora mismo no necesito una profesional. Solo quiero a alguien que me escuche y trascriba mis palabras.

—¿Vienes a que te dicte mis memorias? —inquiero esperanzada.

—Así es —confirma Carol.

—¡Ah, muy bien! Pasa, por favor.

Regreso lentamente al salón. Ella iguala mi paso. Hay algo que quiero expresar en voz alta, una idea que no deja de dar vueltas en mi cabeza:

—¿Nos conocemos? Quiero decir... si nos conocíamos de antes.

—No creo. Me acordaría de alguien famoso como tú.

—¿Famosa yo? Para nada.

—Te he visto en los periódicos. Marina Vega, condecorada por el Parlamento Europeo por sus servicios distinguidos en defensa de la libertad.

Estoy de vuelta en mi mecedora. Tomo una taza de té de una mesita de madera que tengo siempre a mi lado. Está frío pero me gusta. Lo paladeo un instante.

—Eso son solo palabras.

Carol parpadea.

—Pero no condecoran a todo el mundo.

—Eso también es verdad.

—Entonces, algo bueno tuviste que hacer.

—Algo, sí.

Carol se sienta frente a mí. Mira en derredor: sillones cómodos forrados de tela; varias porcelanas y objetos decorativos; una estantería con muchos libros y un carrusel musical; una gran alfombra; abundancia de tapetes y un polvoriento reloj de pared. Luego me observa con atención mientras me acabo el té. Puedo percibir una energía extraña en la joven. Desconozco de qué clase.

—Cuéntame, Marina, ¿cómo quieres que lo hagamos?

Carol saca una libreta y toma algunas notas. La veo escribir con letra clara y minuciosa: «Marina Vega». «Melena corta, pelo negro, lacio». «Viste una blusa de flores y un pantalón beis». Todos esos apuntes no formarán parte de mis memorias, claro. Pero me gusta que sea observadora y meticulosa.

—No suelo contar mi vida a desconocidas —digo finalmente—. No me será fácil.

—Yo no soy una desconocida. Sabes que me llamo Carol. Tengo catorce años y soy muy curiosa. ¿Ves? Ya nos conocemos.

Una mueca que no es ni media sonrisa se me escapa de entre los labios. Me encanta su desparpajo. Me recuerda a mí a su edad. Y los ancianos nos congratulamos buscando parecidos entre nosotros y las nuevas generaciones. Como si nuestro legado se extendiera más allá de la familia y la sangre. Porque queremos creer que hemos dejado huella en un mundo en el que sabemos que nadie deja una huella perdurable. Pero la mentira nos complace. Y a un viejo le quedan pocas cosas aparte del autoengaño.

Hay quien vive gracias a ello.

—¿Por dónde crees que deberíamos empezar, Carol?

—No sé. ¿Por el principio?

Reímos. Poco a poco me siento más cómoda.

—Hay mucho que contar.

—Dispongo de tiempo.

Suspiro profundamente. Me pregunto si esto de las memorias es una buena idea. Pero, buena o mala, matará el tedio de mis mañanas.

Porque las horas son largas.

Porque mis libros de poemas los he leído ya cien veces.

Y, demonios, me apetece hacerlo. Me apetece bucear en los recuerdos, aunque duelan. Tal vez sea por todas las veces que he callado.

—¿Comenzamos? —me dice Carol con voz meliflua—. Soy muy buena en taquigrafía. Puedes ir todo lo rápido que quieras.

Suspiro por última vez. Me siento confiada al lado de

Carol. No entiendo por qué, pero me da igual. A veces no hay que hacerse preguntas.

—Muy bien. Empezaré por el principio, como me has pedido.

Entrecierro los ojos para ver mejor las imágenes que se agolpan en mi cabeza. A mi alrededor, las estanterías repletas de libros y las fotos familiares, que parecen cobrar vida, reclaman un lugar en mi historia. Entonces digo con voz adormilada, como a punto de romper a soñar:

—En el agua. En el agua hay algo que flota, algo que sobresale y se balancea.

1

Del océano al río

Sueños que flotan (1932)

A lo lejos, en el mar, me pareció ver una figura que flotaba, un cuerpo, una forma sin forma, una masa que se balanceaba entre las olas.

—Así es la vida de los hombres —dijo Miguel—: un instante, un balanceo, y luego nos diluimos en la nada.

Achiqué los ojos. En el horizonte, donde habita el azul recóndito del mar, un espectro informe navegaba al compás de las olas. La silueta incierta danzaba fugaz, bailaba sobre las aguas. El océano, con su lengua de espuma y sal, llevaba a lomos aquella figura misteriosa. Cada vez se acercaba más.

—Solo es un montón de desechos —dijo mi padre, acariciándome la cabeza—. Solo eso.

Cuando la forma sin forma se aproximó, su verdadera naturaleza quiso por fin revelarse. Francisco Vega, mi padre, tenía razón. Eran desechos arrastrados por las corrientes marinas, restos de objetos olvidados, una amalgama picoteada por las gaviotas, que graznaban su indiferencia desde las alturas.

Recuerdo aquel día como si fuese hoy. Es curioso esto

de los recuerdos. A veces traemos desde la memoria hasta el presente momentos perdidos en la vorágine del tiempo. Otros, sin embargo, se quedan olvidados, mutilados, o son solo sombras. Pero algunos parecen momentos fijos, inamovibles, como si fuesen peajes necesarios de la existencia y, por lo tanto, no pudieran ser olvidados porque sería tanto como olvidarse de uno mismo. Aquel viaje a la playa de Brazomar, en Castro Urdiales, cuando yo tenía ocho años, es uno de esos hitos imperecederos. Recuerdo cada gesto, cada rostro, cada palabra. O creo que lo recuerdo, lo que al final es casi lo mismo.

—Me pareció que era un hombre muerto —dije.

Papá se echó a reír.

—¿De dónde has sacado semejante idea? ¡Vaya imaginación!

—Los niños tienen la prerrogativa de imaginar cualquier cosa y creerla cierta —dijo Miguel, un hombre de barba blanca, que era muy amigo de mi tío Ernesto.

Me gustaba Miguel. Sabía que era alguien famoso e importante, por supuesto. Pero para mí era sencillamente Miguel, no don Miguel de Unamuno. Yo veía solo a un hombre afable que nos regalaba dulces y que siempre estaba de buen humor. Aunque aquellos días una sombra recorría la mirada de los adultos. Me di cuenta de que no solo yo había pensado que la masa informe podía ser un cadáver. España estaba llena de cadáveres potenciales, de enfrentamientos al borde del abismo, de desgarramientos civiles que se forjaban pero no terminaban de forjarse. No aún. Aunque todos sabían que vivíamos en un mundo donde todo era ya posible.

Mi tío Ernesto, de pie, detrás de Miguel y de mi padre, contemplaba también la escena. La misma sombra de duda había inundado sus ojos. Mi tía Piedad, su esposa, aguardaba a su lado deseando estar segura de que aquello era un montón de desechos. Incluso mi madre, cuyo rol en nuestra familia era ser la roca que nunca se preocupaba por nada o trataba de parecerlo, se mordía el labio inferior, preocupada.

—¡No es nada! —anunció mi padre, volviéndose hacia los demás—. Hoy es un día de celebración, olvidemos cualquier mal augurio.

—¿Qué celebramos? —pregunté entonces.

Fue Miguel quien contestó:

—Que el mundo sigue girando y que estamos vivos para contemplarlo. Y créeme que no es poca cosa.

A menudo no entendía a Miguel, pero eso aumentaba mi fascinación por aquel hombre sabio y críptico. Así que me eché a reír aunque no supiese de qué y me marché a jugar con mi hermana Teresita y mis primos: Piedad la pequeña, Ernestito y Francisquito. Mi hermana tenía casi quince años: demasiado mayor. Los niños tenían solo cuatro años: demasiado pequeños. Pero mi prima Piedad y yo teníamos la edad justa: ocho años. Ambas pensábamos que lo sabíamos todo, que lo entendíamos todo y que éramos adultas o, al menos, un trasunto de lo más aceptable.

—Me gusta estar aquí. Es como si ya conociera este lugar —le dije a mi madre luego de varias horas de carreras y chillidos por la playa de Castro Urdiales.

—La última vez que estuviste aquí eras un bebé —me contestó ella—. De hecho, naciste aquí al lado, en el pueblo, aunque luego nos trasladamos a Torrelavega cuando tu padre consiguió la plaza de registrador de la propiedad.

Yo ya lo sabía, pero a mamá le gustaba contarme cosas de cuando era más pequeña. Creo que lo echaba de menos.

—Me gusta más Torrelavega que Castro Urdiales —dije.

—Ambas son bonitas. En Cantabria hay muchos lugares muy bonitos.

Los adultos se habían serenado. Tomaban el sol, charlaban, reían o jugaban a las cartas. Pero de cuando en cuando volvían la vista hacia la forma sin forma coronada de gaviotas, ahora bamboleándose hacia poniente. Entonces hablaban en voz baja de política, de la República, de los problemas que se insinuaban en el horizonte.

—Malos augurios —dijo mi tío Ernesto.

—Muy malos —confirmó mi padre.

A mi corta edad, y a pesar de saberlo casi todo, aquellas conversaciones me resultaban incomprensibles. Los adultos hablaban de huelgas, de revolucionarios, de elecciones generales y municipales, de represión policial, de muertes, de sicarios y de un tal general Sanjurjo que acababa de dar un golpe de Estado. Fallido, por suerte.

Lo único que tenía claro era que soplaban malos tiempos, que había dos Españas enfrentadas, que un montón de desechos del mar bien podían ser un cadáver, y que la imaginación de los adultos, repleta de amenazas, a veces se desbordaba tanto como la de los niños. Y entonces las formas sin forma se volvían reales.

Tan reales como Felipe y Venancio, siempre a gritos, yendo o viniendo de faenar, con el sol cayendo implacable sobre sus espaldas. Eran hermanos, más bien bajitos, y tenían el cabello castaño claro.

Me los quedé mirando un momento cuando vi su pequeña barca llegar a la orilla. Me fijé en su tez morena, sus manos callosas y sus largos mostachos. A mí me caían bien, eran amables y divertidos. Por desgracia, no se caían bien entre ellos.

—A ti lo que te pasa es que eres un rojo y un bolchevique —escupió Venancio, como si fuese una flema.

Felipe y Venancio eran gemelos y, como pasa a menudo con los gemelos, no se parecían en nada más allá de la complexión física y los gruesos bigotes. Yo los conocía de vista. Tenían una tienda de comestibles cerca de casa, junto al río Besaya. Mamá y yo íbamos allí a comprar pescado. Los dos hermanos discutían a menudo y acaloradamente, levantando la voz y gesticulando con vehemencia.

—Ya ha salido de la cueva el fascista, el amigo de los terratenientes. Si todos los trabajadores pensasen como tú iríamos por la calle con un yugo al cuello, como las bestias de carga.

—Tú ya llevas ese yugo. Te lo han puesto Marx, Lenin y todos esos malnacidos que lees por la noche. ¿Crees que no me doy cuenta de que estás hasta la madrugada pasando una hoja tras otra, obsesionado?

—Si leyeras un poco más no tendríamos que discutir. El derechismo y el conservadurismo reaccionario es la religión de los idiotas.

—¿Esa frase a quién se la has leído? ¿A uno de esos canallas comunistas que te están sorbiendo el seso? ¿O a los que queman iglesias?

Felipe arrastró la barca hasta la arena. Miró a su hermano con ojos brillantes.

—La frase es mía. Y aquí el único canalla que ven mis ojos eres tú.

Poco después, pasaron de las palabras a los puñetazos. Mi padre y mi tío Ernesto los separaron con no pocos problemas.

—Un día te mataré, comunista del demonio —dijo Venancio.

—Será si yo no te mato antes.

Y todos vimos en sus ojos que no bromeaban. El odio se había apoderado de los españoles y era un odio visceral, sin sentido, capaz de anular hasta los sentimientos fraternales.

Aquello puso fin a nuestra excursión a la playa. Ernesto, su familia y Miguel (serio, pensativo) se despidieron poco después. Pero antes hubo una última conversación, acaso la más reveladora de todas.

—Yo fui el primero en alegrarme de la llegada de la República —dijo mi tío—. Hasta colgué de mi balcón la bandera tricolor, roja, amarilla y morada. Pero ahora... no sé dónde vamos a llegar.

—Habrá que luchar para defender nuestros ideales —añadió mi padre.

Como todos en nuestra familia, era un ferviente republicano.

—La palabra «lucha» me asusta, hermano. Me da la sensación de que estamos abocados a un futuro donde será lo único que nos quede: lucha, guerra, muerte.

Miguel permaneció en silencio mientras sus amigos hablaban. De pronto se dio cuenta de mi presencia, de pie a su lado, escuchando conversaciones que, una vez más, me superaban. Se inclinó y me dio una golosina.

—Esta no la compartas con nadie, Marina. Es solo para ti, ¿de acuerdo?

Asentí y me la guardé en un bolsillo.

—¿Felipe y Venancio se acabarán matando? —pregunté, un tanto ingenuamente.

Miguel se echó a temblar, como si hubiese cogido frío. Le vi que miraba hacia los desechos arrastrados por el océano; aquella figura podía ser cualquier cosa, en perpetuo vagar, mordida y devorada por aves carroñeras. Unamuno bajó después la mirada. Creo que no añadió nada más. Pero en otro océano, el de mi memoria, en un lugar que no sé si es real o soñado, a veces vuelve a hablar, repitiendo la frase que le oí al comienzo de aquella mañana:

—Así es la vida de los hombres: un instante, un balanceo, y luego nos diluimos en la nada.

El vestido azul (1933)

La infancia es un lugar donde se mezclan realidad, fantasía, lo cierto y lo soñado. Por eso los niños son felices, porque el mundo de los adultos no puede tocarlos, solo rozarlos, como un soplo de aire que les revuelve el cabello. Los juegos y las quimeras, hasta que crecemos, son tan poderosos que las fronteras entre lo tangible y lo imaginario se desvanecen, lejos de las limitaciones que impone la vida adulta.

Y así, la infancia no solo es una etapa de nuestra existencia, sino también una estación del alma a cuya puerta podemos llamar si no terminamos de romper el cordón umbilical con el niño que fuimos.

Yo sigo luchando, aún en la vejez, por ser esa niña de antaño. Cuando llamo a la puerta de la estación de la infancia, enseguida acuden imágenes a mi mente, pero pocas tan precisas como la del día en que plantamos nuestro rosal junto a la glorieta del jardín.

—¡Vamos! ¡Rápido! Quiero que tu padre se lo encuentre cuando regrese del despacho y vea que lo hemos plantado juntas. Le va a encantar. Yo sé que le va a encantar.

Sonrisas radiantes y un brillo de emoción en nuestros ojos. Risas cómplices. El sol de la tarde acariciaba las hojas de los árboles cayendo en derredor.

—Llegará en media hora. ¡Corre!

Yo era una pequeña atleta: montaba en bicicleta y hacía escalada, y sobre todo nadaba. Me encantaba. De hecho, llevaba ya un año apuntada en el Canoe Natación Club. Así que lo de correr no era problema para mí. Colocamos el joven rosal en un hoyo y lo cubrimos con tierra, y luego lo regamos con agua fresca y limpia.

—Así, así. Eres casi una experta —me dijo mi madre cuando terminé de regar.

Conseguimos plantar el rosal a tiempo. Papá se alegró mucho al verlo. Me besó en la frente.

—Muy bien, Pipi. Muy bien.

En casa todos me llamaban así. Me puse muy contenta y bailé en el jardín, mi oasis de paz y de belleza.

—Ahora ve arriba a jugar. Papá y yo comeremos en la glorieta.

Mi madre, Teresa, era una mujer de expresión amable y gesto cariñoso, pero cuando daba una orden todos obedecíamos. Yo había comido hacía un buen rato, de modo que me marché dejando atrás mi pequeño oasis de flores.

—De acuerdo. ¡Besitos!

Una vez servida la marmita de bonito, mi madre y mi padre comieron y conversaron en el cenador durante un par de horas. Pensaron que yo no los escuchaba. Pero siempre escuchaba. Ese era mi don, incluso antes de ser espía: nadie me veía, nadie reparaba en mí si yo no quería.

—¿De verdad vas a presentarte a las elecciones? —preguntó mi madre.

Por su tono, me pareció que estaba preocupada.

—Sabes bien que no me queda más remedio, España me necesita.

—España necesita a muchos hombres y mujeres, tú no tienes por qué ser uno de ellos.

—No es esa la cuestión. Soy masón, soy republicano,

soy uno de esos supuestos bolcheviques de los que hablaba Venancio aquel día en la playa. ¿Recuerdas cuando estuvimos hace unos meses? No podemos permitir que los fascistas gobiernen este país. ¿Qué será de nosotros si eso sucede? Porque somos el vivo ejemplo de aquellos que serán perseguidos si la derecha gobierna. Vendrán primero a por nosotros.

En aquel momento desconocía lo que significaba ser masón. Y ahora dudo que nadie, salvo los que pertenecen a una logia, lo sepan. Es algo que una niña de ocho años, por supuesto, no podía entender, y yo no pretendía entenderlo. Solo sabía que era algo importante y me bastaba.

—Mi madre me ha comentado que no es buen momento para meterse en aventuras políticas. Ella cree… toda mi familia piensa…

—Ah, tu familia. Son muy conservadores, honorables magistrados y jueces de varias generaciones. Gente de bien, tal vez incluso un poco…

—No son fascistas. Eso lo sabes bien.

—No son fascistas aún. Eso es lo que no acabas de entender. Los militares están en pie de guerra en todas partes. Lo que ha sucedido en Portugal con Oliveira Salazar puede pasar en Austria o en Alemania, o aquí en España, donde siguen soñando con dar un golpe semejante. El fascismo pone como excusa la lucha obrera o la revolución soviética para destruir las libertades. Si se les deja meter un pie en las instituciones, no lo sacarán jamás, porque no tienen raíces democráticas, son dictaduras que se sirven de la democracia para alcanzar el poder y colocar un caudillo al frente de la nación. Mira la Italia de Mussolini. Debemos frenar el fascismo ahora, en el Parlamento, en las calles, donde sea, o será demasiado tarde.

Yo era consciente de que Venancio, la familia de mi madre y muchos otros pensaban lo mismo de las dictaduras de izquierda, de Stalin, de cómo, una vez alcanzado el poder, los revolucionarios bolcheviques no lo abandonaban tampoco. En España, los conservadores observaban aterrados los avances de la izquierda, los ataques a cuarteles y a cortijos, los asesinatos de sacerdotes y de monjas o las revueltas anarcosindicalistas. Mi padre siempre decía que una parte de la izquierda era tan enemiga de la República como los fascistas. Se trataba de aquellos que confundían progresismo con anarquía y destrucción. Había que frenarlos también, pero evitando al mismo tiempo que los conservadores más reaccionarios tomaran el poder.

—¿Ahora lo entiendes, Teresa? Hay que ser más republicanos que nunca para luchar contra los enemigos de uno y otro bando.

En aquel momento, yo era una niña pequeña, admiraba a mi padre y no comprendía demasiado bien el mundo. Quería ser de izquierdas para agradarle pero todavía no era nada, intentaba absorber los pedazos de realidad que llegaban hasta mí porque quería ser mayor y quería ser yo misma. Pero aún no estaba lista para tomar partido.

—Entiendo tu punto de vista —dijo mi madre en un tono de voz conciliador—, solo quería hacerte notar los peligros.

—Conozco bien los peligros. ¿Quién no los conoce? Pero a veces hay que actuar. Aunque salga mal, podré decir que lo intenté. Porque si en España acabamos con un dictador, siempre me reconcomerá el no haber actuado cuando estaba en mi mano.

Mi padre era un abogado muy respetado en toda la región. Muchos venían a pedirle consejo, y más en tiempos como aquellos, en los que no tomar bando era casi más peligroso que tomarlo.

—¿Recuerdas? —dijo entonces mamá, soñadora.

Mi hermana había puesto un disco en la gramola del salón. Las puertas de la casa estaban abiertas y la música llegaba a oídos de mis padres. Se miraron a los ojos, olvidando la política.

—Es *España cañí* —dijo mi padre—. No es mi pasodoble preferido. Pero me gusta lo de «esta España de mujeres bellas con fuego en los ojos que enciende pasión».

Volvieron a mirarse. Se cogieron de la mano.

—¿Recuerdas? —insistió mi madre.

—Recuerdo que llevabas un vestido azul.

Ambos se echaron a reír. Se habían conocido en las fiestas de un pueblo de Bilbao. La primera vez que bailaron juntos sonaba aquel pasodoble. De aquello hacía ya quince años.

—Parece que fue ayer —dijo mi madre.

Cogió a mi padre del talle y comenzaron a bailar lentamente. Se besaron.

—Fue ayer. Es siempre así. Para mí siempre llevas puesto el mismo vestido azul.

Mi madre no era muy amiga de ponerse vestidos. Le gustaba más la ropa moderna, usaba pantalones en una época en la que muy pocas se atrevían a hacerlo.

—Eres un seductor y un adulador.

—Creí que por eso estabas conmigo.

—Te equivocas. Estoy contigo porque eres un buen hombre.

Se besaron de nuevo y siguieron bailando en pequeños círculos. En casa, en el salón, mi hermana sonrió, satisfecha. Teresita era muy independiente. Nunca tuve demasiado trato con ella, me llevaba seis años y no era muy habladora. Pero siempre observaba, como yo, y sabía cuándo debía actuar. Comprendí que no era casual que sonase aquella canción. Había oído a nuestros padres discutir y, aunque parecía que estaba en su mundo, decidió intervenir para calmar las aguas.

—¿Por qué has puesto la canción de los papás? —le dije—. No sabía que te gustara. Dijiste que esa música ya no está de moda.

Mi hermana levantó la vista del libro que estaba leyendo. Compuso una expresión seria, pero sus ojos reían.

—Y está pasada de moda, pero me apetecía oírla.

—Ya.

—Por favor, Pipi, si conoces la respuesta, si ya sabes por qué he puesto ese disco, no es de buena educación hacer la pregunta.

—Creo que esa norma te la acabas de inventar.

Mi hermana sonrió, se levantó del sillón y me acarició la frente, apartándome un mechón rebelde. No era muy dada al contacto físico con los demás y supe apreciar el gesto.

—Vámonos a la planta de arriba. Dejemos a los papás a solas. Que bailen un rato.

—No solo bailan —añadí—. Se están dando besos.

—Tampoco es de buena educación explicar a una persona algo que esa persona ya sabe. Especialmente si hay besos de por medio.

—Creo que te inventas demasiadas normas.

—Eso es una prerrogativa de las hermanas mayores, y esta vez no me estoy inventando nada. Es la pura verdad.

Subimos a nuestras habitaciones. Amaba aquella casa de Torrelavega, desde las altas columnas hasta los elegantes balcones de hierro forjado, los suelos de mármol y la escalera de caracol que se extendía interminable. Amaba cada cortinaje, cada tapiz y las delicadas piezas de porcelana que coleccionaba mi madre. Teresita y yo éramos unas privilegiadas, unas niñas que lo teníamos todo en un país donde casi nadie tenía nada. Mi padre estaba en lo cierto, la gente como nosotros era la que tenía que dar la cara ante los malos tiempos que se avecinaban. Porque si no lo hacíamos nosotros, ¿quién lo iba a hacer? ¿Los campesinos, que no tenían qué comer? ¿Felipe? ¿Venancio? ¿Los terratenientes?, ¿los curas?, ¿los militares con sus fusiles o los anarquistas con sus bombas?

Aquella fue la primera vez que tuve conciencia de comprender algo de lo que sucedía en mi país. Por supuesto, era una visión fragmentaria, infantil, pero me sentí muy satisfecha, muy mayor.

—¿De qué te ríes? —quiso saber mi hermana.

—Cosas mías.

—Siempre estás soñando.

Teresita estaba más aferrada al mundo real. Mi madre siempre decía que había salido a su familia. Me pregunté qué fantasías y anhelos tendría una persona más pragmática que yo.

—¿Tú no sueñas?

—Claro que sueño, Pipi, pero con cosas reales. Un novio, una boda, muchos comensales. Cosas de esas. Me imagino con un vestido blanco, reluciente, con una cola larguísima, y llegando a la iglesia en una calesa tirada por veinte caballos. Yo misma elegiría la orquesta y las canciones que se tocarían. Y el ramo sería de rosas rojas y blancas.

—Lo veo un sueño de lo más aburrido.

—Eso es porque aún eres pequeña.

—No creo. Un sueño aburrido es un sueño aburrido. Si yo pudiese elegir un sueño sería subir a una montaña muy alta. ¡El Everest, por ejemplo! O ir a la Luna, como en la novela de Julio Verne. Me gustaría hacer cosas que nadie haya hecho, ninguna mujer al menos.

Mi hermana se recostó en su cama. Yo siempre estaba

leyendo poesías de Rubén Darío y novelas de Julio Verne, eran mis autores favoritos a pesar de mi corta edad. Nunca me gustaron los libros infantiles. Pero Teresita prefería otras lecturas, como Jane Austen, que leía en inglés.

—Si alguien construyese una nave espacial para ir a la Luna llevaría solo a hombres —dijo en medio de un bostezo.

—¿Y eso por qué?

—Porque a la nave subirían soldados con armas, y los soldados son siempre hombres. En la novela de Julio Verne todos son hombres, si recuerdas. Así es la vida.

No me pareció justo. Yo quería acometer grandes gestas (al menos en mis sueños). Y la idea de que estuviesen reservadas a los machos de la especie no terminaba de convencerme. Además, pensar en soldados con armas me puso la piel de gallina.

—¿Jugamos a alguna cosa? —propuse.

Y volvimos a nuestras muñecas y a nuestras pequeñas diversiones y travesuras. Subimos a la buhardilla. Reímos y bailamos hasta que llegó la hora de irse a la cama.

Ojalá pudiera regresar, para quedarme, a esa estación del alma que fue mi infancia en Cantabria. Fueron días dorados. Aquellos días sentaron la base de la persona que soy, siempre añorando un pasado imposible de recrear, siempre luchando contra molinos de viento para tratar de salvar una parte de aquel mundo perdido.

Porque todo, las risas, los bailes, la porcelana de Meissen, las delicadas piezas de la Real Fábrica de Tapices, los libros, la casa con sus altas columnas, el jardín, la glorieta, hasta nuestro honor y nuestra fortuna... todo estaba destinado a perderse.

Lo que arrastra la ira (marzo de 1936)

No sé cuánto tiempo pasó. Tal vez fueran dos años. O acaso tres. En España se seguía respirando el mismo clima de enfrentamiento y revancha. Sectores de la derecha y de la izquierda estaban decididos a romper con la legalidad y los adultos hablaban sin descanso de aquel asunto. No paraban de gesticular, de decir que aquello no podía acabar bien. Yo echaba de menos la época en que mi universo se limitaba a un campo de juegos porque no era capaz de entender nada más allá de los límites de ese campo. Creo que descubrí entonces que era terriblemente aburrido eso de crecer.

Un tanto hastiada de los gestos de indignación o de miedo de mis mayores, iba a jugar a menudo hasta la ribera del río con mis compañeros de la escuela. Mi mejor amigo era Juanito Elizegi, un niño alto y fuerte, con gafas, que miraba al mundo con una ingenuidad que yo trataba de emular, aunque sabía que era imposible. Tenía un par de años más que yo.

—¡Mira eso, Pipi!

Una bruma densa e impenetrable envolvía el río Besaya. Vi tonos grises y plateados serpenteando de la mano de la corriente a través de valles y de montañas. Un reflejo fugaz atravesó la neblina y creó un destello brillante como el oro en la superficie del agua.

—Es precioso, Juanito.

En el punto donde se unían los ríos Besaya y Saja, al llegar a Torrelavega, las aguas de los dos gigantes fluían formando un caudal más amplio y vigoroso camino del mar Cantábrico. Hayas y robles bordeaban la ribera, alzándose en la súbita penumbra, y sus ramas sinuosas se extendían hacia el cielo nublado.

Pero el encantamiento de aquella visión majestuosa se esfumó de pronto. El mundo real, el de los hombres y sus querellas, nos alejó de nuevo de nuestro campo de juegos y maravillas.

Se escuchó un alarido largo y sordo. Y luego otro como contestación.

—¿Quiénes gritan? —pregunté azorada.

Juanito señaló a lo lejos, a la orilla contraria. Vi un edificio rústico, con paredes de piedra, un par de ventanas pequeñas y tejas rojas. Junto a la puerta de entrada, de madera pintada de un azul desgastado, había dos hombres.

—Son Felipe y Venancio. Tienen ahí la tienda y el almacén.

Aguzamos la vista y descubrimos que los dos hermanos se insultaban sin dejar de trabajar, ya fuera carreteando sus canastos u organizando el inventario de su tienda. A su alrededor había redes de pesca, boyas y un motón de cajas sobre el viejo suelo de madera.

—Aunque hayáis ganado las elecciones, los rojos tenéis los días contados. ¡Malditos bolcheviques!

—¿A quién llamas rojo y bolchevique? No sabes ni lo que es eso. Eres un ignorante.

Un canasto vacío salió volando por encima de la cabeza de Felipe.

—Y además un bruto.

Juanito y yo contemplamos la escena un rato, pero era siempre lo mismo: ideas enfrentadas, algún término político más o menos abstruso y luego insultos y provocaciones. Los insultos eran una forma de repetición; las repeticiones, una forma de engrasar la ira; y la ira, la única válvula de escape que tenían España y los dos hermanos. Y dar rienda suelta a la ira es siempre una mala elección.

—Este fin de semana vienen mis tíos. Iremos al monte a pasar el día. Mi madre hará uno de sus guisos de ternera. ¿Por qué no te vienes?

Juanito negó con la cabeza.

—Mi padre ha oído que el tuyo va a ser elegido para un cargo importante en la República. Que juegue contigo es una cosa, pero no quiere que me mezcle con los rojos.

—Veo que hay muchos Venancios en Torrelavega.

—En toda Cantabria, en toda España. Ya lo sabes. La mitad son «Venancios» y la otra mitad son «Felipes».

Incluso los niños comenzábamos a comprender. No era una comprensión fruto del intelectualismo, del razonamiento unido a la madurez o de los esfuerzos que yo misma hacía por que la realidad se aclarase ante mis ojos. Era una comprensión fruto de la evidencia. La mitad de nuestros vecinos odiaban a la otra mitad, o los temían, o los envidiaban, o sencillamente no los entendían y por eso los temían y los envidiaban.

Cada bando se había colocado en una posición tan extrema que el entendimiento era imposible.

—Yo no quiero ser como mi padre —me confesó de pronto Juanito.

—¿No?

—¡No! ¡Por Dios! ¿A quién le interesa tener fábricas de cinturones? Cinturones Elizegi, los más famosos del país. Ese es mi destino: suceder a mi padre al frente de su imperio de cinturones.

Me eché a reír.

—Explicado así, no parece muy divertido.

—Marina, yo quiero vivir aventuras, conocer mundo. Me asusta más encerrarme en un despacho a mirar libros de cuentas que todo lo que está pasando en España.

Juanito tenía trece años. Y su cumpleaños era dentro

de pocas semanas. Pero yo aún era una niña y las palabras no eran lo mío. No supe qué responder, qué decir para consolarle o animarle. Me limité a sonreírle y le cogí de la mano. Y no le solté. Era mi amigo. Por la expresión de su rostro, me di cuenta de que no lo había hecho mal.

—Vente con nosotros este fin de semana —insistí.

Juanito negó con la cabeza.

—Tengo que mentir a mi madre casi siempre que nos vemos. Le digo que vamos toda la cuadrilla. Si supiera que quedamos a solas, no me dejaría salir de casa. Piensa que los rojos me van a «sorber el seso». Eso dice todo el día, que sois una infección y que sorbéis el seso de la gente de bien.

¿Era yo una roja? Creo que no. No todavía. No por entonces. Pero entendía a la madre de Juanito. Tenía miedo. Y el miedo te hace decir cosas estúpidas.

—Te echaré de menos, Juanito —dije sin más.

El muchacho me miró con cariño. Era un buen chico. Un buen amigo. Y cada día estaba más guapo.

Cuando mi tío Ernesto vino de visita, un par de días después, me trajo un regalo. Mientras el resto de la familia organizaba el pícnic, me llevó aparte, junto al río, y sacó una caja envuelta en unas cintas. La abrí con las manos temblando de emoción. Mi tío siempre me traía cosas increíbles.

—¡Oh, qué bonito!

Era un carrusel musical. Pasé el dedo por el contorno de madera de caoba y los relieves florales tallados en la base. En torno al poste central había tres caballos de color violeta. Acaricié sus crines como si peinase sus cabellos. Cuando finalmente giré la manivela, los cuadrúpedos se pusieron a galopar y de las entrañas del mecanismo surgió una canción preciosa, entre jazz y swing, una melodía nostálgica y evocadora. Nunca supe cuál era.

—¡Gracias, tío!

Yo siempre quise mucho a mi tío Ernesto. Era mi padrino y teníamos una relación muy especial. Cuando me contaba historias de la familia, de sus viajes por Argentina y otras mil aventuras, le escuchaba embobada.

—¿Te ha gustado, Marina?

Él nunca me llamó Pipi. No sé la causa. Me trataba como a una chica mayor.

—Muchísimo. Lo voy a poner en la estantería que está junto a mi cama.

—Eso está bien.

A pesar de su sonrisa, me pareció que estaba preocupado.

—¿Todo va bien?

—Claro. Solo es que hay muchas cosas que hacer. Son tiempos complicados. —De pronto cambió de tema. Me acarició la mejilla derecha y dijo—: ¿Te he hablado de tus bisabuelos? ¿De Nicolás y Telesfora? Tú no los conociste, pero eran de armas tomar.

—Cuenta.

—La historia es esta. Mi madre, tu abuela María Consuelo, me mandó a vivir con Nicolás y Telesfora. Tenía nueve años y era todo un malandrín.

—¿Qué es un malandrín?

—Un niño travieso y poco respetuoso con las normas y con los mayores. Cosa que tú no debes ser.

—Claro.

Me pellizcó un brazo, aunque sin hacerme daño.

—Bien. El caso es que yo hacía todo tipo de trastadas. Me llevaba los caballos de paseo, asustaba a las gallinas ponedoras, faltaba al colegio. Y Nicolás me perseguía cinturón en mano por toda su finca en Arredondo. Por suerte, nunca me pilló. Yo era demasiado rápido. Aunque a quien yo temía de verdad era a Telesfora. Mi abuela podía aguardar en la oscuridad horas enteras. Cuando faltaba a clase y llegaba de madrugada a casa, iba de puntillas por el pasillo. Miraba en todas direcciones, pero ella a veces se escondía en la penumbra. Y ¡zas!

—¿Qué pasaba?

—Pues que me daba una bofetada.

—Oh, seguro que la esquivabas.

Ernesto se tocó la mejilla.

—No siempre, Marina. No siempre. Alguna todavía la recuerdo. Aunque me las tenía bien merecidas. Si mis abuelos hubiesen sabido todas las trastadas que hacía, no habría ganado para bofetadas.

Volvimos entre risas al claro, donde ya se habían colocado los platos y las mantas. El pícnic estaba listo para comenzar. Mi tío dio un salto y zarandeó a mi padre.

—Hombre, pero si es el señor director.

Se había hecho oficial el día anterior que mi padre iba a ser nombrado director general de Prisiones, uno de los cargos más relevantes de la República.

—Parece que mi hermano mayor va a acabar siendo un hombre importante —dijo Ernesto golpeando la espalda de Francisco y soltando una risotada.

—Y me lo dice alguien que ha sido diputado como yo y se ha desempañado ya como gobernador de tres ciudades españolas: Burgos, Cádiz y ahora Las Palmas.

—Hoy en día nombran gobernador a casi cualquiera. No es como ser el excelentísimo director general de Prisiones.

—Bah, no seas modesto.

La familia Vega siempre había estado metida en política. El abuelo fue presidente del Comité Provincial del Partido Republicano Progresista en Vizcaya, y el que sus hijos fueran un paso más allá era solo la constatación de que el rumbo de la familia seguía firme hacia el éxito.

—Venga, dejad de daros cera el uno al otro y sentaos a la mesa —dijo mi tía Piedad, que había ayudado a mi madre a hacer su famoso guiso.

Yo me senté al lado de Piedad la pequeña. Estábamos flanqueadas por sus hermanos Ernestito y Francisquito, que estuvieron lanzándose migas de pan durante toda la comida. Fue una tarde maravillosa en el monte, un pícnic precioso y uno de los últimos recuerdos perfectos de mi infancia. En aquel momento éramos todos una familia y pensé que nada podría separarnos. Pero había muchas cosas que separaban a los españoles, incluso entre aquellos que tenían la misma ideología. Y el tiempo, como una bola de nieve que arrasa todo a su paso, no tardaría en demostrárnoslo.

—¿Crees que habrá guerra, prima? —me preguntó Piedad la pequeña.

Habíamos terminado de comer y estábamos ociosas, lanzando piedras al río.

—¿Guerra? ¿Qué guerra? —dije haciéndome la tonta.

—A veces me escondo en el hueco de la escalera y escucho las conversaciones de los mayores —me confesó.

—Yo también lo hago, pero me escondo en un parterre junto a la glorieta; o al final del salón.

Nos dio la risa y nos guiñamos un ojo al mismo tiempo. Eso nos hizo soltar una carcajada, de nuevo al unísono. Después bajamos la voz. La primera en hablar fue mi prima:

—Escuché a unos hombres hablar con mi padre el otro

día en Las Palmas. Piensan que los militares volverán a alzarse en breve, o tal vez lo hagan los socialistas, o de nuevo habrá un levantamiento en Asturias, o en Cataluña, o primero lo uno y luego lo otro. No entendí bien todo lo que hablaban ni el orden de los acontecimientos, pero sí que algunos lo veían inevitable.

—No sé por qué la gente se odia tanto. Una cosa es no tener la misma ideología o el mismo pensamiento, y otra cosa es odiarse. Yo creo...

—¡Parad ya, por el amor de Dios! —Mi madre nos miraba fijamente a mi prima Piedad y a mí. Sus ojos echaban chispas—. Ya tengo bastante con las conversaciones en la plaza, en el mercado, con tu padre o con cualquiera. Los niños tienen que hablar de cosas de niños. Dejad la guerra y los odios para los mayores.

—Pero nosotras casi somos mayores —argumenté.

—Hija mía, disfruta de ese «casi» todo lo que puedas. Porque cuando dejes de ser niña, pronto te hartarás de esos temas que ahora te fascinan. No hay nada interesante en los hombres, las ideologías y sus inquinas.

—Has pasado demasiado tiempo escuchando o leyendo al maestro Unamuno —dijo mi padre—. Hablas como él.

Todos nos reímos un poco forzadamente, porque el chiste, si es que era un chiste, tampoco tenía tanta gracia. Pero fue una buena forma de zanjar el tema, aunque por desgracia solo duró unos segundos.

—Hasta Unamuno está a favor de que los militares restauren el orden —dijo entonces mi tío Ernesto—. Me lo insinuó el otro día. Me dijo que no puede ser que haya pistoleros de uno y otro bando matándose por la calle, o que se quemen más conventos. Si la República no puede mantener el orden... alguien tendrá que hacerlo. Eso piensa.

Tanto mi padre como su hermano eran moderados. Nunca habían militado en partidos revolucionarios, ni apoyado extremismos de ninguna clase.

—Si don Miguel dice eso, es que estamos fracasando a la hora de explicar a la gente la gravedad de lo que está pasando en Alemania con Hitler o en Austria tras la muerte de Dollfuss. O en Portugal. Los totalitarismos de derechas son, por definición, un peligr...

Dejé de prestar atención a las palabras de mi padre. Algo me obligó a volver la cabeza. Tal vez la palabra exacta no sea «obligar». Sentí una punzada en la sien, una necesidad de girarme. Creo que este es otro de los dones que más adelante me servirían en mi labor de espía. Siempre he tenido una intuición natural, una capacidad para darme cuenta de que alguien me está observando, o para volverme y observar algo que, de lo contrario, me pasaría desapercibido. Es como si una parte de mí estuviera alerta, una parte inconsciente, incluso cuando conscientemente mi pensamiento está en otro lugar.

O tal vez simplemente se debió a la pura suerte, la casualidad o lo que fuera que hizo que en aquel momento mirara detrás de mí y dijera, alzando la voz:

—Por un instante pensé que era un cadáver, como aquel día que estuvimos en la playa de Castro Urdiales.

En el río, una figura flotaba a lo lejos, un cuerpo, una forma sin forma, una masa que se balanceaba en la corriente.

—Solo son un montón de desechos, ¿verdad? —pregunté con un hilo de voz—. Solo eso.

Achiqué los ojos. Un espectro informe navegaba entre las aguas. Una silueta incierta danzaba fugaz, moviéndose entre lenguas de espuma. Venía hacia nosotros.

—No son desechos —dijo mi padre.

Cuando la forma sin forma estuvo más cerca, su verdadera naturaleza quiso por fin revelarse. No era una figura sino dos, entrelazadas en la muerte. Mi padre y mi tío se levantaron. Reconocieron al momento el cuerpo de Felipe. Junto a él, balanceándose en el líquido elemento, se hallaba Venancio. Se habían matado el uno al otro a navajazos. Luego el río los había arrastrado con su fuerza inexorable. Una metáfora perfecta de lo que le esperaba a España, a menos que hombres como Francisco y Ernesto lo evitaran. Aunque tal vez fuera ya tarde.

Entonces la bruma bajó con determinación de las montañas. Era tan densa e impenetrable como la última vez que la vi en compañía de Juanito. Pero ahora se mostró aún más poderosa, veloz, hambrienta, como poseída por una ira capaz de ocultar montañas, ríos y ciudades enteras.

—Llama a la Guardia Civil —dijo mi tía Piedad.

Mi tío Ernesto se volvió hacia su mujer. Apenas podía ver a su propio hermano, que estaba a dos pasos. No recordaba una niebla que avanzara tan rápido.

En un instante nos había engullido a todos.

—Sí, ahora mismo —respondió mirando a su alrededor, tratando de distinguir la hierba, la mesa y hasta sus propios zapatos.

Pero Ernesto no se movió. Allí nos quedamos todos largo rato, desaparecidos en la nada, esperando que la bruma se disipase.

Mientras tanto, a los cuerpos de Felipe y de Venancio se los llevó la corriente.

2

Tres llamadas de teléfono certifican el fin de la utopía

Huida en la noche (noviembre de 1936)

Antes de abandonar Madrid miré hacia el cielo que una vez fue calmo y azul; ahora se veía cubierto de humo y cenizas. En lontananza, el sonido apagado y distante de las explosiones bramaba sin cesar, como un eco de mil voces que hacía palpitar las ventanas, vibrar con cada detonación.

Me detuve a mirar a los soldados que estaban llegando para reforzar la defensa de la ciudad. Los disparos lejanos se entremezclaban con los cánticos revolucionarios, creando una sinfonía inquietante que resonó en mis oídos hasta ensordecerlos. Levanté la vista y pude ver al menos diez columnas de humo gris elevándose hacia el cielo. Se había producido un nuevo ataque aéreo de los militares sublevados, que, desde finales de agosto, no habían parado de lanzar bombas sobre la capital.

Observé al grupo de voluntarios que se incorporaban para defender la ciudad. Aunque habían pasado los momentos de éxtasis, de locura revolucionaria de los primeros días, seguía habiendo una gran expectación. Todavía creía la gente de izquierdas que aquella guerra infausta se podía ganar.

Y yo no quería marcharme, postergaba la partida una y otra vez, fascinada, mirando hacia todas partes. No quitaba ojo de los disparos al aire, los abrazos, los besos, la confraternización, los susurros al oído, las banderas anarquistas, de la FAI, la CNT y muchas otras organizaciones, corpúsculos de corpúsculos, unidades independientes de otras y de todas, incluso de la propia República que decían defender.

La guerra había estallado cuatro meses atrás. Yo tenía doce años, aún era una niña, y solo veía la parte positiva del conflicto, la hermandad y la esperanza compartidas. Quería quedarme en Madrid. Creía que allí estaban pasando cosas importantes. Quería vivirlas.

Oí una voz a lo lejos:

—¡Marina!

No paraban de llegar refuerzos. La Junta de Defensa de Madrid tenía una labor difícil, casi imposible: frenar el avance de los sublevados. Las milicias anarquistas y comunistas se unían para evitar el desastre. Y los recién llegados estaban contentos, exultantes. Eran precisamente ellos los que cantaban *A las barricadas*, los que se abrazaban, los que estaban deseosos de entregar su vida por un ideal. Un millar de rostros desfilaban ante mis ojos. Me maravillaban sus gestos nerviosos, exaltados, y su determinación.

Y de nuevo aquella voz:

—¡Pipi!

Oh, Dios, alguien me había llamado «Pipi». Marina era un nombre bastante común, tal vez no tanto como María, pero ya había conocido unas pocas en mi corta vida. En cambio, solo me llamaban «Pipi» mis padres, mi hermano, mis tíos y... ocasionalmente, una persona más en el mundo:

—¡Juanito!

El muchacho abandonó la columna y nos abrazamos. Muchos otros lo hacían al reconocer a un amigo, a una novia, a un familiar... la disciplina en el ejército revolucionario no era la propia de una tropa regular. Por suerte para mí aquel día, y para desgracia de la contienda más adelante.

—¿Qué haces aquí? ¿Qué haces vestido así?

Juanito llevaba un pantalón de algodón gris mal remendado, una camisa negra de manga larga y un pañuelo rojo al cuello.

—Voy a combatir por la República. Me he unido a una columna anarquista.

—¡Pero si tienes catorce años!

Mi amigo era tan alto y fuerte que parecía mayor, pero no podía pasar por un hombre hecho y derecho. O eso creía yo.

—Muchos se están alistando. Todo el mundo miente, al menos un poco, sobre su edad.

—Pero tú has mentido mucho.

—Mucho, poco... mentir es mentir. Y mentir por una buena causa es...

—Una mentira.

—Piadosa.

—Creo que los curas no te explicaron bien lo que es una mentira piadosa.

Nos abrazamos de nuevo. Juanito me explicó que se había escapado de casa cuando sus padres le dijeron que se marchaban a Zaragoza, donde los nacionales resistían.

—¿Por qué? Menudo disgusto les habrás dado.

—Ya lo sé, pero... —El rostro de Juanito se iluminó—. Es que nunca sería capaz de vivir la vida que viven ellos.

Los quiero. Mucho. Pero mi destino a su lado era ser un empresario textil. No me veo haciendo tal cosa.

—Todo el día rodeado de cinturones. Ya me lo contaste una vez.

—Te dije entonces que quería vivir aventuras. Y en ello estoy.

—Yo también querría vivir aventuras algún día. Pero aún soy pequeña. Y no puedo pasar por mayor como haces tú.

—Es que soy mayor. Soy grande en mi corazón. Y por eso mi cuerpo crece y crece.

Yo ya sabía que tenía el corazón grande. El más grande que conocía.

—Tienes que cuidarte.

—Lo haré. Quiero vivir aventuras, no morirme y que sean otros los que las vivan. Además, la guerra acabará pronto.

—He oído hablar del tema a mi padre y a sus amigos. No parece que la cosa esté tan clara.

Me cogió de la barbilla. La levantó y me miró a los ojos. En ese momento realmente parecía un hombre. Y uno muy guapo, a decir verdad.

—Quería decirte una cosa, Marina.

—¿Qué cosa?

Una bomba explotó cerca, tan cerca que una lluvia de polvo y astillas cayó sobre nosotros. Fue entonces cuando Juanito cayó en la cuenta de que yo estaba allí, en la calle de Alcalá, en medio de una maldita guerra. No le sirvieron mis explicaciones acerca de que el levantamiento del ejército, con Franco, Mola y el resto de generales al frente, había pillado a toda la familia Vega en Madrid, donde mi padre era ahora vocal del Tribunal de Garantías Constitucionales.

—Tienes que irte, Pipi.

—Y me voy. Nos vamos. Hoy mismo. El gobierno se marcha en pleno a Valencia. En Madrid ya no estamos seguros. Pero antes quería salir a la calle, ver la ciudad por última vez.

—Has hecho una tontería. Tienes que volver a casa enseguida. ¡Vamos!

Cayó otra bomba. Esta vez aún más cerca. Vimos, como en un sueño, la roja llamarada y escuchamos los gritos de terror de los heridos.

—¡Volveremos a vernos! —chilló Juanito y, resueltamente, regresó a su columna, que se estaba desplegando en dirección a la Casa de Campo.

—Juanito, ¿qué querías decirme antes? ¡Juanito!

El ruido de los fusiles, los gritos y las explosiones ahogaron mi voz. Regresé a la casa que teníamos alquilada, de donde me había escapado para despedirme de una ciudad que había aprendido a amar. Mi madre estuvo a punto de darme una paliza.

—Si no tuviéramos que marcharnos a toda prisa, te juro que te tenía encerrada en tu cuarto un mes entero —me dijo.

Una hora después, los coches oficiales abandonaron la sede del Ministerio de Hacienda en la Real Casa de la Aduana. El gobierno de Largo Caballero se marchaba de la capital. Muchos creían que Madrid caería en pocos días. Pero se equivocaban.

La caravana de exiliados avanzaba aprensiva en medio de una tensión palpable por temor a los bombardeos enemigos. Estaba compuesta en su mayoría por camionetas y camiones, pero nos acompañaban toda suerte de vehículos imaginables. Algunos transportaban a funcionarios del gobierno; otros, cajas con documentación y una amplia variedad de objetos, en una amalgama y un desorden que hasta yo percibía. Unos pocos camiones de soldados y algún blindado vigilaban que llegásemos sanos y salvos.

Pero nosotros teníamos nuestro propio coche, al igual que algunos de los cargos más importantes del gobierno. Recuerdo que andaba yo muy ufana porque íbamos solos en un Ford. Pero no fue un viaje de placer precisamente. En el coche de Francisco Vega, vocal del Tribunal de Garantías Constitucionales, nos apiñábamos mi madre, mi hermana y yo en la parte de atrás. Eché un vistazo a los asientos delanteros, donde estaban mi padre y su chófer (en realidad su secretario de confianza) y bostecé.

Poco después me dormí, o eso creo. En mi fantasía, me imaginé a Juanito en medio del combate. Tal vez lo soñé.

Así que, de alguna manera, no abandoné del todo Madrid. Los ronquidos de mi hermana Teresita se tornaron el bramido de las explosiones. Los cuchicheos de mis padres, que hablaban en voz baja para no despertarnos, acaso se transformaran en las voces de los milicianos, en la propia voz de Juanito, perdido en la vorágine de una de las más grandes batallas de la guerra con solo catorce años.

«Ojalá fuese un poco más mayor para hacerme miliciana», me dije.

Tenía miedo por él, pero al mismo tiempo le envidiaba.

La mañana resplandecía (noviembre de 1936)

La mañana resplandecía y el sueño había terminado. La luz del sol se reflejaba en la carretera llena de vehículos, en los cristales de cada coche oficial, en los rostros de los que esperaban ansiosos la llegada a Valencia y el fin del viaje.

La caravana avanzaba lentamente por vías secundarias, serpenteando sumergida en la canícula. Mi padre miraba a ratos hacia la carretera, a ratos hacia el cielo, de donde podía surgir en cualquier momento un avión enemigo. Luego se volvió y dijo:

—¿Cómo estás, Pipi?

Me desperecé largamente.

—Bien. He soñado con la guerra. Las derechas y las izquierdas enfrentadas. Ya sabes, de eso que habláis todo el día los mayores.

Papá soltó un bufido de hastío. Estaba deprimido por la marcha de la guerra.

—A veces creo que esta guerra no es una batalla entre derechas e izquierdas, ni siquiera entre democracia y fascismo —dijo—. Se enfrenta la utopía contra la realidad. La revolución solo es revolución de izquierdas en su estallido. Tras gestarse en las primeras horas y días, en cuanto se intenta organizar, en el momento en que hay órdenes, jerarquías y estructura, se convierte, como el mundo real, en algo de derechas.

Le devolví la mirada. No dije nada.

—Porque el mundo real es de derechas —añadió él—. Los empresarios, la banca, la Iglesia, las jerarquías, todo eso es de derechas. El pueblo es solo arcilla en manos de los poderosos. La utopía dura lo que dura la lucha. Nosotros, desde la utopía, hemos tratado de derrotar el orden establecido, pero fracasaremos porque la propia realidad es de derechas. Cuando el sonido de la última bala cesa, la realidad vuelve a la palestra. Y la realidad es...

—De derechas, sí, papá. Eso ya lo he entendido. Pero,

entonces, ¿por qué luchas tú? ¿Por qué está luchando Juanito?

Mi padre meneó la cabeza, sin entender.

—¿Juanito? ¿Tu amigo? ¿El primogénito de los Elizegi? ¿Se ha alistado?

—Está en Madrid, en una columna anarquista.

Papá frunció el ceño.

—No debería estar en esa batalla. Ni en ninguna. Es un niño.

—Es un hombre. O cree serlo. Pero yo quiero saber por qué lucháis los dos si todo está perdido.

Delante de nosotros, un camión traqueteaba, parecía a punto de caer, lleno a reventar de cajas y de cachivaches.

—Luchamos, supongo, por vivir el momento, por vivir la utopía de un mundo mejor. La revolución es real, la felicidad es real, lo que no es real es la victoria. Pero vivir esos momentos, eso sí vale la pena: los abrazos, los cánticos, la fraternidad de los revolucionarios, el sueño de que un mundo mejor es posible...

Yo había sido testigo horas antes de esa locura festiva en las calles de Madrid. Comprendí a qué se refería. Pero tenía dudas. Luchar y morir por tan poca cosa me pareció una broma del destino.

—¿De verdad vale la pena, papá?

—Eso espero, Marina. Por el bien de todos nosotros.

Cerré los ojos de nuevo. Mi madre y mi hermana seguían durmiendo. Entonces me di cuenta de que nuestra familia había tomado un camino distinto al de Juanito, pero en el fondo era el mismo. La guerra era el destino de todos. Y, por lo visto, también la derrota.

—¿Volveremos un día a casa, papá?

—¿A Torrelavega?

Nuestro piso en Madrid no era nuestro. Aunque pasábamos allí la mayor parte del año todos sabíamos que se trataba de algo temporal, que cuando mi padre terminase de servir a la República regresaríamos a nuestra tierra.

—Sí, claro.

—Volveremos, hija, no te preocupes. Y todo será como antaño. Fiestas, risas y la vida que recuerdas, sin sobresaltos. Nada de riesgos, nada de servir al país. Que sirvan otros a España. Yo trabajaré como abogado y viviremos mucho más tranquilos.

Papá volvió la cabeza y me sonrió. Tenía unos labios carnosos y muy marcados. Yo los había heredado. Todo eso de parecerse a la familia me resultaba curioso y divertido. Sonreí.

—Si eso llega a pasar, será maravilloso.

—No digas «si llega a pasar». Pasará. Esto terminará. Todos los infiernos terminan.

Pero se equivocaba. Hay infiernos que son para siempre. Y no tardaríamos en conocer el nuestro.

—¿Me cuentas una historia de la familia? Una de esas de los abuelos, de los tatarabuelos...

—Uy, el que es bueno contando historias es mi hermano.

—Venga, papá.

Mi padre se ajustó el cuello de la camisa.

—Te puedo contar cómo era el abuelo Francisco.

—Sí, por favor. ¿Cómo era?

—Era un buen hombre. Él nos inculcó a tu tío y a mí los valores republicanos. Estuvo metido en política durante más de una década. Pero en casa era muy divertido, siempre estaba de broma. Tu tío ha salido un poco a él. Pegaba unos pellizcos...

—¿Pellizcos?

—Sí. Pero no como castigo. De pronto, aparecía de la nada y comenzaba a hacerte cosquillas o a darte pellizcos en el culo. Tenías que correr para que no te cogiese. Qué tiempos. Qué bueno es ser un niño.

Mi padre detuvo su historia y se puso a mirar hacia el horizonte, soñador.

—Pero no pares. Cuéntame más cosas del abuelo.

—Verás, una mañana...

Las anécdotas se sucedieron y papá no paró de hablar durante un rato largo. Aún estaba contando una de ellas, la de una vez que él y mi tío Ernesto se perdieron en Burgos y los coceó un burro, cuando mi hermana y mi madre se despertaron.

—Si esa historia es más vieja que María Castaña —se quejó Teresita.

—Deja que la cuente —repuso mamá.

Y seguimos nuestra excursión al pasado, tratando de huir del presente.

La comitiva gubernamental llegó a la ciudad de Valencia mucho tiempo y muchas historias más tarde. Y lo hizo cansada, vacía, lejos de las multitudes y la exaltación de la victoria. El presidente de la República había huido en la oscuridad de la noche, dejando atrás a Juanito y a otros miles de compatriotas.

El día se alzó glorioso, otra mañana resplandeciente. Pero a nadie le importó.

El gobierno había desertado del frente. No había nada que celebrar.

La primera llamada: Juanito
(diciembre de 1936-junio de 1937)

Las guerras no son para los niños. Los niños tienen que jugar, soñar y experimentar. Necesitan estar seguros y saber que, tras sus incursiones imaginarias, el mundo real los devolverá a la normalidad, a un lugar donde alimentar nuevos sueños. Las guerras no son para nadie, pero aún menos para los niños, que se están formando y están aprendiendo a amar, y no deben aprender demasiado pronto a odiar.

Tal vez por eso, porque aún no era capaz de odiar, no podía comprender del todo lo que nos estaba sucediendo. En 1937 llevábamos ya varios meses de guerra y las cosas no pintaban bien para la República. De eso me daba cuenta. Tal vez era la única cosa de la que me daba cuenta. Veía poco a mi padre, y cuando aparecía por el hotel Metropol, donde residíamos, se le veía ojeroso. Hablaba poco y su voz tenía el mismo tono triste que observé cuando viajábamos hacia Valencia. Un tono de decepción, de derrota, el tono de quien ha aceptado que está viviendo un desastre.

La única que era feliz, y supongo que a su manera, era mi hermana Teresita. Había encontrado novio.

—Se llama Carlos y me voy a casar la semana que viene —me dijo de pronto un día, en la habitación que compartíamos, justo antes de irnos a dormir.

—Yo pensaba que te gustaban los noviazgos largos. Para conocerse mejor y todo eso. Te lo he oído decir muchas veces.

—Eso de los noviazgos largos era antes, cuando había tiempo para todo. Ahora lo que nos falta a todos los españoles es tiempo. Tal vez mañana no estemos aquí. Tal vez esta habitación salte por los aires en un bombardeo. Así que el momento de vivir la vida es hoy. Además, Carlos tiene familia en Bilbao y me marcharé con él. Allí estaremos seguros.

—¿Bilbao es más seguro que Valencia?

Mi hermana se encogió de hombros. Aquí o allí. Valencia, Bilbao o Barcelona, nadie estaba seguro en ninguna parte. Las tropas nacionales avanzaban imparables y la República se tambaleaba.

—Carlos es un buen chico y sabe lo que hace. Me llevará a un sitio seguro. Y tendremos muchos hijos. Siempre he querido tener una gran familia. Seré muy feliz. Ya lo verás. Y tú podrás venir a verme cuando acabe este infierno. Serás la tía Marina. ¿No te apetece? Yo sé que sí, aunque pongas esa cara y tuerzas el morro.

—¿Y esa boda tan maravillosa que querías hacer, Teresita? ¿Y el traje blanco con la larga cola? ¿Y los cientos de invitados, el gran salón y...?

—Algún día, cuando todo esto acabe, tendré otra boda, una de ensueño. Ahora todo eso tendrá que esperar.

Mi hermana hubiese preferido no tener que esperar. Había apretado los labios, como siempre que algo no le gustaba (las dos torcíamos el morro en situaciones semejantes, era otra característica familiar de los Vega). Pero estábamos en guerra y había que hacer sacrificios. Y los sueños es lo primero que desaparece cuando hay ruido de sables.

—¿Y el libro que estamos leyendo?

A veces leíamos juntas en voz alta. Casi siempre cuentos fantásticos. O alguno de los libros de Julio Verne, aunque no le gustaban. Otras veces poemas de Rubén Darío. Seguían siendo mis autores preferidos.

—Puedes acabártelo tú sola.

—¿Y si...?

—Pipi, no puedo quedarme. Ojalá pudiera. Pero ahora mismo hay que tomar decisiones. Y yo he tomado la mía. Ser mayor tiene estas cosas. Uno debe tomar un camino. A menudo el camino no se parece a lo que pensabas que sería. Pero hay que apretar los dientes, resistir y hacer que valga la pena.

Pero yo aún no era mayor. Podía ser testaruda y renegar de todos los caminos.

—No te vayas. No quiero quedarme sola.

Teresita alargó una mano desde su lecho y tocó la mía.

—Tú también tendrás que irte. Muy pronto.

—¿Qué quieres decir?

—Que te lo explique mamá. Mañana, si quieres, hablas con ella.

Mi hermana apagó la luz. Volví a encenderla. No podía dormir.

—No quiero que todo cambie —dije sencillamente.

—Pero está cambiando. Ni tú ni yo podemos detenerlo.

—Yo no soy fuerte. No soy como tú ni como papá ni como...

Estaba haciendo pucheros, al borde del llanto.

—Tú eres la más fuerte de todos nosotros —me dijo mi hermana—. Solo que no lo sabes.

Al día siguiente no tuve ánimos para hablar con mi madre. Me marché por la mañana al colegio, al Liceo Sorolla. Era un lugar bonito, y además me gustaba la Malvarrosa. Pero acababa de llegar y no conocía a mis compañeros. Echaba de menos a Juanito, aunque no hubiésemos compartido clase, claro, porque era mayor que yo. Pero me gustaba tenerlo cerca y verlo en el patio.

No era la única niña nueva en el colegio; muchos mandamases republicanos habían llegado a Valencia en las últimas semanas y nos habíamos convertido en un heterogéneo grupo de niños refugiados, muchas veces solos y perdidos en una ciudad que no era la nuestra. Algunos se adaptaron rápido. A mí me costó. Adopté una actitud doliente, introvertida y bastante alejada de la persona que había sido en Cantabria. No sé por qué.

Recuerdo bien aquel día porque fue cuando estalló la bomba. Tenía razón mi hermana. Había que vivir el momento porque podíamos desaparecer en un abrir y cerrar de ojos.

Es lo que le pasó a Lina.

Había hablado un par de veces con ella, apenas un saludo. Era amable y siempre sonreía. Algo mayor que yo, como Juanito, de unos catorce o quince años. El cabello, pardo y rizado, le caía hasta los hombros. Era muy delgada, con unos ojos brillantes.

No se oyeron las sirenas. No hubo aviso de bombardeo. Salimos del aula armando alboroto, esquivando los bancos de madera y las viejas pizarras verdosas. Íbamos camino del patio, entre paredes encaladas adornadas con azulejos de cerámica. Reíamos de cualquier cosa, de nada en realidad. Aquel día yo estaba de buen humor y hasta me permití alguna carcajada infantil.

En el patio, corrimos entre los naranjos y los parterres de flores. Algunas de mi clase saltaban a la comba pero yo me alejé, pensando en mis cosas. En Valencia no estaba apuntada a ningún club de atletismo, ni hacía escalada ni nadaba como en Cantabria. Echaba de menos el ejercicio físico. Me relajaba.

—Hola, Lina.

Ella estaba sola, con la espalda apoyada en una pared, probablemente pensando también en sus cosas. Creo que por eso me gustaba. Al igual que yo, no siempre buscaba la compañía de los otros. Dedicaba tiempo a sí misma.

—Hola, Marina.

Me alejé caminando lentamente. No mucho. Pero sí lo suficiente para que el azar me salvara la vida.

De pronto, el cielo se rompió en pedazos. Los cimientos del colegio temblaron. Un estruendo ensordecedor desgarró mis tímpanos y se levantó una nube de polvo espeso y asfixiante, oscureciendo el patio y el mundo entero a mi alrededor.

—¿Qué ha pasado? —gritaba una voz infantil.

Yo no lo sabía. Estaba aturdida, vagaba sonámbula entre los escombros de fragmentos rotos y afilados. En mi cabeza reverberaban pitidos agudos, zumbidos, sonidos chirriantes que iban y venían. Creo que alguien lloraba o suplicaba ayuda. Caminé desorientada durante unos segundos que me parecieron minutos, horas, días enteros.

Cuando el humo se disipó, llegaron los maestros y los sanitarios. Once niños heridos fueron evacuados a los hospitales cercanos. Un solo muerto… una muerta en realidad. Vi a Lina en el suelo, rodeada de un charco de sangre, mirando al cielo. Mi tutora me agarró entonces de la mano.

—Vamos, Marina. Voy a llamar a tus padres para que vengan a buscarte. Porque estás bien, ¿no? ¿Tienes alguna herida?

No contesté. Seguía desorientada, sin apartar la vista de mi compañera fallecida. No sé cómo ni por qué regresó hasta mí la visión de Felipe y Venancio arrastrados por la corriente. Ahora, tras ellos, me pareció ver a Lina flotando en las aguas, también mirando al cielo, como si allí se hallase la explicación a la fatalidad que había acabado con su tiempo en este mundo.

Creo que me desmayé. No estoy segura. Recuerdo de forma borrosa e imperfecta aquella jornada. Sé que pasé un par de horas en el hospital. Me tuvieron en observación pero había muchos cadáveres y poco tiempo para una niña con todos sus miembros en su sitio y sin un rasguño. Además, los bombardeos se reproducían por toda la ciudad. Así que me dieron el alta.

Al volver a casa, mi madre me dijo que me había llamado Juanito y que volvería a llamar más tarde. Cuando fue a recogerme, mamá estaba muy nerviosa, pero ahora ya se había tranquilizado un poco. Me tocó la cara, las manos y hasta detrás de las orejas. Cuando comprobó que estaba de una pieza, dejó de temblar y pareció más calmada.

—Túmbate en la cama un ratito —me dijo—. Hoy has pasado por algo terrible. Tienes que descansar.

Pero no le hice caso y me quedé sentada delante del teléfono las siguientes dos horas. Mientras, hacía tiempo leyendo un libro. Tenía ganas de escuchar una voz amiga, de reírme, de ser una niña. Quería hablar con Juanito de Lina. O tal vez de cualquier cosa menos de Lina. Necesitaba saber que él se encontraba a salvo y esperaba que me animase, que me dijese que todo iba bien, que mi familia no se separaría, que mi hermana no se iría a Bilbao y que la guerra no se perdería.

Pero los hados no estaban de mi parte. Juanito no llamaba precisamente para compartir conmigo un momento de felicidad.

—Muertos, centenares y centenares de muertos —me dijo entre sollozos.

No supe qué contestar. Lo oí farfullar durante un rato, resoplar y seguir sollozando. Me quedé en silencio un rato más y finalmente le hablé con voz calmada:

—Dime qué te pasa, Juanito.

Al principio se explicó a trompicones. Me contó que

después de luchar brevemente en Madrid se había unido al ejército vasco y ahora era un *gudari*. Al fin y al cabo, su familia era originaria de Guipúzcoa. Le pareció la elección más lógica.

—Estaba en los montes al sur de Gernika cuando la aviación alemana sobrevoló el pueblo, pasó de largo y luego regresó. Y lanzó su carga mortal. Nunca habíamos visto nada igual. Ni nosotros ni nadie. La villa entera ha quedado reducida a cenizas.

No era la primera vez que los fascistas atacaban a la población civil. Ya había pasado en Madrid. Pero la destrucción absoluta de una población, la aniquilación de un grupo de seres humanos que no eran ni siquiera combatientes… eso no había pasado nunca. «Bombardeo de alfombra», se le llamaría más tarde. Un invento de los nazis.

—Joseba, Jon y yo bajamos a toda prisa hacia Gernika —prosiguió Juanito—. Lo que encontramos allí… no soy capaz de explicarlo, Marina. Fue… fue… una masacre. Más de mil muertos. Tal vez dos mil. Apenas quedan supervivientes.

Me imaginé lo que había visto. Cuerpos carbonizados, mutilados, desmembrados, familias enteras convertidas en ceniza. Recordé el cuerpo deslavazado de la pobre Lina, mirando al cielo por toda la eternidad.

—Al principio tenía dudas, Marina. Mis padres son del otro bando y yo… —se interrumpió y volvió a sollozar—. Yo dudaba, Pipi. Dudaba. A pesar de ser un *gudari* creía que había reconciliación posible, que los otros no son tan malos. Pero, ¿sabes? Tal vez nosotros no seamos perfectos, pero ellos no son humanos. ¿Me oyes? No son humanos. Lo que he visto hoy no puede haberlo concebido, planificado, un ser humano. No es posible.

—Ya, entiendo.

¿Qué podía decir? ¿Qué podía decir una niña a la que aún le faltaban cuarenta y cinco días para cumplir trece años? Cogí mi libro y lo abrí por una página.

—Estoy leyendo una selección de cuentos. Me lo estoy pasando muy bien. Están los de siempre, de los Grimm o de Perrault, pero hay uno genial de Washington Irving sobre un jinete sin cabeza. Ese no lo conocía. ¿Quieres que te lea un fragmento?

Al otro lado de la línea escuché un estremecimiento. Tal vez mi mención a Sleepy Hollow, el jinete sin cabeza, no había sido muy oportuna. Pero fue más que eso. Con el tiempo comprendí que algo se había roto dentro de Juanito. Era un niño que jugaba a ser hombre y Gernika lo había convertido definitivamente en un *gudari*. Ya no era ni siquiera un muchacho, la máscara se había roto. Ahora era un soldado. Y cuando eres un soldado te conviertes en un hombre de golpe, sin aplazamientos. Yo, por el contrario, no estaba dispuesta a abandonar mis hábitos de niña por la servidumbre de la adolescencia. Había una barrera entre nosotros, una barrera invisible pero real.

—Otro día me lees ese fragmento. Cuando vuelva a llamarte. Ahora tengo mucho que hacer.

—Claro, claro. Lo entiendo. Mi padre también está muy ocupado. Son tiempos difíciles.

Me pareció que había dicho una buena frase, que había manejado bien la situación. Como he dicho, era una niña y no entendía nada de nada.

—Hasta pronto, Marina.

—Hasta pronto, Juanito.

—Soy Juan. Ya nadie me llama Juanito.

Dudé.

—¿Puedo seguir llamándote Juanito?

Él también dudó.

—Claro. Pero solo tú puedes. ¿De acuerdo? Porque eres mi amiga.

Nos despedimos. Sentí frío y en ese momento me di cuenta de que estaba tiritando. Dejé el libro, me levanté y caminé lentamente hasta mi habitación. Pensé en Juanito luchando en las montañas vascas. Pensé en mi padre trabajando con denuedo por una República que se tambaleaba. Pensé en Felipe y Venancio pudriéndose en nombre de unas ideas que seguramente no entendían mejor que yo; pensé en Lina, apedazada por una bomba que podría haberme matado a mí también; y finalmente pensé en mí misma, perdida en las querellas de los adultos e incapaz de asumir el papel que me correspondía.

Entonces lloré, por la guerra, por mi familia, por Juanito y por Gernika, por Lina, pero sobre todo por Marina Vega.

Porque las guerras no son para los niños. Porque las bombas no son para aquellos que aún están alimentando su imaginación. Porque un niño no debería ver cadáveres flotando en las aguas, ni cuerpos mutilados en el patio de su colegio.

Los niños son lienzos en blanco, aprendices del amor y de la vida. Pero si la vida se torna inhóspita y violenta, el niño se transforma, el reino de la inocencia se trunca y ya no regresa jamás. El resto de su existencia, el niño vaga incompleto, el adulto camina incompleto, y nunca puede recomponerse del todo.

Yo no quería que me pasase eso. Así que desanduve mis pasos, recogí mi libro y lo abrí al azar. Al cabo de un rato reía, intentando frenar el brillo de las lágrimas en mis ojos.

Porque no permitiría que la guerra apagase el fuego de mis sueños.

Nadie me iba a quitar mi infancia.

La segunda llamada: el tío Ernesto (julio de 1937)

Las Torres de Serranos se alzaban en la tormenta mientras yo caminaba hacia nuestro hotel. Una lluvia pesada y ociosa se deslizaba hacia el alcantarillado. No me detuve. Llegué mojada de pies a cabeza al Metropol. Subí a la segunda planta. Me cambié y me di una ducha.

En la calle seguía lloviendo lánguidamente. Cuando paró, me fui a mi cuarto arrastrando los pies.

Había postergado hablar con mi madre. Mi hermana me había sugerido que lo hiciese semanas atrás, pero yo temía esa conversación y hasta era feliz pensando que tal vez nunca tendría lugar. Teresita ya se había casado y estaba con su marido en Bilbao. Desde allí planeaban viajar a Europa o tal vez a Sudamérica. Nadie quería quedarse en un país en guerra; era comprensible. Y las Vascongadas estaban a punto de caer en manos de los sublevados. Todo el mundo lo decía. Se estaba preparando una gran ofensiva en el norte.

Yo estaba jugando en mi habitación, ordenando mis muñecas de mayor a menor y planeando vestirlas o tal vez remendar alguno de los viejos camisones que llevaban. Los sollozos de mi madre me sacaron de ese universo infantil que yo, testaruda, seguía queriendo transitar. Me asomé con cuidado, miré a través de la puerta que separaba su habitación de la mía y vi lágrimas resbalando por sus mejillas. Estaba al teléfono y hablaba en susurros, quizá para que yo no la oyese:

—Es lo mejor, Ernesto. Lo entiendo, y al mismo tiempo es tan triste...

Pensé en mi tío Ernesto, al que hacía meses que no veía. Lo echaba de menos. Ahora mismo estaba esperando el nombramiento de gobernador en Guadalajara. Era, junto a mi padre, la persona más fuerte del universo, inmune a las guerras y las bombas, incluso a las que lanzaban los temidos aviones alemanes de la Legión Cóndor. No me imaginaba qué problema podía tener, pero estaba segura de que lo resolvería.

—La Unión Soviética está tan lejos. Pobres niños. Sí, llámame. Hazlo pronto. Cuídate. Hablaré con tu hermano en cuanto vuelva del trabajo. Le diré que te llame.

La voz de mi madre cada vez se oía más baja, más cansada, más resignada. Entré en su habitación. Ella levantó la vista y me contempló largamente de pie, con mis coletas y mi muñeca en la mano, y creo que comprendió que nuestra conversación no debía postergarse. Ni siquiera sé si fue una decisión consciente. Tal vez fue algo que sucedió porque tenía que suceder.

—Tus primos se van a Rusia.

No la entendí. Todavía no había oído hablar de los niños de Rusia.

—¿De vacaciones?

—No, se van a quedar mientras dure la guerra. Están partiendo hacia Rusia niños de toda España.

Rusia era el paraíso para muchos izquierdistas, una utopía maravillosa, tan falsa como todas las utopías.

—Pero si están en Rusia, no verán a sus padres.

—Naturalmente, pero seguirán vivos. Un padre y una madre tienen que buscar el bienestar de sus hijos a cualquier precio.

—Pero el bienestar de un hijo es estar al lado de sus padres, ¿no es verdad? Eso es lo que me habéis enseñado.

—Nosotros queremos lo mejor para ti de la misma forma que Ernesto y Piedad quieren lo mejor para sus hijos. Estar en España no es bueno para ningún niño. No podemos garantizar vuestra seguridad. Así que hay que tomar medidas para poneros a salvo. Tus tíos las han tomado. Papá y yo también tendremos que tomarlas.

No pregunté qué medidas. Trataba de soslayar aquella conversación, esperando que no se produjese, luchando por ahuyentar a los demonios que se escondían tras los silencios. Pero no se puede ahuyentar lo inevitable.

Cogí de un cajón el carrusel musical que me había regalado mi tío. Le di a la manivela y los caballos comenzaron su danza, llenando la habitación del dulce sonido que tan bien conocía. Aún hoy tarareo la música y me vienen lágrimas a los ojos. Es una tonada que me transporta a un mundo y a una infancia perdidas.

—Ven, hija.

—No, por favor. Déjame escuchar la canción. Solo una vez más.

Mi madre me cogió de la mano y salimos de la habitación.

Otros huéspedes estaban saliendo también al pasillo para dirigirse al restaurante. Cuando llegamos, algunos habían tomado ya asiento. Pronto sería la hora de comer. Miré en derredor. Allí había de todo, desde altos funcionarios españoles a miembros de la NKVD, la famosa policía secreta soviética. De hecho, la base de la NKVD en España estaba en la planta cuarta del hotel Metropol.

Mi madre también miraba a su alrededor, pero buscaba a alguien en concreto. Los descubrió y agitó la mano. Se trataba de los Portillo. El padre, Patxi, era uno de los jefes de las Líneas Aéreas Postales Españolas (LAPE). Su esposa era muy amiga de mi madre, y su hijo, Andoni, tenía mi edad. Habíamos jugado juntos alguna vez e incluso nos habíamos intercambiado un par de libros.

—Los Portillo se van a Francia —me dijo mi madre.

Aquello me entristeció. Todo el mundo se marchaba: a Francia, a Rusia, adonde fuera. Pensé que era de aquello de lo que quería hablarme mi madre. Que nos quedábamos solos, que la familia y los amigos se iban, que todo el mundo huía menos nosotros. Papá no podía marcharse porque era alguien necesario para el funcionamiento de la República. Así que nos quedaríamos. En el fondo era algo comprensible. El problema era que, una vez más, yo no comprendía lo que estaba pasando.

—Te irás con ellos —me anunció mi madre con voz fría, fingidamente distante.

Me quedé boquiabierta. Yo no podía dejar solos a mis padres. Me necesitaban, los necesitaba. Ahora que no estaba mi hermana debían tener al menos a una de sus hijas a su lado.

—Pero ¿qué haréis aquí solos?

—Sobrevivir, como todos. Debes entenderlo, Marina. Queremos lo mejor para ti.

—Pero lo mejor para mí no puede ser abandonaros.

—No nos estás abandonando. Te mandamos a un sitio más seguro. La guerra pronto terminará, venceremos y todo volverá a la normalidad. Pero mientras tanto no queremos que te pase nada malo.

Mi madre había bajado los ojos al decir que la guerra terminaría, que venceríamos, y la voz le temblaba cuando dijo que todo volvería a la normalidad. No creía en ninguna de esas tres afirmaciones. Incluso yo, en mi nube infantil, me di cuenta y me sentí desolada.

—Por favor, mamá, no me mandes a Francia.

—¿Y cuál es la alternativa? ¿Que te quedes aquí bajo los bombardeos? ¿Que mueras como esa amiga tuya del colegio? ¿Que cualquier día caiga Valencia o la ciudad en la que nos encontremos y nos capturen? ¿Quedarte sola y sin padres en medio de una guerra? ¿Crees que yo permitiría algo semejante?

Abrí la boca y la cerré varias veces. Quería decir algo, algo inteligente, algo que la convenciera de que estaba equivocada, que permanecer juntos era la opción más razonable. Pero no lo era, y yo no destacaba demasiado en oratoria en aquel momento de mi vida. Así que apreté los puños y solté un alarido, muy agudo, muy bajo, el chillido de una bestia herida, una pequeña bestia perdida en la inmensidad de un bosque que no conoce.

—Estarás bien con nosotros —dijo Patxi Portillo, un hombretón de casi dos metros.

Los Portillo habían presenciado nuestra conversación en silencio, delante de sus platos vacíos, un poco incómodos pero conscientes de que aquel trámite era necesario.

—Me apetece que vengas —dijo entonces Andoni—. Lo pasaremos bien.

—No, no quiero ir —balbucí.

—Pero tú has estudiado francés en el colegio. En mi familia nadie sabe decir una palabra. Nos serás de mucha ayuda. Hazlo por nosotros, Marina. Por favor.

Hasta el hijo de los Portillo era mejor orador que yo y sabía esgrimir excusas para convertir el favor que nos estaban haciendo en un favor que les hacíamos nosotros.

—Lo pensaré —dije.

—No pensarás nada. Te vas a Francia. Fin de la cuestión —dijo mi madre con voz firme. Entonces me abrazó, me besó las mejillas y me susurró al oído—: Esto es lo más difícil que he hecho en mi vida, Pipi. Ayúdame. Sé fuerte. Te necesito fuerte para los meses venideros, cuando lleguen las cosas terribles que aún están por suceder.

Yo miré a los ojos a mi madre. Tragué saliva, me aferré a su cuello.

—Lo intentaré... lo haré. Te juro que lo haré. Seré fuerte y pronto volveremos a estar juntas.

En el hotel Metropol abundaban las despedidas. No era extraño ver a una familia abrazándose y llorando, unos partiendo hacia el frente o a otros países, o recibiendo la noticia de la muerte de un ser querido. Nadie se extrañó de nuestra escena. Todo sucedió en la cotidianidad de ese infierno que es la guerra incluso en la retaguardia. Los camareros prosiguieron tomando nota, sirviendo los entremeses y preparando nuevos pedidos. Y nosotras nos sentamos a comer con los Portillo, aunque no teníamos hambre.

En ese instante, los bombardeos se recrudecieron, inyectando nuevas dosis de desconsuelo en una ciudad desgarrada y herida.

Y entonces regresó la lluvia, la misma lluvia pesada y ociosa que nos había castigado por la mañana. Caía sobre el hotel Metropol, las Torres de Serranos, la catedral y toda Valencia. Nada podía detenerla.

Anochecía cuando subí al coche de los Portillo. Bajé la ventanilla y me despedí de mi madre, también de mi padre, que había acudido a toda prisa para verme por última vez en mucho tiempo.

—Siempre he estado orgulloso de mi niña —dijo—. Sé que voy a seguir estándolo.

—Lo estarás, papá.

—Pensaré en ti todos los días. Da igual el trabajo que tenga que despachar, da igual el avance de la guerra… Quiero que sepas que, aunque no puedas verme, yo siempre estoy pensando en vosotras, en mamá, en tu hermana y en ti.

No dijo nada más. Tampoco hacía falta.

Después, suavemente, el automóvil se puso en marcha. Las ruedas comenzaron a girar, alejándome de mi familia.

Me di cuenta entonces de que me había dejado mi libro de cuentos en la habitación del hotel. Y también mis libros de poemas de Rubén Darío. Y mi querido carrusel musical. Pedí a Patxi que regresase para recogerlos. Se lo rogué. Se lo ordené. Le dije que era fundamental que los recuperase.

—Por favor. Quiero recogerlos y hablar con mis padres. Tal vez pueda convencerlos de quedarme. Yo les hago falta. Mucha falta. Sin mí estarán tristes y llorarán —dije, aunque era yo la que lloraba—. ¡Por favor, señor Portillo!

Pero Patxi no me hizo caso y pisó el acelerador.

La tercera llamada: mamá
(julio-diciembre de 1937)

Llegué a Francia el 18 de julio de 1937, justo un año después del alzamiento militar contra la República.

Francia, la tierra de la libertad, el lugar donde todo era posible. España, la tierra de la opresión, donde los sueños se hacían añicos. Ojalá todo fuera tan sencillo y se pudiese explicar cualquier cosa con una frase que contuviera todos los matices. Porque la realidad estaba en el matiz, no en las frases y los eslóganes de trazo grueso.

Francia era la tierra de la libertad, sí, pero para unos pocos españoles. Todo era mentira cuando acudías al matiz y mirabas entre líneas. Porque la Francia que yo conocí era la Francia de los privilegiados. No todo el mundo tenía la posibilidad, como nosotros, de vivir en un piso al lado del aeropuerto de Le Bourget; ni de llevar una existencia casi normal en medio de la guerra, viendo el desprecio de las potencias occidentales hacia lo que sucedía en nuestro país. Porque los refugiados de la Guerra Civil nunca contamos para las democracias. Nos olvidaron, preocupados como estaban por sus propios problemas, como Hitler y Mussolini, y convencidos de que los fascistas de Franco estaban sofocando la expansión del comunismo y del anarquismo en España. Nadie quería otra Rusia en el sur de Europa. Les inquietaba más eso que el auge de los totalitarismos de derechas.

Así que los refugiados españoles fueron olvidados, relegados, y con el tiempo encerrados en campos de internamiento, una forma francesa y embustera de referirse a los campos de concentración.

Pero no era mi caso. Yo era una refugiada de salón, de alguna forma la contrapartida de un revolucionario de salón. La guerra me había afectado, sí, pero no pasaba hambre ni frío y mi cuerpo no estaba pudriéndose en una cuneta. Me sentía segura, rodeada de personas que me apreciaban, y disponía de un teléfono.

El teléfono era el mayor de los lujos, una maravilla, una oportunidad de estar solo sin estar solo, algo que el resto de los exiliados tampoco tenía. Por teléfono hablé alguna vez más con Juanito, aunque estaba extraño y me hablaba con cuidado, como si yo fuese un jarrón demasiado frágil y no quisiera ser el responsable de que terminase por quebrarse. También hablé a menudo con mi padre, que sirvió un tiempo a la República en Valencia y luego regresó a Santander a su despacho de abogados. Mamá le acompañó, por supuesto. La guerra había llegado a un punto en el que un vocal del Tribunal de Garantías Constitucionales no servía absolutamente para nada. Era la hora de los militares, de las armas, de los ejércitos revolucionarios enfrentados a los ejércitos fascistas, del bolchevismo contra el fascismo, de los extremos y las utopías rasgadas.

No quiero olvidarme de mi hermana Teresita. Casi todas las semanas me telefoneaba desde México, adonde se había marchado con su esposo. Pero el mejor momento del día era cuando llamaban mis primos, sobre todo cuando hablaba con Piedad la pequeña, que había llegado a Rusia hacía ya dos meses. Estaba convencida de que pronto regresaría. Yo creo que le mentían acerca del avance de la guerra, que no le decían toda la verdad. Era una niña como yo, de trece años, y tal vez no querían matar su esperanza de que todo volviese a ser como antes. O tal vez Piedad sí lo sabía y no le importaba porque quería, como yo, seguir soñando y siendo una niña. Mi prima me contó que, cuando cayó Bilbao, miles de niños en Rusia lloraron a moco tendido. Mil, dos mil, tres mil niños llorando a la vez porque Bilbao había caído, porque el País Vasco había caído, porque sus padres eran ahora prisioneros del fascismo. Un niño no entiende mucho de matices. Si les hubiesen dicho que Lucifer en persona había descendido y se había llevado a sus padres, no estarían más tristes. La caída del País Vasco hizo mucho daño a los niños que estaban en Rusia; además los había de Valencia, Gijón y Barcelona, porque hubo barcos que salieron también de esas ciudades.

Con el tiempo, las llamadas de mi prima Piedad se fueron espaciando, las dos estábamos demasiado tristes y éramos demasiado niñas. Pero mantendría el contacto con ella toda la vida, así como con sus hermanos Ernestito y Francisquito. Porque son mi familia, y la familia, de alguna forma, lo es todo.

Pero hay una llamada de la que guardo un recuerdo imborrable. No fue una llamada alegre. Pocas lo fueron en aquellos tiempos. Sería a finales de agosto o principios de septiembre de 1937. Lo cierto es que los Portillo, que nunca llegaron a aprender francés, me necesitaban para casi todo. Yo me sentía útil. Salía a hacer la compra, hablaba con los vecinos y los días no se me hacían tan largos. Una tarde, cuando regresé de hacer unos recados, sonó el teléfono. Lo cogió Patxi Portillo, que habló brevemente. Luego me llamó. Su gesto era grave:

—Es tu madre —me indicó.

Cogí el aparato.

—Hola, mamá.

No dijo nada al principio, parecía que buscaba las palabras. Luego, cuando comenzó a hablar, noté su voz rasposa.

—Quiero que seas fuerte, Marina. Sobre todo, no te vengas abajo.

No era una buena manera de comenzar una conversación, especialmente si uno quiere evitar que alguien se venga abajo. O tal vez sí. Mi madre confiaba en mí y creía que yo era lo bastante fuerte. Ojalá yo confiase también en mí.

—¿Qué ha pasado, mami?

—Los fascistas han tomado Santander. Yo estoy escondida en casa de unos amigos. Y a tu padre lo han detenido.

No podía ser. Yo sospechaba desde hacía tiempo que la guerra estaba perdida. Mi padre me había preparado para ello. Pero no esperaba que ocurriese tan rápido, que todo se desmoronase como un castillo de naipes.

—¿Papá está bien?

—No sé si está vivo, si es eso lo que me estás preguntando. Espero que sí. Ha sido un cargo importante de la República, a esos no los fusilan sin un juicio. Quieren dar ejemplo. Casi siempre es así.

—¿No siempre?

—No siempre, hija. Se han dado casos de lo contrario, sobre todo con republicanos con las manos manchadas de sangre. O sea, que tu padre debería estar a salvo. Eso quiero creer. Pero no sé lo que va a pasar con él, ni tampoco conmigo. Aunque eso no importa.

—¿Cómo que no importa?

—Lo que importa es lo que os pase a ti y a tu hermana. Teresita está lejos. Tú ahí en Francia estás segura, y de momento te vas a quedar con los Portillo.

Ahogó un sollozo. Estaba intentando no perder la compostura, pero no era fácil.

—Yo quiero estar con vosotros. Podría ayudarte...

—Hija, voy a estar escondida mucho tiempo. Eso, si no me detienen. El último lugar en el que tienes que estar es Cantabria. Debes ser fuerte y confiar en que todo se solucionará.

Se hizo el silencio. El tictac de un reloj con carillón, justo a mi izquierda, me retumbaba en los oídos. Estaba en la tierra de la libertad, ¿no era así? ¿Podía una estar presa en la tierra de la libertad? ¿Eso no era un contrasentido?

—¿Se solucionará? —pregunté.

—Es una forma de hablar. Ya lo sabes. No sé si se solucionará. Veremos qué pasa. Hay que vivir día a día y tener coraje. Necesito saber que tú estás bien. Eso me ayuda a seguir adelante.

Seguía hablándome como a una persona adulta. Y si aquello era una maldita conversación de adultos, entonces ser mayor era una mierda. Quería llorar, quería patalear, quería decirle a mi madre que no estaba bien, que nunca estaría bien, que odiaba el fascismo, que odiaba ser una niña, que odiaba no poder tomar un fusil como Juanito y matar a los que tuvieran preso a mi padre. Quería

73

que el mundo volviese a ser como antes y que regresásemos a Torrelavega, al jardín con su glorieta y su rosal; y quería hacer un pícnic en la playa con el tío Ernesto y con mis primos.

—Estaré bien, mamá. Y tendré mucho coraje, para salir adelante.

—Eso es lo que quería oír. Te quiero, Pipi.

No pudimos hablar mucho más. Desde hacía una semana, las comunicaciones con España estaban cortadas casi siempre, y cuando no lo estaban duraban menos de un minuto. En el fondo, fue una suerte que la llamada se alargase tanto. Un pequeño momento de suerte en un océano de desgracias.

—Yo también te quiero, mamá.

Ya no me respondió. Se había cortado la comunicación. Mi madre estaba perdida en medio de la guerra, en zona fascista, y yo seguía en Francia, el país de la libertad. Aunque yo no me sentía libre.

—Aquí estarás bien. No te preocupes.

Volví la cabeza. Patxi Portillo había asistido a toda la conversación. Tal vez mi madre se lo había pedido.

—No estaré bien —le expliqué—. Pero resistiré.

—Resistiremos —apostilló él.

Y resistimos. Porque al final aprendí a amar a Francia. Siempre le tendré un cariño especial. En el momento más desolador de mi vida, la normalidad de vivir en un lugar donde no había guerra me ayudó a no perder la razón y a mantener intacto mi coraje, tal y como había prometido.

No iba a permitir que Franco y sus secuaces, esos que querían convertir mi país en la tierra de la opresión, hicieran añicos mis sueños. Un día, uno muy cercano, mi familia volvería a reunirse, pensaba yo.

Esa noche, con una máscara de coraje bien apretada contra mi rostro, cené frugalmente y luego me marché a mi habitación, que compartía con Andoni. Leímos un libro juntos, no recuerdo cuál. Después nos acostamos; yo, como siempre, en la litera de arriba. Faltaba poco para las navidades.

—¿Cómo estás? —me preguntó cuando apagamos las luces.

—Mal —confesé—. Pero mañana estaré mejor.

Tras un instante de silencio, me contó un chiste tonto. No me reí, pero le di las gracias. No hablamos más.

Y así, con una buena cama donde dormir, un plato caliente en la mesa, sabedora de que no acabaría en una cuneta ni en un campo de internamiento, regresé a mi exilio de privilegiada.

Ya llegaría el tiempo en que me enfrentaría a los fascistas. Por el momento, tocaba crecer... y sobrevivir.

3

Cuando caminaba
con pasos muy cortos

Francia y la culpa (junio-octubre de 1939)

Pasaron diecinueve meses y la guerra llegó a su fin. La República había sido derrotada. Sin embargo, en Francia todo seguía igual, inmóvil, como si lo que sucedía en España fuese un sueño lejano, una pesadilla.

Cada vez que un avión pasaba demasiado cerca de nuestro piso, Patxi Portillo, Miren y Andoni salían a la terraza a mirar cómo la bestia de metal se alejaba en el horizonte. Señalaban hacia el aeropuerto de Le Bourget y hablaban de tal o cual modelo de aeronave, de motores, de estrellas y de que un día llegaríamos a la Luna con la misma facilidad con la que ahora se volaba de París a Milán. Patxi ya no ejercía de jefe de las Líneas Aéreas Postales Españolas, pero era un experto en aviones. Así que a menudo él hablaba, su esposa escuchaba y hacía apuntes inteligentes, mientras Andoni trataba de rivalizar con su padre en el conocimiento secreto de la ciencia de la aeronáutica.

Eran unas personas buenas y sencillas. Una de las razones por las que guardo tan buen recuerdo de mi estancia en tierras francesas se debe a ellos, a la forma en que me trataron, como si fuese de su propia sangre.

—¿Estás bien?

Miren Portillo me consideraba una hija, la hija que nunca tuvo. No me sentía desplazada, ninguneada, como si fuera una prima lejana o alguien a quien había que atender por obligación. Yo era una más de la familia. Y sin embargo me faltaba una cosa: mi propia familia.

—Estoy bien, supongo.

—Cada vez comes menos. Estás muy delgada.

—Es mi constitución. Nunca he sido de ganar mucho peso.

—Ya.

Ni siquiera yo me creía mis palabras. Estaba más delgada que nunca. Aunque entonces no lo sabía, tenía un principio de depresión; sin embargo, en los años treinta se conocía como neurastenia. Pero, al margen de cómo se la llamase, el caso es que siempre estaba cansada, tirada en un sofá y enfadada con el mundo.

Caminaba con pasos muy cortos, como si me costase dar una zancada. Parecía casi una inválida arrastrando los pies por las calles de París cuando iba a cualquier recado para los Portillo.

—Esta noche cocinaré tu plato preferido, ese guiso de ternera cántabra que me enseñó a hacer tu madre —dijo entonces Miren.

—Me apetece mucho —mentí.

Lo cierto es que me encantaba aquel guiso pero no tenía ni pizca de hambre.

Y me dolía la cabeza. Siempre me dolía la cabeza.

Miren procuraba que aquel tiempo en Francia se viviese con normalidad. Nos buscó profesores privados a Andoni y a mí, nos colmó de atenciones y nos facilitó mucho la vida de exiliados que llevábamos. Pero esa era una de las razones que ahondaban en mi depresión. Yo lo tenía todo:

una casa, comida y ropa de abrigo, mientras nuestros compatriotas, los que huían por el norte de Cataluña hacia Francia, no tenían nada.

Porque habíamos perdido la guerra. Ya no era solo una premonición sino la completa derrota, y los restos del ejército republicano huían en desbandada.

También era la derrota de unos ideales, los de la izquierda, los de la libertad.

Yo había dejado de ser una niña en algún momento, a pesar de mis esfuerzos por mantenerme lejos de las obligaciones de los adultos. Acababa de cumplir quince años y ya no podía refugiarme en mis muñecas. La realidad, terca como siempre, me obligaba a reaccionar, a tomar decisiones. Pero yo no estaba segura de ser capaz de hacerlo. Porque ¿cuál era mi verdadera obligación? ¿Obedecer a mis padres y mantenerme lejos de mi país? ¿Seguiría pues en Francia? ¿Indefinidamente? ¿O regresaba para ser una más en una nación arrasada?

La duda me reconcomía. Quería regresar, pero tenía miedo. Quería quedarme, pero pensaba que tenía demasiado porque mis compatriotas pasaban la frontera con lo puesto, sin nada que echarse a la boca. Estaba hecha un lío. Y los Portillo se daban cuenta.

—Estás muy delgada —me dijo Andoni al volver de su clase de piano.

Levanté los ojos. Estaba sentada a la mesa delante de mi plato de ternera. No lo había tocado. ¿Cómo habían pasado todas esas horas? No lo recordaba. Seguía sumida en mi depresión, en mi angustia, en la incertidumbre ante los caminos que se abrían ante mí y yo era incapaz de acometer.

—No tengo hambre.

—Tienes que comer —dijo Patxi Portillo, que apareció de pronto detrás de su hijo—. Enfermarás.

Entonces dije la verdad. Tenía que decirla, tenía que escupirla:

—Mi padre ha sido condenado a dieciséis años de cárcel por masonería y por adhesión a la rebelión.

—Soy consciente de ello —dijo Patxi.

—A mi tío Ernesto lo van a fusilar un día de estos. Tal vez, mientras estamos hablando, mientras yo me meto en la boca un pedazo de tierna ternera cántabra, mi tío va camino del pelotón de fusilamiento.

Desde el baúl de la memoria me llegó la imagen de mi tío, bien vestido, con su pelo peinado hacia atrás y sus gafas redondas. Como mi padre, era un hombre culto pero más extrovertido, siempre rodeado de amigos, sobre todo gente del mundo de la cultura, como Miguel de Unamuno o Federico García Lorca. Aquellos tiempos no volverían jamás.

—Tu madre me escribió —reconoció Patxi—. Me ha explicado también lo de tu tío. Lo siento mucho. Pero igualmente tienes que comer.

Ahora ni siquiera teníamos el consuelo de una llamada telefónica. Mi madre era un «topo», así es como llamaban a las personas afectas a la República que estaban escondidas en España. No podía llamarnos, no podía dar señales de vida. Como mucho recibíamos alguna carta que llegaba gracias a algún valiente que cruzaba la frontera huyendo de Franco y de la represión.

—No tengo hambre. No puedo comer. Tengo un nudo en el estómago.

—Si te pones enferma, eso no va a ayudar a tu madre, que está escondida quién sabe dónde. Tampoco a tu padre, que algún día saldrá de prisión. Tienes que ser fuerte por ellos y para ellos.

—Eso es fácil de decir.

Me levanté de la mesa y me fui a mi habitación a pasos muy cortos. Había pasado de niña que no quiere crecer a actuar como una lisiada. Ni siquiera la ira o la desazón podían acelerar mi cuerpo trabado, suspendido en su propia incapacidad. Rompí a llorar, pero no de forma histérica, con grandes sollozos e hipidos. Lo hice quedamente, en silencio, como cansada del llanto; en el fondo, cansada de mí misma incluso más que de todas las desgracias que me estaban sucediendo.

Abrí un cajón. El día anterior había recibido una carta de Juanito.

Mi dulce Pipi:

Estoy en medio de las montañas. Hace frío y mucho viento. Pienso en ti. No soy hombre de palabras, al menos no de las escritas. Pero haré lo que pueda.

Tengo un nudo en la garganta al pensar en ti. Pienso en nuestros paseos junto al río Besaya. Pienso en los días en que jugábamos juntos sin preocupaciones.

La guerra ha terminado, pero la lucha sigue. Muchos huyen hacia la frontera con Francia. Yo he decidido quedarme. Soy un *gudari*. Los *gudaris* no se rinden.

No estoy solo. Hay muchos otros como yo. Pero me siento solo. Por eso te echo de menos. Por eso pienso en cuando estábamos juntos.

Yo soy fuerte y seguiré adelante. Haz tú lo mismo. Cuídate mucho.

Siempre serás mi amiga más querida.

Con todo mi cariño,

JUAN, el *gudari*

Cada vez que la leía me ponía contenta, luego triste, luego otra vez contenta, y al final me entraban unos retortijones extraños en la barriga y más abajo, en la ingle, en el bajo vientre. Así es el alma humana, una caja llena de compuertas y de misterios.

De cualquier forma, debía contestar. Y eso hice:

Querido Juanito (perdona, pero me cuesta lo de Juan):

He recibido tu carta y me alegra saber que estás bien. Me preocupa que pases frío en las montañas. Abrígate bien. Te agradezco tus palabras de apoyo y ánimo, y quiero que sepas que yo también pienso en ti.

Mi vida en Francia no es tan emocionante como la tuya, pero trato de mantenerme ocupada. Estoy viviendo con la familia Portillo, amigos de mis padres, como bien sabes, y me han acogido como si fuera una más de la familia. Ayudo en lo que puedo, haciendo recados y colaborando en las tareas del hogar.

Aunque mis días aquí son bastante aburridos en comparación con los tuyos, me siento agradecida por tener un lugar donde estar a salvo, por tener a personas que se preocupan por mí. A veces me pregunto si algún día volveremos a encontrarnos. ¿Cómo será nuestra vida cuando llegue ese día? ¿Habremos cambiado? ¿Llevas barba? No sé por qué, pero siempre te imagino escondido tras una roca, con una escopeta y una larga barba. A veces sueño contigo.

Eres muy valiente y estoy orgullosa de poder llamarte mi amigo.

Espero recibir noticias tuyas pronto.

Con todo mi cariño,

MARINA

Al cabo de un rato, tras releer diez veces la carta de Juanito y mi respuesta, me sentí mejor. Se la entregaría a uno de sus camaradas, que era nuestro contacto en Francia y viajaba a menudo de un lado a otro de la frontera.

Me emocionaba pensar que Juanito la leería y eso le daría fuerzas para enfrentarse a la Guardia Civil.

Unos minutos después decidí dejar de esconderme en mi habitación. Nada más llegar al salón, oí una exclamación. Era la voz de Andoni.

—¡Mira, papá!

Patxi sacó sus prismáticos. Toda la familia Portillo salió a la terraza.

—¡Dios! ¡Es un Bloch! Un MB.150, tal vez un MB.151.

—¿De verdad? ¿Qué hace un caza sobrevolando esta zona?

—No lo sé. Un vuelo de prueba. Tal vez un problema técnico lo obliga a aterrizar en Le Bourget.

La bestia de metal seguía su curso. La familia Portillo se pasaba los prismáticos entre exclamaciones y comentarios. Me senté en una silla de mimbre junto a la radio y los observé, estaban exultantes. Los envidiaba.

Lentamente se ponía el sol. Patxi seguía señalando al cielo, Andoni estaba con los brazos en alto, simulando el vuelo del caza que habían visto pasar fugazmente dos horas antes. Miren buscaba el rastro de nuevas y fantásticas aeronaves.

Una hora más tarde, el azul del cielo se desvaneció. Salí a la terraza.

—Explicadme eso del caza que habéis visto.

Miren me pasó los prismáticos. Patxi me dio una palmada en el hombro. Y finalmente Andoni dijo:

—Ha sido algo increíble. Ven, que te enseño por dónde apareció el avión. ¡Vamos! ¡Rápido, antes de que se vaya del todo la luz!

Tiempo de reaccionar
(noviembre de 1939-junio de 1940)

Escuché el tictac del viejo carillón. Cada minuto era un minuto menos que le quedaba a mi tío Ernesto. Me quedé mirando la hermosa caja de madera de caoba tallada y con incrustaciones que la recorrían formando enredaderas hasta converger en la puerta de vidrio. En el interior, el péndulo se movía impulsado por un complicado engranaje.

Tictac. Otro minuto menos que le quedaba a Ernesto Vega.

Pensé en mi tía Piedad, pobrecita. Pensé en mis primos viviendo en Rusia. Pensé en la esfera esmaltada del reloj, en las delicadas agujas avanzando inexorables...

Tictac. Y a mi tío se le acabó el tiempo. En mi mente, la tonada del carrusel musical que me regaló estalló de pronto, como si lo tuviera delante, los caballos girando al viento, dando vueltas eternamente.

Pero el tictac del carillón ahogó el sonido de mis recuerdos.

Ernesto fue trasladado desde el campo de concentración de Albatera hasta Albacete, donde murió fusilado a finales de noviembre de 1939. Mi padre, que había pasado ya por varios penales y campos de concentración, acabó en la prisión de El Puerto de Santa María, en Cádiz.

Eché un último vistazo al odiado carillón y regresé a mi vida regalada, sin nada realmente importante que hacer, entregada a las tareas cotidianas como comprar y ayudar a los Portillo en lo que podía.

Por suerte, aquel día recibí otra carta de Juanito.

Querida Marina:

Estoy cansado de luchar. Estoy preocupado por ti. Alemania atacó Polonia y la ha arrasado. Dicen que ahora Hitler irá a por Francia.

Voy a cruzar la frontera para verte. Sé que no será fácil. Pero estás en peligro. Debo hacerlo. Además, estoy cansado de luchar. Ya lo he dicho antes. Esto no tiene sentido. No podemos ganar. Nunca pudimos.

No sé si lograré cruzar la frontera. Pero lo intentaré igualmente. Quiero estar a tu lado y protegerte. Llegaré en dos o tres semanas como mucho. No me escribas porque salgo ya en dirección a Francia. Deséame suerte.

Recuerda siempre que eres mi amiga más querida. Mi corazón te acompaña en cada momento.

Con todo mi cariño,

JUANITO

P.D. Para ti soy Juanito. Para el resto, Juan.

Como siempre, leí la carta de Juanito diez veces antes de salir de la habitación. Me sentía de mejor humor y ayudé a Miren en las tareas del hogar antes de bajar a la calle a hacer los recados.

—Necesitamos alcachofas, Marina —me dijo Miren con la lista de la compra en la mano—. ¿Cómo diablos llama esta gente a las alcachofas?

—Esta gente, los franceses, las llaman *artichaut*.

—¿Arti... qué? Dios mío, qué ganas de poner nombres raros a las cosas. Escríbelo tú, que yo no me veo capaz.

Nunca he conocido a una familia menos dotada para los idiomas que los Portillo. Llevaban casi tres años en tierras francesas y no sabían decir una palabra en el idioma de sus gentes. Yo me defendía, y mi misión principal era la de ser su intérprete. Aquel conocimiento del francés, aunque siempre sería superficial, me serviría de mucho en el futuro. Aunque en aquel momento no sabía qué hacer con mi vida y la situación internacional no ayudaba, ni a mí ni a mis protectores.

—Supongo que ya sabéis que los alemanes están a punto de llegar a las fronteras francesas —dijo Patxi una noche mientras cenábamos, tal vez un plato de pasta, que era lo que más le gustaba a Miren.

—No creo que pasen de la Línea Maginot. Es inexpugnable —repuso Andoni, muy seguro de sí mismo—. Hitler será derrotado en breve.

La Segunda Guerra Mundial (aunque aún no se llamaba así) había estallado trece semanas antes. Polonia había caído en un abrir y cerrar de ojos y la siguiente ambición del Tercer Reich era la Francia de la libertad y los valores republicanos, tal y como me había advertido Juanito. Esa misma libertad y esos mismos valores que el fascismo había pisoteado en España ante la pasividad de las potencias occidentales.

—Yo también creo que los nazis serán derrotados, hijo. Pero hay que ser cautos y estar preparados para cualquier cosa que pueda suceder.

—Venceremos —insistió Andoni.

—Lo mismo dijimos cuando se sublevaron los generales contra la República —dije—. Y ya ves cómo estamos.

Se hizo el silencio en la mesa. Yo estaba en los huesos y ya nadie me preguntaba por qué no comía. Mis anfitriones también habían perdido peso porque era imposible que no se te quitara el hambre al ver cómo el mundo se derrumbaba a tu alrededor.

—Si Francia es atacada y los alemanes consiguen avanzar con la celeridad con la que lo han hecho en Polonia, nos marcharemos de aquí —anunció Patxi Portillo.

—Eso no pasará —dijo Andoni, testarudo—. Francia es una potencia militar, tiene el mejor ejército del mundo. Todos lo saben. Ni siquiera Hitler…

—Si pasa, nos iremos. No he huido de la España de Franco para vivir en la Europa de un dictador aún peor.

—¿Y adónde? —terció Miren.

Patxi acarició el rostro de su esposa.

—Adonde haga falta. Pero lejos.

—No os preocupéis. Eso no pasará —insistió Andoni—. Nos quedaremos en Francia muchos años.

Pero pasó. Yo caminaba a pasos muy cortos, aún atrapada en mi papel de inválida, pero Hitler caminaba a grandes zancadas, como un gigante. Los ejércitos del Führer atacaron Francia y en pocas semanas, al igual que había pasado en Polonia, la arrasaron.

—Es la hora.

En junio de 1940, Patxi Portillo nos informó de que la rendición de Francia era inminente, cuestión de pocos días. Había que marcharse, y había que marcharse ya.

—Nos vamos a México —anunció.

—¿Por qué a México? —preguntó su esposa.

En aquel momento el gobierno mexicano era uno de los pocos que simpatizaban con la República. No había reconocido el régimen de Franco e incluso estaba enviando barcos para recoger a los exiliados. Miles de españoles, como mi hermana Teresita, decidieron emigrar a un país que muchos consideraban hermano.

—Es un lugar seguro, o eso creo. Tampoco tenemos muchas más opciones.

La familia Portillo comenzó a hacer las maletas. Yo

me quedé sola en la habitación, mirando por la ventana el aeropuerto de Le Bourget, al cual había llegado desde una España libre y democrática. Ahora España era una dictadura y Francia estaba a punto de ser ocupada por los nazis. El tictac del carillón, a cada intervalo, acababa con más vidas, sueños y esperanzas.

—¿Qué vas a hacer? —dijo una voz a mi espalda.

—No lo sé.

Me volví, aunque había reconocido la voz de Andoni. Era un muchacho, como yo, de quince años, preocupado por cómo marchaba el mundo, desencantado y algo enfadado por tener que escapar de nuevo de las hordas fascistas. Lo miré con ternura. Se parecía a su padre, alto y ancho de espaldas, aunque no demasiado guapo.

—No puedes quedarte —me informó—. El dinero de tus padres hace tiempo que dejó de llegar, y mi padre dejará de pagar el alquiler de este piso a final de mes. Tal vez puedas aguantar unos días aquí, pero luego tendrás que tomar una decisión. Aunque hay una opción mejor.

—¿Cuál?

—Venirte con nosotros a México.

Aquello no me lo esperaba. Abrí mucho los ojos y contemplé a Andoni Portillo, que me miraba como si fuese realmente mi hermano. Todos me habían tratado como a una más de la familia, y comprendí que no solo era un disfraz: me consideraban una Portillo. Aquello me emocionó, pero me di cuenta de algo: yo no era una Portillo, yo era una Vega.

En ese momento fui consciente de lo que debía hacer. Juanito me había dicho en su última carta que vendría a visitarme, que iba a pasar la frontera para encontrarse conmigo. Habían pasado seis semanas y no había llegado aún. Yo tenía muchas ganas de volver a verlo, pero no podía esperarlo por más tiempo. No me quedaba ninguna razón para permanecer en Francia. Y mi lugar y mi futuro no estaban en México.

—Yo también me marcho. De vuelta a España.

—Allí no te espera nada que valga la pena.

Esta vez fui yo quien lo miró con el cariño de una hermana.

—Me esperan los míos. Yo haré que valga la pena.

Andoni se acercó y me abrazó con fuerza. Los Portillo eran unas personas excelentes y siempre los llevaré en mi corazón. En un mundo donde la mayoría de la gente está llena de dobleces y mentiras, tuve la suerte de conocer a una familia que me apreciaba y que dio la cara por mí en el momento más oscuro de mi vida.

—Nunca te olvidaré —le dije.

—Yo tampoco.

Nos abrazamos de nuevo, por si no volvíamos a vernos. Y eso fue lo que ocurrió. Nos carteamos durante un tiempo, pero los Portillo nunca regresaron de Centroamérica y sus rostros afectuosos, su cariño y su bondad se convirtieron en un recuerdo. Ojalá les haya ido en la vida tan bien como se merecían.

—Hasta pronto —dijo Andoni saliendo de la habitación.

Poco después me despedí de Miren y Patxi; él me dio un enorme abrazo de oso.

Entonces me cambié, me quité el pijama y me puse mi mejor vestido. Había tomado una decisión. Así que me preparé para el siguiente capítulo de mi vida. Era un capítulo que lo cambiaría todo. Esperaba ser lo bastante fuerte para acometerlo.

Traté de caminar con paso firme, oyendo el sonido de mis pisadas, alejando el miedo, la culpa y la congoja de todos aquellos meses.

Un pie, luego el otro… y salí a la calle. Cada vez más rápido, cada vez un paso más largo. Me acordé de la joven atleta que era en Cantabria; recordé las escaladas, las carreras y la natación en el Club Canoe. Aún me costaba dejar de caminar a pequeños pasos. No me sentía capaz. Pero debía sobreponerme a mi incapacidad. Al menos por una vez.

Tictac. El carillón resonaba en mi cabeza. Era como si los engranajes accionados por pesos metálicos se hubieran puesto en marcha en mi cerebro.

Otro paso. Uno muy grande. Tictac. La campana acababa de ser golpeada por los martillos que accionaban el mecanismo del reloj. Había llegado a mi destino, un edificio de estilo clásico, fachada aristocrática, con amplios balcones y rejería de hierro forjado.

Un último esfuerzo. Otro paso, uno enorme. Tictac. Sonaba en mi cabeza la melodía que emitía el carillón cada cuarto de hora. Era un minueto de Händel, en tono melifluo, como un susurro. Llegué la recepción. Crucé el vestíbulo y subí una escalera. La última sala estaba decorada con motivos florales.

Tictac. Era la hora. Me acerqué al mostrador. Me hallaba en el consulado español en Francia y debía tener valor para decir una única frase:

—Quiero ser repatriada —informé al empleado.

Tictac. Iba a regresar. Mi destino estaba sellado.

Cuando fui ganado (junio de 1940)

Una vez leí que lo que diferenciaba a los humanos de los animales era la capacidad para razonar y ser conscientes de nuestra propia vida, de nuestro propio yo. Pero creo que la auténtica diferencia está en que los seres humanos tenemos un deber moral, una ética que sostiene nuestros actos. No solo respiramos, comemos, trabajamos y nos reproducimos. Somos un sueño, un anhelo por una vida mejor; somos seres que evolucionamos y deseamos que la sociedad evolucione a nuestro lado.

Pero desde la perspectiva fascista de la sociedad, los españoles éramos vasallos y no individuos. Se había terminado la vieja dualidad entre liberales y conservadores. Ahora había patriotas y enemigos de la nación. Sin gama de grises. Y si eras un patriota tenías unas obligaciones morales y religiosas; debías responder ante Dios y ante España. Por si esto fuera poco, a los que eran como yo nos llamaban «rojos». Éramos españoles de una casta inferior, una especie de «subespañoles», un concepto similar al de «subhumano» que tanto gustaba a los nazis; menos que un ser humano, prácticamente un animal, un ser sin capacidad de razonar y sin conciencia.

Tal vez por eso nos trasladaban de vuelta a casa en vagones para animales.

Y por ese motivo un día me convirtieron en ganado. Al igual que los judíos, a los que comenzaban a transportar en trenes semejantes a campos de concentración, yo acabé en un viejo vagón lleno de excrementos de vaca, de olores malsanos y de miradas de otros seres aterrorizados, compatriotas que no sabían cuál era su verdadero destino.

Porque regresar a España era un riesgo mayor de lo que nadie podía imaginarse. Mi padre estaba en prisión y yo no tenía la menor idea de dónde se encontraba mi madre. Como muchos otros topos, a menudo cambiaba de domicilio cuando se rumoreaba que había redadas de los fascistas. Así que podía estar en cualquier parte y, aunque yo esperaba que estuviera en Madrid, podía equivocarme y verme sin dinero en una ciudad extraña, sin familia y en peligro de morir de hambre o algo peor.

Por mi mente circulaban peligros de todo tipo. Algunos eran reales, algunos imaginados, otros los conocía por las películas o los seriales radiofónicos. Aún no había cumplido dieciséis años y tenía más imaginación que experiencia en la vida, una combinación no demasiado recomendable a la hora de tomar grandes decisiones.

De cualquier forma, el tren de ganado prosiguió su avance repleto de españoles que, como yo, regresaban sin saber qué etiqueta les pondría el régimen: huidos, desafectos, enemigos, masones o hijos de bolcheviques, o una combinación de todas estas cosas.

Yo estaba al fondo del segundo vagón, lo más apartada posible de las enormes heces de caballo que había a la entrada, junto a una de las puertas correderas. Me había refugiado en aquel extremo, todo lo lejos que pude de los excrementos, los vómitos de algún pasajero pretérito y una bala de heno a medio morder. Pasaban las horas de un viaje que yo sabía que sería largo, pero no contaba con que durara dos días entre paradas, transbordos y esperas innecesarias. Casi me muero de frío en una estación olvidada del Pirineo.

Cerca ya de Madrid, una mujer me ofreció un trozo de pan y lo tomé con avidez. Me había dado cuenta de que era lo último que le quedaba en el bolso, pero no hice preguntas. Cuando aprieta el hambre, las preguntas son lo de menos y las explicaciones son siempre banales. Pero esta no lo era.

—Me recuerdas a mi hija —me dijo mirándome con ojos brillantes, al borde del llanto.

—¿Dónde está? —pregunté obviando las señales y demostrando mi falta de madurez.

—Murió en Barcelona, en un bombardeo.

Lo sentí, pero no dije que lo sentía. Mordí el pan, comí un pedazo grande y la miré con ternura. Ella se consideró pagada y asintió con la cabeza, como diciendo: «Aliméntate y vive por mi hija, por todas las hijas que han muerto».

Una vez en Madrid, fui hasta la calle de Hortaleza y me paseé por delante de los comercios para ricos, las joyerías y las tiendas de ropa de lujo. Porque incluso al comienzo de la posguerra había privilegiados, gente que podía comprar artículos de calidad, ese tipo de gente que apreciaba las fachadas elegantes y los escaparates cuidadosamente diseñados, los interiores opulentos y el trato personalizado.

La familia de mi madre tenía varias tiendas en Madrid y yo recordaba haber ido a la zapatería de mi tío Julián. Creo que tenía seis años la última vez que puse un pie en aquel lugar, pero la desesperación hace que el cerebro esté alerta y obre milagros. No me había equivocado de calle y encontré la tienda sin demasiado esfuerzo.

Mi tío Julián, como todos en la familia Gálvez, era un hombre recto, tradicionalista, de derechas, que lamentaba que la pobre Teresa se hubiera casado con un rojo como Francisco Vega.

—Al principio, yo solo era alguien conservador, pero con el tiempo me he dado cuenta de lo importante que es tener un guía como Franco que nos dé seguridad. Ahora estoy afiliado a la Falange y tengo claras mis prioridades: una patria, un estado, un caudillo —me explicó mi tío mientras avanzábamos en un taxi por el barrio de Salamanca.

—¿A qué altura de Francisco Silvela quiere que lo deje? —preguntó el taxista en ese momento.

Mi tío se lo indicó. Mi madre estaba escondida en una casa de huéspedes cerca del paseo de la Castellana.

—¿De qué hablaba? —prosiguió mi tío Julián—. Ah, sí, de la importancia del Caudillo, de lo que le debemos en España por haber traído el orden a cualquier precio, sobre todo a cualquier precio. Porque había que cortar la mala hierba y, sí, ha muerto mucha gente, y muchos otros están en prisión. —Observé cierto retintín en su voz, luego una pausa y un cambio de tono. Lo odié por atreverse a hablar de mi padre en un momento como aquel—. Pero todo eso era necesario para conquistar la paz. De lo contrario, hubiéramos acabado matándonos los unos a los otros.

—¿Y no es eso lo que ha pasado? —pregunté.

Mi tío Julián no contestó. Tal vez lo que quería decir era que, por suerte, los unos, los rojos, no habían matado a los otros, los fascistas. Lo terrible, a su juicio, habría sido que los otros, los fascistas, hubieran muerto a manos de los unos, los rojos, y las cunetas y los campos estuvieran llenos de cadáveres de la gente de bien. Mientras esas víctimas colaterales fuesen las de sus enemigos, mientras fuesen los rojos los que poblaran las cunetas, las consideraba pérdidas aceptables.

—Tú no entiendes nada —dijo tras un instante de reflexión.

—Gracias a Dios —repuse.

Aunque mi forma de hablar, a su juicio, rozaba el descaro, el hecho de que mentara a Dios debió de gustarle, o pensaría que era mucho mejor que si le hubiera dado las gracias a Lenin o a Marx, porque me dejó en paz hasta que llegamos a la calle de Francisco Silvela. Allí me llevó hasta la última planta del edificio, donde mi madre vivía en un piso diminuto, «penando el justo castigo por sus actos», a juicio de mi tío. Antes de marcharse, le recordó a mi madre la suerte que tenía de contar con la ayuda de su familia, y que lo hacían por caridad cristiana a pesar de la vergüenza que era para todos ellos que se hubiera casado con un rojo (y masón para más señas). Mi caritativo tío también le advirtió que debía educarme en los valores tradicionales de la Santa Madre Iglesia.

—Espero que no vuelvas a dejarnos en ridículo —dijo como corolario de su discurso.

Y se marchó. Tanto mi madre como yo respiramos aliviadas y nos fundimos en un largo abrazo. Antes de explicarme nada sobre mi padre, de preguntarme por qué había salido de Francia o cómo había llegado hasta allí, o todas las otras cosas de las que teníamos que hablar tras tanto tiempo sin vernos, me dijo:

—Hay que encontrar la manera de vender mis joyas para marcharnos de Madrid, lejos de mi familia. Lo más lejos posible.

Entonces comprendí que mi madre iba en su propio vagón de ganado, hacinada entre el estiércol y las cagadas de caballos y de vacas, que el olor era igual de pestilente y que compartía el viaje con el mismo tipo de personas que había conocido yo desde Hendaya hasta Madrid. Pero no eran repatriados sino topos, también animales a ojos de los fascistas pero de distinto pelaje, seres que huían del escrutinio público, de que su faz fuera revelada delante de los que cantaban el *Cara al sol* y levantaban el brazo en alto.

—No somos bestias. No somos ganado —le dije a mi madre.

Ella entendió a qué me refería. No éramos ganado, teníamos capacidad para razonar, una moral y una ética propias, y seguramente mejores que las de mi tío Julián y su beata familia. No éramos subespañoles, éramos los españoles de verdad, los que veían los barrotes que el resto ignoraba. Éramos los que en silencio nos movíamos por galerías subterráneas para no llamar la atención, para no interrumpir el sueño del amo.

Pero un día dejaríamos de escondernos. Cuando ese día llegase, el Caudillo tendría serios problemas para frenar nuestras ansias de libertad. Solo había que esperar, tener paciencia y estar preparados para cualquier cosa.

—Tengo hambre —dije entonces—. No he comido más que un trozo de pan en día y medio.

Mi madre me apretó la mejilla derecha. No encontró mucha carne.

—¡Sí que estás flaca! Ven, creo que me ha quedado algo de la cena. Quiero que te lo comas todo.

De esta forma, tras tres años de separación, me reuní de nuevo con mi madre. La familia Vega comenzaba de nuevo su andadura. Pronto recuperaríamos a mi hermana, a mi padre y todo sería como antes.

Llena de esperanza, comí hasta que me dolió la barriga. Luego estuvimos hablando hasta la madrugada, perdidas en las alas de los recuerdos. Volvimos con la imaginación a la playa de Brazomar, en Castro Urdiales, a nuestra casa en Torrelavega, a la glorieta del jardín donde plantamos aquel rosal que tanto nos gustaba, a cada rincón del pasado que nos evocara momentos únicos y emociones compartidas.

Soñamos que la guerra nunca había pasado y me sentí feliz, más de lo que jamás pensé que volvería a sentirme. Entonces mi madre sacó una caja de un baúl.

—¿Qué es eso?

Era el carrusel musical que me regaló mi tío Ernesto.

Con lágrimas en los ojos le di cuerda. Los caballos morados giraron y pude escuchar otra vez aquella canción entre jazz y swing. ¡Era tan hermosa! Coloqué el carrusel sobre la mesilla de noche.

—Saldremos de esta, mamá —le dije al oído, acurrucada junto a ella en un pequeño camastro.

Mi madre inspiró hondo. Su pelo olía a jazmín y también a fe y a esperanza recobradas.

—Ya estamos saliendo, Pipi. Ya estamos saliendo.

4

De cómo me convertí
en mujer

El usurero (1941)

—Son como animales —dijo mi madre.

Me llamó la atención que utilizase el término «animal». ¿No éramos nosotros, los españoles rojos, los desafectos, los verdaderos animales a ojos del régimen?

Pero entendí al momento a qué se refería. Inclinada sobre su cajón secreto detrás de la cómoda, pensaba en esos buitres carroñeros que planean sobre las desgracias ajenas, seres que han perdido la empatía y por tanto parte de su humanidad, bestias que con sus picos curvos horadan las heridas del sufrimiento ajeno, dejándose llevar por su voraz apetito. Pronto tendría que visitar a uno de esos seres. Pero antes había que elegir algún objeto brillante, seductor, que llamase su atención.

Y el miedo se enseñoreaba de Marina y de Teresa, hija y madre, madre e hija. Recuerdo nuestras manos temblorosas sacando de su escondite los joyeros ocultos, catalogando cada pieza, cada pulsera, cada anillo. Al final nos decidimos por un collar de perlas naturales. También por un broche *art déco* de platino con incrustaciones de diamantes. En el pasado, cuando íbamos a un evento, mi madre llevaba ese broche prendido en la blusa. Era su preferido.

Solo entonces me atreví a preguntar:

—¿Cómo está papá?

—¿Cómo va a estar? Sigue en El Puerto de Santa María. No he podido visitarlo porque estoy huida de la justicia y apenas tengo noticias. Alguna carta que nos trae un amigo jugándose el cuello, y poco más. Y aunque pudiéramos, no tenemos dinero para visitarle. Así que se pudre allí solo.

—Y yo, ¿puedo visitarle?

—De momento, no. Si te siguen podrían dar con mi paradero. Hay que ir con mil ojos en estos tiempos.

—Es injusto, mamá. Él no ha hecho nada. Solo luchó por sus ideales, por un mundo mejor, por una España más moderna.

—¿No lo has entendido aún, Marina? Es un delito buscar una España mejor y más moderna. Estamos en el país de los caciques, los latifundistas, los fascistas y los simpatizantes de Adolf Hitler.

—Por suerte para nosotras, también es el país de los usureros.

Mi madre esbozó una sonrisa triste.

—Los usureros son una forma retorcida de los banqueros. Y los banqueros son de la misma estirpe que los otros que acabo de citar.

Nos miramos y nos echamos a reír. Hablábamos como un bolchevique de libro. La rabia nos hacía ciegas a la realidad, aunque fuese durante unos segundos. Porque lo cierto es que habíamos perdido la guerra y por eso mi padre estaba en la cárcel. Los fascistas siempre habían sido fascistas y los rojos siempre habían sido rojos. Criticarles por lo que era consustancial a ellos era una estupidez. La incapacidad para comunicarnos con quienes no pensaban como nosotros había provocado la guerra aún más que las ideas contrapuestas. Mi padre estaba en la cárcel para dar ejemplo y para que la gente entendiera que ya no había ideas contrapuestas, ahora solo existían el Caudillo, la Iglesia y la Falange, y todas las ideas reaccionarias que se escondían detrás.

—Tal vez algún día podamos echar al Generalísimo ese de pacotilla —dije soñadora—. Yo creo que será posible con la ayuda de las potencias extranjeras. Pronto se darán cuenta de que hay que acabar con todos los dictadores y...

—A las potencias extranjeras les importamos un pimiento.

—Pero ahora se están enfrentando a Hitler y, cuando lo derroten, comprenderán que hay que echar a Franco porque los fascismos son todos iguales, que es un peligro dejar a uno vivito y coleando.

—Eso tengo que verlo, hija. Primero que ganen los aliados, y segundo que, tras la victoria, decidan perder tiempo, hombres y recursos en echar al Caudillo de su poltrona. No sueñes y vivamos el ahora. Con la panza llena, sin pasar frío y con algo de dinero en el bolsillo, ya nos permitiremos soñar.

Eso hicimos. Encendí el brasero, terminamos de catalogar todas las joyas, aparté las dos que habíamos elegido y guardamos el resto. Mi madre no había querido venderlas hasta ese momento porque tenía miedo de salir a la calle, de que la reconocieran o de que el usurero comprendiera que estaba delante de un topo, con lo cual no tendría más remedio que aceptar lo que fuese; eso o la denunciaría. Pero conmigo era distinto. Yo era Marina, hija de un rojo y masón, cierto, e hija de una prófuga de la justicia, también cierto, pero no pesaban cargos en mi contra. A ojos de la ley yo era solo una pobre desgraciada con mala suerte y peores genes, pero no una criminal.

Así que de alguna manera mi vida volvió a ser lo que era en Francia. Me convertí en la intérprete de los deseos de mi madre, al igual que con la familia Portillo. Hacía las compras, negociaba todo en nombre de mi madre y, por supuesto, fui a ver al usurero, la bestia carroñera, el buitre de pico curvo que hurgaba en las desgracias ajenas para sacar beneficio.

—Buenos días nos dé Dios —dijo una voz aflautada que me recordó a la del Generalísimo.

Emérito del Rincón era un hombre popular en la zona. Tenía una joyería en la calle de Hortaleza, no muy lejos de la zapatería de mi tío Julián. Era más bien bajo, de mirada lúbrica, y se relamía constantemente cuando te miraba. Tenía una de las joyerías más antiguas de Madrid y todo el mundo sabía que era un falangista de pro, jefe de barrio y con varios informadores en nómina.

—Llámame Emérito, por favor. Hay confianza. Dime, niña, ¿me traes una joyita?

No entendí cómo podía haber confianza si no lo conocía de nada. Me di cuenta, eso sí, de que solo con verme la cara supo que iba para venderle alguna cosa. Seguramente pasaran por allí muchas jóvenes que querían llenar la panza desembarazándose de alguna reliquia familiar.

—Sí, un collar y un broche. Son muy valiosos.

Me los arrebató de la mano con gesto brusco.

—Deja que eso lo decida yo.

Emérito cogió un lente de aumento y examinó las piezas con mimo. Después les pasó un paño suave, muy despacio, como si las acariciase. Sopló sobre ellas. Volvió a pasar el paño. Las examinó de nuevo con su lente, ayudado esta vez por unas diminutas pinzas.

—Oh, son bonitas. Pero comunes, muy comunes. Solo puedo darte por ellas diez mil pesetas.

—¿Tan poco?

Emérito hizo varias muecas que afearon aún más su feo rostro. Chasqueó la lengua, se sonó, se rascó detrás de la oreja y dijo:

—A veces puedo hacer tratos especiales.

—¿Qué quiere decir con «especiales»?

Levantó la vista y clavó en mí su mirada lúbrica.

—Tú eres un pajarito. Una chica delgada, menuda y muy joven. Todas esas cosas no me gustan. Mira la viuda del coronel Alepuz, un rojo que sirvió en el Ejército Popular de la República. Es una mujer de treinta y cinco años, con mucha carne en los muslos y en las posaderas. A veces hago con ella tratos especiales y le pago el montante completo de la joya, sin descontar mi parte de los beneficios. En este caso, serían unas treinta mil pesetas.

Respiré hondo. No quería tener aquella conversación. Pero de sus palabras podía concluirse que yo no le interesaba. Por suerte y gracias a Dios. Ojalá estuviera segura de que había un Dios al que darle las gracias, pensé.

—¿Y cómo podría obtener yo ese trato especial sin tener que... que...?

No pude seguir. Emérito se rascó la nariz y se arrancó un pelillo del interior de las fosas nasales.

—Yo siempre miro, siempre observo. Cuando no estoy haciendo un trato beneficioso para todas las partes, como me parece que es este, salgo a la calle a estirar las piernas. Y me fijo. Me fijo en cada detalle. Parte de mi trabajo consiste en saber quién es quién, sus necesidades, sus deseos, sus posibilidades económicas. Así siempre estoy preparado y sé hasta dónde puedo estirar en una negociación, ¿me entiendes?

No dije nada. Pero le entendía perfectamente.

—El otro día te vi llegar sucia y desarrapada, como una mendiga —prosiguió—. Yo me acuerdo de todo, de cada cara, ¿sabes? Te fuiste en un taxi con Julián, el de la zapatería. Así que pensé y pensé y acabé por atar cabos: eres la hija menor de su hermana, de Teresa. Me acuerdo de Teresa. Sí, sí, sí. Me acuerdo bien. La vi muchas veces cogida del brazo de tu padre cuando era diputado y se paseaban muy ufanos por Madrid. Creo que entonces llevaba este mismo broche en la camisa, aunque a veces lo prendía en el sombrero. ¿Ves, niña? Me acuerdo de todo. —Se echó a reír—. Y el caso es que sé bien cómo es tu madre. Una mujer entrada en carnes, hermosa y con muchas curvas, como la señora Alepuz.

El usurero hizo una pausa y me miró. Sus ojos brillaban todavía más.

—No sé dónde está mi madre —le expliqué—. Vivo sola desde que regresé a Madrid.

—¿Y las joyas?

—Las tenía guardadas para un caso de necesidad. No tengo más. Son las dos últimas.

—Claro, claro. Y dentro de unas semanas me vendrás con otra joya que te habrás encontrado por casualidad mientras barrías tu piso y que curiosamente pertenecía al ajuar de tu madre, todas esas joyas importadas que compró con el dinero robado por los rojos.

Bajé la cabeza y contemplé el enlosado largo rato para contener las ganas de abofetearle. Respiré hondo y solté el aire. Luego levanté la cabeza.

—Mi madre no va a venir por aquí. Aunque supiera dónde está, no le diría que viniera. Correría el riesgo de ser detenida. Además, no creo que ella aceptase un trato especial con usted.

Emérito se relamió los labios.

—Ay, mi niña. No sabes hasta qué punto ciertas mujeres están dispuestas a aceptar un trato especial. En el fondo, todas las rojas sois unas putas.

Alargué la mano y Emérito depositó en ella diez mil pesetas. Que se metiese su trato especial en el culo.

—Yo soy virgen —afirmé con aplomo. No porque tuviera ninguna gana de que lo supiese ni porque estuviera orgullosa de ello. No sé por qué lo hice, tal vez para contradecirle, para demostrarle que las rojas éramos tan decentes como la que más. Pero me arrepentí pronto.

—No hay ninguna diferencia. Eres una niña y aún no has comenzado tu carrera de puta. Solo es cuestión de tiempo. Dentro de unos pocos años, cuando ganes quince o veinte kilos, te ofreceré un trato especial. Ya se insinúan un culo redondito y unas tetas. Solo tienes que crecer. Y tú lo aceptarás, igual que lo hará tu madre un día de estos. Y chillarás. Y te quejarás. Pero en el fondo te gustará, como a las otras putas.

—Prefiero estar bajo tierra que aceptar ese trato —dije ya en la puerta de la joyería con el pomo en la mano.

—Eso dicen todas, y luego vienen arrastrándose ante Emérito buscando un trato especial. Siempre tienen una excusa muy loable y muy digna. La enfermedad de su madre o que sus hijos rojitos pasan hambre. Pero en el fondo les gusta ser humilladas. A ti también te gustará. Lo lleváis en la sangre.

Caminaba por la calle de Hortaleza camino a casa pisando tan fuerte el suelo que casi le daba patadas. Se me rompió el tacón a la altura de la calle de Santa Brígida, pero seguí cojeando dos manzanas más sin darme cuenta.

Cuando llegué al piso de mi madre, arrojé el dinero sobre la mesa.

—A veces creo que nos hubiese ido mejor de haber muerto en un bombardeo. Si estuviésemos muertas, no tendríamos que soportar toda esta vergüenza y...

Mi madre me abofeteó.

—No vuelvas a decir algo como eso. Nunca más. —Y me abrazó—. Te dije que los usureros no son personas, son animales.

Tenía razón. Yo no había hablado con un ser humano sino con un perro. Nadie se deprime por el ladrido de un perro. O, aún mejor, debía imaginar que los labios de Emérito eran el pico de un buitre haciendo ese chasquido, ese siseo nauseabundo que entona cuando se abalanza sobre su presa. Nadie se avergüenza o se indigna por eso. Huye, se esconde en todo caso. Lo que cuenta es que sobrevive y sigue con su vida.

Y eso era lo que teníamos que hacer nosotras, seguir con nuestra vida y cuidarnos de los buitres que volaban en círculos.

Porque siempre vuelan en círculos, y las mujeres debemos aprender a esquivarlos. Así ha sido siempre. Así será hasta el fin de los tiempos. O hasta que alguien les dé una buena patada en los huevos. Lo que pase primero.

Juanito (marzo de 1942)

Cuando se produce un gran cambio en nuestra vida, este suele venir precedido por un factor desencadenante. A veces se trata de algo obvio, a veces es algo trivial o incluso algo de lo que no nos percatamos, o también algo que reconstruimos *a posteriori* para dar coherencia a nuestros actos. Estos momentos cruciales van más allá de un punto de inflexión, un cambio o una decisión importante (o que creemos importante) y marcan nuestra existencia. Hablo de instantes transformadores, que alteran nuestra perspectiva del mundo y nuestra personalidad, que modifican nuestra senda hasta tal punto que la senda ya no es la misma.

Mi senda fue modificada una vez de forma decisiva. Aún puedo sentir cómo el camino recto hizo un recodo, y hasta verme a mí misma tomando el desvío y aceptando el reto. Aunque soy consciente de que puede tratarse de una construcción mental y no ser del todo cierto (¿qué hay en el mundo que sea del todo cierto?), creo que sé exactamente en qué instante preciso dejé de ser una cobarde, de dar pequeños pasos, de esconderme. Ese día terminé mi proceso de madurez y me convertí en mujer.

Llovía. Una lluvia fina, persistente. Yo acababa de salir de la tienda de Emérito del Rincón de venderle la enésima joya de mi madre y de rechazar el enésimo «trato especial». Habíamos reunido por fin el dinero necesario para marcharnos de Madrid e iniciar una nueva vida en un lugar menos peligroso. Y el lugar elegido era San Sebastián, donde había muchos topos porque la población los protegía. No en vano la mayor parte de los vascos eran todavía separatistas o de izquierdas. Allí, la penetración del fascismo y de las consignas del régimen era casi inexistente.

Caminaba por la calle pensando en el futuro, soñándolo, sintiéndolo, y tratando de apartar de mi mente el rostro de mirada brillante y lúbrica del joyero, del buitre. No reparé en Yolanda García de Elizegi, la madre de Juanito. Apenas pude entrever con el rabillo del ojo a una mujer con un vestido largo, muy elegante, que se dirigía seguramente adonde fueran los fascistas de bien en aquella época: a una reunión social de la Falange o a un concierto militar. Ni lo sabía ni me importaba. Pero reconocí de inmediato su voz:

—¿Marina?

Me volví, abrí la boca pero no dije nada. Su cuerpo temblaba de pies a cabeza, tenía las manos estiradas y las uñas avanzando hacia mí como si fuese a atacarme.

—¿Eres Marina Vega? Sí, sí lo eres... —preguntó y se respondió a sí misma.

—Sí, soy yo.

Ella relajó la tensión de sus facciones y bajó los brazos. Sonrió, pero era la sonrisa del verdugo:

—Naturalmente que eres tú. Te habría reconocido en el mismísimo infierno.

No entendía el odio que reflejaba el rostro de aquella mujer. No la había visto en años. En Torrelavega era una vecina más y apenas teníamos trato con ella porque su familia era muy conservadora, clerical, y todo indicaba que, al igual que mis tíos, se había vuelto fascista con la llegada del Caudillo. La conocía más que nada por lo que me contaba Juanito.

—Supongo que sabrás lo que le pasó a mi niño —dijo apretando las manos y clavándose las uñas en las palmas.

—No sé nada. Me dijo que iría a verme a Francia, pero nunca apareció.

Sus labios temblaban.

—Murió en los Pirineos, asesinado junto a otros maquis cuando intentaba cruzar la frontera. Me devolvieron su cadáver... Estaba... oh, aún sueño cada noche con el rostro remendado de mi pobre Juanito.

Me quedé helada. Mi mejor amigo había muerto. Ahogué un sollozo.

—Lo siento mucho, Yolanda.

—¿Lo sientes? La Guardia Civil le dio muerte por tu culpa.

Me llevé las manos a la boca, no daba crédito a lo que acababa de oír.

—¿Por mi culpa?

—Sí, por tu culpa. Todo fue por tu culpa. Lo transformaste, le inculcaste tus ideas bolcheviques y se convirtió en alguien a quien yo no conocía. Se negó a venir con nosotros a Zaragoza y se alistó en una de esas columnas de rojos.

—Eso sí lo sabía. Coincidimos en Madrid.

—¿Ves? ¿Ves? Yo tenía razón. Tú le sorbiste el seso y lo convertiste…

—Yo no hice nada. Juanito pensaba por sí mismo. Me comentó que odiaba el tipo de vida al que estaba destinado en la fábrica con su padre. No quería vivir una vida de señorito y soñaba con explorar nuevos horizontes…

—Solo te decía lo que tú querías oír, palabrería de niño influenciable que intenta conquistar a una roja. Mi pobre niño solo quería impresionarte.

—¿Impresionarme?

Yolanda abrió los ojos de par en par y acercó tanto su rostro al mío que me escupió gotitas de saliva cuando me dijo:

—¿Acaso eres tan tonta que no te diste cuenta de que estaba enamorado de ti? Tenía su habitación llena de dibujos con tu rostro. Te escribió poemas, llenó libretas enteras sobre su amada, la preciosa Marina. Cuando murió, tiré todos esos papeles, era la única parte de mi hijo que no quería salvar. Porque tú eres la bruja que lo contaminó y lo envió a la muerte.

Esas palabras me daban igual: su rabia y su odio no

eran nada comparados con el odio y la rabia que yo misma había ido acumulando durante años. Pero conocer la muerte de mi amigo y saber que había estado enamorado de mí, eso sí me afectó. ¿Cómo alguien tan importante en mi vida pudo desaparecer sin más? En las novelas, el protagonista muere en una gran escena trágica, pero en la vida real a veces se va de pronto y sin explicación. Alguien te comunica que uno de sus enemigos le dio muerte, y ya está enterrado y no volverás a verlo. Su participación en la historia de tu vida se acaba y te quedas con la sensación de pérdida, de que algo no está completo, de que te falta una parte esencial del relato. Y en el caso de Juanito, esa parte tenía que ver con algo que no vi, que no percibí porque nunca pensé que aquel muchacho pudiera amarme como hombre. Yo lo conocía y debería haber sabido que en realidad era Juan. Él mismo me pidió que lo llamara así, pero no supe ver lo que aquello significaba.

—Ojalá me hubiese contado lo que sentía. Ojalá me hubiese confesado que me amaba. No sé qué hubiera hecho —dije soñadora.

—Pues yo estoy orgullosa de que nunca te lo dijera. Ahora que lo sé, me siento reconfortada. Siempre creí que te lo habías llevado a la cama para engatusarlo. Le sorbiste el seso, pero al menos no yació en pecado con una roja como tú.

Apenas escuchaba ya la voz de aquella mujer. Pensaba en mí misma: tenía dieciséis años y nunca había besado a un hombre. Nunca había tenido novio. Me había visto obligada a dejar de lado esas pequeñas (o grandes) cosas de la adolescencia que la hacen magnífica e imborrable. Por eso tal vez me había aferrado tanto a la niñez, porque no me dejaban crecer con normalidad, porque tenía que huir, porque tenía que esconderme, porque tenía que hacer de intérprete en Francia para los Portillo o hablar con usureros en Madrid, porque no podía correr, saltar, jugar y besarme con chicos, chicos buenos como Juanito. Ojalá me hubiese pedido un beso.

—Ojalá me hubiese pedido un beso —dije en voz alta.

Me di la vuelta, Yolanda seguía despotricando y no paraba de insultarme. Me llamaba puta, como siempre hacía el bueno de Emérito, y repetía sin descanso que era una roja bolchevique que le había sorbido el seso a su hijo. Creo que me arrojó una piedra. Sentí que algo impactaba en mi espalda, pero me alejé bajo la lluvia, giré en la calle de Pérez Galdós y dejé atrás todo aquel odio insano que no servía para nada. Juanito estaba muerto y eso era lo que tendría que preocuparle a su madre. Eso era lo único que me preocupaba a mí. Era un buen chico y se merecía mejor suerte. Él ya no tenía tiempo de cambiarla. Pero yo sí.

Y entonces una rabia distinta nació dentro de mí. No sé si fue gracias a Juan, al comprender que me hubiese encantado besarle y ser su novia, pero que había estado tan absorta en mi propia desgracia que ni siquiera me había dado cuenta de que tal vez lo amaba o de que tal vez podría haberlo amado. La guerra no solo me había quitado a mi padre y varios años a mi madre; también a mi hermana, que seguía en México; a mi tío Ernesto, fusilado por unos cobardes, y a mis primos, sus hijos, que seguían en Rusia. No. La guerra me había quitado también pequeñas cosas como el primer beso, ese afecto atropellado de los primeros años de adolescencia.

Ahora el odio, los fascistas y la España beata y apocada que había nacido de las cenizas de la guerra me seguían quitando y robando cosas día tras día, sin pausa. A menudo ni me daba cuenta, tan absorta como estaba en sobrevivir, conseguir comida o sencillamente existir y seguir respirando el aire rancio del franquismo. Pero había mucho más que seguir respirando, y todo eso me lo estaban robando también.

Así que tomé una decisión y, en aquel instante, sentí que había madurado de verdad. Me puse a caminar a grandes zancadas, a pasos rápidos, creo que incluso salté un charco. La Marina de los pequeños pasos había muerto. Ya no podían pararme las normas y la sociedad franquista. Yo las superaría, yo las evitaría, yo las derribaría.

De pronto me distrajo la visión perpetua, repetida, de Felipe y Venancio flotando en el río tenebroso de mis recuerdos. Tras ellos flotaba Lina, mi compañera de clase muerta en un bombardeo; también mi tío Ernesto, fusilado por sus ideales; y ahora se había unido a ellos mi querido Juan, que nunca llegó a reunirse conmigo en Francia, que nunca me pidió que fuese su novia y que jamás me besó. Ahora sabía la razón. El río Besaya y su cohorte de cadáveres lo habían atraído hacia el fondo de sus aguas.

Rechacé esas imágenes, solté un grito. Un par de transeúntes me miraron asombrados. No me importó. Nada me importaba ya salvo evitar que nadie volviera a robarme pedazos de mi vida o incluso mi vida entera.

Así que di otra zancada, una aún más grande. Aquel día no se convirtió en una derrota sino en un momento crucial de mi vida: el momento en que Marina Vega se hizo mujer y tomó su primera decisión como adulta.

La espía roja (marzo de 1942)

La verdad y la ficción son conceptos que no casan demasiado bien. Cuando la realidad es menos interesante que la ficción, es natural que nos sintamos atraídos por algo que seguramente nunca ocurrió. Pero ¿qué es más real, lo que aceptamos como cierto o lo que de verdad pasó? ¿Nos inclinamos por la fantasía porque refuerza una narrativa, una visión del mundo que nos interesa mantener?

He leído en alguna parte que un amigo que conocí en Santander o en Madrid, o vete a saber dónde, fue quien me introdujo en el mundo del espionaje. Esto no es verdad y responde, creo, a una forma de patriarcado o de machismo, a una necesidad de explicar que tras cualquier gran momento de una mujer hay un hombre planificándolo todo, o echando una mano, o facilitando las cosas o haciendo lo que sea que hacen los hombres para que nosotras podamos triunfar en la vida.

En esto, la realidad y la ficción se contradicen. Lo cierto es que no hubo ningún hombre de por medio, no hubo ninguna gesta varonil que me diera la oportunidad de comenzar mi labor como espía. Fue algo sencillo, directo y que ideé yo misma.

El día que me enteré de la muerte de Juanito, iba caminando por la calle, enfadada, pensando en todo lo que había perdido y ya no podía recuperar. Sabía, como todo el mundo, que en España no había embajada ni consulado francés. Cualquiera que quisiera comunicarse con el país vecino debía hacerlo a través de la embajada británica, eso al menos se rumoreaba. Y yo quería creerlo.

Así que me dirigí a la embajada del Reino Unido. No pensé demasiado en las consecuencias, ni siquiera en la posibilidad de que la embajada estuviese vigilada. La ofuscación también me impedía pensar en la situación de mi madre o de mi padre o en la mía propia. Solo era una adolescente a punto de convertirse (o convirtiéndose) en mujer, que maldecía a los hados por no haber besado a Juanito, por no haber besado a nadie y por tener que luchar cada día con usureros o con gente como Yolanda García de Elizegi, que pensaban que mi familia y yo no valíamos nada.

Entré en la embajada como una exhalación, decidida a cambiar el rumbo de mi vida. En la recepción, con toda la rotundidad que la ingenuidad y la rabia me estaban proporcionando, dije:

—Soy roja, masona y republicana. Quiero ayudar a la Francia ocupada por los nazis.

Porque no era tonta y sabía que España, en aquel momento, era irrecuperable para la causa de la libertad. Pero Francia, mi país de adopción, había caído en manos de un tirano similar, un enano con bigote llamado Adolf Hitler. Estaba convencida de que Francia aún podía salvarse, que los aliados tenían una oportunidad y que yo podía colaborar en su salvación.

La joven que estaba en la recepción me miró sorprendida.

—*Sorry, what did you say, Miss?*

No comprendí una palabra de lo que dijo, pero repetí el mensaje, algo que acabaría siendo un mantra a lo largo de los años y que me define como persona:

—Soy roja, masona y republicana —insistí—. Quiero ayudar a Francia en la Resistencia.

La mujer abrió mucho los ojos, tanto que pareció que se le iban a salir de sus órbitas. No entendía por qué ponían en la embajada británica a alguien que no tenía ni pajolera idea de español.

—Yo… yo quiero ser espía roja para Francia —intenté simplificar el concepto.

Un par de minutos más tarde vino un hombre estirado que vestía un elegante traje de tweed. Me llevó hasta un despacho con muebles de madera de nogal, cortinas azules hasta el suelo y cuadros con retratos de generales en uniforme de gala a los que no reconocí. Me dijo que era ayudante del segundo secretario y que se llamaba Roderick.

—Dígame, señorita. Dígame lo que desea. Me ha llegado cierta información y quiero estar seguro de que no la he malinterpretado.

Aquel tipo debía de ser un mandamás de la embajada o, al menos, alguien con cierto mando. Eso de que era ayudante de un secretario era mentira. Me dio la impresión de que se encargaba de los asuntos de Francia en la embajada, que tenía contacto personal con funcionarios franceses en el exilio y con la gente de De Gaulle y la Francia Libre. Hablaba un español muy elaborado, pero su acento era terrible y a veces me costaba entender algunas de las palabras que decía.

—Soy una española roja, masona y republicana —dije una vez más—. Y quiero trabajar para la resistencia francesa o ayudar de alguna forma. La que sea.

Entonces me pregunté por qué decía lo de masona, porque no pertenecía a ninguna logia y ni siquiera estaba al cien por cien segura del sentido o el alcance de aquella palabra. Pero creo que era un homenaje inconsciente a mi padre, cuyos huesos se pudrían en una cárcel en el sur de España y al que yo echaba tanto de menos.

—Me han dicho que quiere usted ser espía.

—Le han dicho bien. Quiero ser una espía roja.

—¿Una espía roja?

—Por supuesto. Una espía roja, masona y republicana.

El hombre se echó a reír, pero tomó mis datos. Yo noté que, a pesar de la sonrisa que seguía curvando sus labios, se tomaba en serio lo que yo estaba diciendo y apuntaba todo con cuidado.

—Si lo que dice usted es verdad, si es consciente de la naturaleza y el riesgo que conlleva su ofrecimiento, puede ser que la llamemos. O puede ser que la llamen mis colegas franceses. Una muchacha española no fichada que quiera trabajar como espía y sea roja, masona y republicana —ensanchó su sonrisa— puede sernos muy útil.

—Créame. Estoy dispuesta a todo y les seré más útil de lo que se imagina.

El inglés asintió y alargó una mano.

—Un placer conocerla, señorita espía roja.

—Con Marina es suficiente.

—Marina, pues. Un placer.

—Igualmente.

Entusiasmada, regresé al piso de mi madre. Mis pasos no solo eran rápidos sino que eran fugaces, mis pies destellaban sobre el enlosado y alguna vez me pareció que era capaz de danzar en el aire, tal era mi estado de excitación.

—¡Mamá! ¡Mamá! —chillé nada más traspasar la puerta.

—Pasa, hija, te estaba esperando.

La vi al fondo de la diminuta habitación, detrás de un armario. La vida me deparaba otra sorpresa, un pequeño regalo, una forma de premiarme tal vez por la decisión que había tomado aquel día y que cambiaría mi existencia.

—He comprado dos abrigos de piel, uno para ti y otro para mí —dijo.

Había corrido un riesgo excesivo, había hecho una locura para recompensarme por aquellos meses en que la había cuidado, y para recompensarse ella misma por todo lo que había sufrido en la guerra. A mi madre le encantaban los abrigos. Yo iba a reñirla por haberse arriesgado de aquella manera, saliendo a la calle para darme una sorpresa. Pero habíamos reunido mucho dinero vendiendo las joyas y gastando lo mínimo. Nos merecíamos aquel regalo y mucho más, maldita sea, mucho más.

—¡Son preciosos!

Así que nos los pusimos y nos reímos delante del espejo del armario. No nos importó que no pudiésemos lucirlos por la calle porque eran demasiado ostentosos para unas muertas de hambre como nosotras y seguro que nos los robarían, y también porque llamaríamos la atención de las autoridades y mi madre acabaría detenida. Pero en adelante, siempre que tuviéramos un mal día, nos pondríamos nuestro abrigo de piel y sabríamos que seguíamos siendo unas señoras, que daba igual que nos hubiesen arrebatado el dinero, nuestras propiedades, que nos llamasen rojas o putas. Éramos unas señoras, y la mayoría de aquellas arpías de misa, confesionario y brazo en alto no lo eran. Yolanda García de Elizegi no valía nada al lado de Teresa María Gálvez, que era toda una señora. Esa era la única verdad.

—Nos vamos a San Sebastián mañana mismo —dijo mi madre.

Y sacó una botella de champán. Brindamos por un futuro juntas, y soñamos con que mi padre pronto saldría de prisión y volveríamos a ser una familia.

—Por San Sebastián —dijo chocando su copa con la mía.

—Por las segundas oportunidades —repuse, pensando tanto en San Sebastián como en la escena que acababa de vivir en la embajada británica.

—Por las segundas oportunidades —repitió ella, asintiendo y apurando su copa de un trago.

Se la llené otra vez, porque era un día especial, nos merecíamos emborracharnos un poco y robar al destino un cachito de felicidad.

—Desde abril de 1936 hasta hoy han pasado cuatro años y dos meses de mierda —dije algo achispada, paladeando un sorbo de champán y dejando que las burbujas estallaran bajo mi lengua—. Pero hoy ha sido un día como aquellos de antaño en Torrelavega, cuando nos íbamos de pícnic con los tíos, cuando el mundo tenía sentido y la vida nos deparaba un futuro maravilloso.

Brindamos por que aquel futuro finalmente nos alcanzase, de una forma u otra, y a pesar de los obstáculos que nos pusiese el maldito destino. Porque estábamos juntas y juntas lo derrotaríamos.

Juro que todo ocurrió tal como lo cuento. Porque yo decido lo que es verdad y lo que es ficción. Como he dicho, la verdad y la ficción son conceptos que no casan demasiado bien. La «verdad» es una combinación de lo que realmente pasó y nuestra interpretación subjetiva de esos eventos.

Por lo tanto, aunque he sido cuidadosa durante todo el relato, si lo he adornado un poco (conscientemente o no), es solo problema mío. Porque la Marina adulta que nació ese día no es de las que necesitan dar excusas ni explicaciones a nadie.

Ni al mundo, ni a la historia, ni siquiera a sí misma.

LIBRO SEGUNDO
Cuando fui una espía
(1942-1945)

JUNIO DE 2011
El regreso de Carol

Se ha hecho tarde. Estoy cansada de hablar y Carol se despide. Mi historia no ha acabado, por supuesto, pero me promete que regresará al día siguiente para que le cuente el resto.

Me quedo sola. Nunca he tenido miedo a la soledad, pero en la vejez no es la misma cosa, no tiene el sabor que tenía años atrás. La soledad buscada, la introspección o incluso la misantropía de la juventud no son como la soledad de un viejo, que parece obligada porque ya no le interesas a nadie.

Cuando era joven, la soledad olía a libre albedrío, a autoconocimiento, a jactancia y un poco a esa aventura que es descubrir la madurez. Ahora no sé qué es y no sé a qué huele, pero no me termina de gustar. Sigo siendo una mujer independiente, sigo diciéndole a mi hija que no quiero a nadie que me ayude, que me valgo por mí misma. Y aunque es cierto, han ido apareciendo matices. Muchas veces, sobre todo por las mañanas, me gustaría que hubiese alguien a mi lado. Solo me falta reconocerlo en voz alta. Veremos si ese día llega. Probablemente no.

Suspiro. Soy una vieja tonta y orgullosa. Pero así soy yo. Pasa una hora y sigo pensando en Carol, mi taquígrafa particular, la albacea de mis recuerdos. Me invade de nuevo la sensación de que conozco a esa joven. Bostezo. Me echo una corta siesta en mi mecedora. No sé cuándo me despierto. No sé cuánto he dormido. Almuerzo frugalmente, como siempre. Por la tarde llega Rosita, mi amiga y confidente, y jugamos a las cartas. Hace unos meses estuvo muy enferma, casi se me muere. Pero ahora está mejor.

—Hoy ha venido a verme una chica —le anuncio—. Le estoy dictando mis memorias.

—¿Y eso?

—Me apetece hacerlo. Hay muchas cosas de mi vida que no sabe ni mi hija. Además, Carol, la chica a la que le cuento la historia de mi vida, parece muy interesada en mis recuerdos. Por lo visto, piensa que soy famosa.

Rosita se echa a reír. En los más de treinta años que llevamos de amistad, desde 1978, no ha cambiado nada. Sigue siendo esa mujer de expresión amable y acogedora. La primera amiga que tuve en mi vida. La primera persona en la que confié fuera del círculo de mi familia. La miro con atención: su cabello rubio le cae en ondas suaves sobre los hombros. De estatura es menor que la media, a veces puede parecer un poco ingenua, pero es inteligente y honesta. Con eso me sobra y me basta.

—Rosita, ¿qué carta vas a echar?

—El tres de copas.

—Yo el seis de oros.

—Voy a perder, como siempre, Marina —comenta mientras toma otra carta del mazo.

—Estás jugando muy bien. Creo que esta partida la ganas.

Pero pierde, por supuesto. Soltamos una carcajada. No nos importa. Lo que cuenta es pasar el rato.

La tarde se esfuma. Le recuerdo a Rosita que se tome las pastillas del corazón. Le enseño las mías, que me he tomado ya por la mañana.

—Somos dos viejas con el corazón roto. —Es una broma recurrente que nos hacemos a menudo—. Pero no queremos que se rompa del todo, ¿verdad?

Rosita me promete que se tomará las pastillas, que quiere aguantar a mi lado mucho tiempo, al menos hasta que me gane a las cartas de una maldita vez. Luego se marcha.

La noche pasa larga, tediosa, interminable. Hace años que solo duermo cinco horas y me dedico a esperar paciente la salida del sol para levantarme de la cama. Una vez en pie, me duele la espalda.

Me preparo una taza de té. Me siento pesadamente frente a la mesa de madera de pino, cubierta por un mantel blanco. Es una cocina enorme, acogedora, la estancia más amplia de la casa. Tiene paredes de azulejos blancos y una ventana por la que entra a raudales la luz del sol. Sobre la encimera, hay una tetera y una caja de té, así como una pequeña taza y un platillo. Demasiadas cosas. A veces me da la sensación de que sobran cosas, de que tengo demasiados objetos a mi alrededor.

Unos minutos después, con la taza humeante entre las manos, me dirijo a mi atalaya, a la mecedora del salón. Desde allí dejo pasar el tiempo y contemplo el ir y venir de vecinos y paseantes.

Entonces suena el timbre. Acudo a la carrera, todo lo rápido de lo que es capaz alguien de mi edad. Es Carol. Una sonrisa ilumina mi rostro.

—Pasa. Pasa. Hoy tengo mucho que contarte.

Viste ropas oscuras, pantalón y camisa. Hoy se ha recogido el pelo en un moño.

—Estoy segura de ello.

En el salón, cada una ocupa su sitio: yo en mi mecedora y ella en una silla de respaldo alto. Esta vez le he colocado un cojín para que esté más cómoda.

—Creo que comenzaré mi narración de nuevo en las aguas del Cantábrico. Pero en una ciudad muy distinta.

Carol enarca una ceja. Saca su libreta, lista para escribir.

—¿No es Santander?

—No. Hoy nos marchamos a San Sebastián. ¿Recuerdas que mi madre y yo estábamos a punto de salir de viaje? Pues retomaré la narración cuando ya habíamos llegado desde Madrid: la época en que me reencontré con el mar.

1

Neurastenia, abismo y luz

De nuevo el mar (abril de 1942)

Otra vez el mar Cantábrico brillaba ante mis ojos. Mis pies caminaban sobre la arena dorada con la brisa acariciando mi rostro. Me perdí vagando entre destellos de añil, contemplando cómo la bahía se curvaba, alcanzaba los montes circundantes y desaparecía. Eché a correr, recordando mis tiempos de atleta en ciernes en Torrelavega.

Tras una carrera intensa, exhalé una larga bocanada de aire. Me puse a hacer ejercicios. Me gustaba la playa de la Concha, me gustaba San Sebastián. Me gustaban hasta los paseantes que, por docenas, hollaban el lugar. Personas anónimas, en animada charla, niños que construían castillos de arena y correteaban entre las olas.

No distinguí sobre las aguas aquella forma sin forma que vi en una playa de Castro Urdiales, aquella masa coronada de gaviotas que prefiguró los cadáveres de Felipe y Venancio que más tarde aparecerían en el río Besaya, esos que luego en mis pesadillas se unirían a otros cuerpos flotantes.

No, San Sebastián estaba libre de malos recuerdos,

solo veía cielo, mar, laderas perladas de casitas y la belleza atemporal del Cantábrico.

Por eso acudía todos los días a aquella playa para hacer ejercicio, contemplar el océano y luchar contra mi desesperación. Estaba lista para ser la espía roja, necesitaba ser la espía roja, pero en realidad solo era una adolescente que soñaba. Nadie sabía de mi existencia, lo más probable era que mi petición para ser espía y trabajar para la Resistencia francesa hubiera acabado en un cajón o en la basura. Qué risas las de los funcionarios, imaginaba yo. Se preguntarían cómo una niña había tenido la osadía de presentarse voluntaria para ser espía. Seguro que pensaban que así no funcionaban las cosas en el mundo real, que había un orden, una jerarquía, una forma de hacer las cosas correctamente y otras mil formas que acababan en desastre.

Yo hubiera querido decirles a aquellos seres que poblaban mi imaginación que la jerarquía era lo que destruía al mundo: la Iglesia, la aristocracia, los terratenientes, los que financiaban la represión en mi país. Al fin y al cabo, todos somos prisioneros de las normas sociales y, aunque queramos trascenderlas, ellas son tercas, obcecadas, saben que somos diminutos y no podemos hacer nada contra el peso de la tradición. Pero no me escucharían.

Así que allí estaba yo, mirando hacia el océano, luchando por ser alguien que probablemente nunca llegaría a ser, lamentándome de mi suerte. Entonces, cansada de llorar, regresaba caminando hasta el piso donde vivía con mi madre en la parte vieja de la ciudad. Ella seguía siendo un topo, perseguida por las autoridades franquistas, pero al menos en San Sebastián teníamos la seguridad de que nuestros vecinos no iban a denunciarnos y nos sentíamos algo más protegidas.

—¿Otra vez has ido a la playa, Pipi?

—Otra vez.

Ahora teníamos un piso un poco más grande. Ya no estábamos tan apretujadas y pagábamos muy poco de alquiler: le habíamos caído simpáticas a nuestra casera, que había perdido a sus dos hijos en la guerra luchando contra Franco y odiaba a los fascistas. Pero al regresar a casa tenía la misma sensación opresiva, y me sentía una hormiga diminuta en un mundo demasiado grande. Ya ni siquiera me apetecía leer a Julio Verne ni a Rubén Darío, cuyos libros habían viajado conmigo hasta aquel exilio forzoso.

—A ver si vas a agarrar otra vez la neurastenia esa.

—No tengo muy claro que la neurastenia se pueda agarrar como si fuera un resfriado, mamá.

—Ya sabes lo que quiero decir.

Volvía a estar deprimida, esa era la verdad. Tenía diecisiete años y la vida no se parecía en nada a la que yo había imaginado cuando tenía nueve y mi padre era diputado y un abogado de prestigio. En aquella época teníamos dinero y la sociedad nos respetaba. Entonces, de pronto, me sentí hipócrita. La vida estaba bien cuando yo formaba parte de la jerarquía, del grupo de los privilegiados, pero ahora que estaba fuera, la vida era terrible.

Me pregunté si al final se trataba de eso: el que está en la cima siente que todo le sonríe y el que está abajo siente que el universo conspira en su contra. Tal vez no era una cuestión de izquierdas ni de derechas, sino de ser alguien y estar lo más arriba posible en la cadena alimenticia. Cuando eres alguien, aceptas la ideología dominante, y eso está bien porque calma cualquier duda que tuvieses acerca de las injusticias, esas calamidades que le pasan a los otros, esos que no piensan como tú y malviven en la base de la cadena alimenticia y con cero posibilidades de medrar.

—Ya estás con la cabeza llena de ideas extrañas —dijo mi madre, que me había visto otras veces quedarme callada, con los ojos en blanco, pensando en mil historias, conceptos y posibilidades—. Parece que tuvieras ahí dentro un mecanismo dándole vueltas a las cosas, intentando encontrar explicación a lo que no tiene explicación.

—El mundo es injusto —dije como corolario a mis pensamientos.

—Dime algo que no sepa.

En ocasiones mi depresión conseguía derribar las pocas defensas que sostenían a mi madre. Ella, sin duda, añoraba tanto o más que yo la vida de antaño. A veces la veía levantarse en la noche y ponerse su abrigo de piel encima de la ropa interior. Se miraba en el espejo y soñaba que era una dama, que iba a una recepción en Madrid, que asistía a la ópera y que el universo no se había derrumbado a sus pies. Pero solo por la noche se permitía aquella debilidad, aquel signo de la misma neurastenia que sufría yo. Por la mañana procuraba estar de buen humor, darme ánimo, y me decía que todo iba a cambiar aunque ella supiera (pensara, estuviera convencida) tan bien como yo que nada cambia, que solo se transforma para que creamos que ha mudado la piel, que la transformación es un engaño, una forma de apariencia, una mentira…

—Has puesto los ojos en blanco, Pipi. Otra vez te ronda la cabeza alguna idea que te pone aún más triste. Lo veo en tus ojos.

Asentí. Era mi madre. Me conocía bien.

—Me voy a dar una vuelta —dije cogiendo mi bolso y taconeando rápido para salir de aquella prisión de paredes desconchadas, cortinas raídas y desolación.

—Si acabas de volver.

—La casa se me cae encima.

—¿Vas a la playa?

—¿Dónde si no? No tengo dinero para ir a ninguna otra parte.

Volví a la playa de la Concha. Otros preferían las de Ondarreta o Santa Clara, incluso la de Zurriola. Decían que eran más tranquilas, que todo el mundo iba a la más famosa porque allí no se podía pensar. Tal vez fuera mi caso. No lo sé. Las aguas en aquel lugar, la arena fina, el gentío, todo me ayudaba a abstraerme de mí misma y mis problemas.

Fue allí donde le vi por primera vez. Estaba de pie junto a un grupo de pescadores, pero no era un pescador. Parecía que paseaba, pero no era un paseante. Quería ser alguien cualquiera, pero no lo era. Estaba de pie, creo que ya lo he dicho, leyendo un diario, pero eso tampoco lo estaba haciendo. Me miraba de reojo, de soslayo, pero sin soslayarme, con una media sonrisa que no venía a cuento. Vestía un traje sobrio, gris, pero encima llevaba un gabán azul claro que resaltaba mucho; no hacía juego con el resto de su ropa.

Me alejé lentamente hacia la calle de Miramar. Advertí que me seguía. Durante las siguientes dos horas traté de perderlo de vista, primero caminando hacia el monte Urgull. Llegué hasta el piso de mi madre pero no entré. Hice el recorrido a la inversa, crucé el río Urumea y me giré. El desconocido me seguía a lo lejos, parecía leer la misma página de su periódico, con su gabán azul y su media sonrisa. Finalmente eché a correr y creo que dejé de verlo a la altura de la avenida del Generalísimo. Agotada, desconfiando todavía, me acerqué a la playa de Zurriola y miré de nuevo hacia el mar hasta que volví a respirar con normalidad.

Cuando regresé a casa estaba aterrorizada. Malvivíamos con lo que nos daban por las joyas de mi madre, atrapadas como topos en un piso para topos y, pese a todo, no quería perder lo poco que tenía, aunque apenas unas horas antes hubiese estado renegando de ello.

—Creo que nos han encontrado.

Mi madre estaba cosiendo, remendando una de mis faldas. Levantó la vista. No parecía sorprendida y su sonrisa, al igual que la de mi perseguidor, era falsa.

—Bueno, sabíamos que podía pasar. Tu padre no era un cualquiera en la República. Siempre entró dentro de lo posible que quisieran dar con nuestro paradero. —Tras una pausa, añadió—: ¿Estás segura?

—Un hombre me ha estado siguiendo durante horas por la ciudad.

—Tal vez solo le has impresionado. Estás muy guapa con ese vestido.

No iba precisamente a la moda. Mi vestido era horrible y ambas lo sabíamos. No teníamos dinero para comprar ropa de calidad.

—Mamá, no hagas bromas. No está el horno para bollos.

Mi madre se encogió de hombros.

—Si no nos podemos reír de nuestra situación, ya me dirás qué nos queda.

Así que esperamos sentadas junto a la mesa del saloncito, las horas pasando, las agujas del reloj avanzando lentamente. Me quedé cerca de mi madre viéndola coser con puntadas diminutas. No quería alejarme de allí por si era la última vez que la veía en mucho tiempo. Sabía que en cualquier momento alguien llamaría a la puerta y sería la Gestapo española: «¡Abran a la Brigada Político-Social!». Abriríamos, claro. Y detendrían a mi madre. Teresa Gálvez iría a juicio y la condenarían por ser afecta al viejo régimen, por vestir con pantalones en una época en que ninguna mujer lo hacía, por pensar de forma independiente, por no ser una esclava, por ser roja, republicana y esposa de un masón. Por algo la condenarían, el qué sería lo de menos.

Pero no sucedió nada. Nadie llamó a la puerta. No apareció la Brigada Político-Social. Tampoco un hombre con gabán azul y la sonrisa torcida.

—Seguramente era un hombre que te vio guapa con tu vestido de flecos —dijo mi madre—. Ten cuidado, hay mucho bruto suelto.

Pero no era un bruto de los que miraban a las mujeres. A esos los tenía calados. Este era de otra pasta.

—Eso sería, mamá. Siento haberme equivocado.

Al igual que yo, había pasado una tarde terrible llena de malos presagios. Ahora estaba de pie delante del espejo, poniéndose su abrigo de piel encima del camisón. Sonreía.

—No sientas nada, y ten cuidado con ese hombre. Y con todos los hombres. No todos los peligros vienen del gobierno.

—Tranquila, sé cuidarme sola —repuse.

Pero no era verdad. Yo solo era una cría deprimida en un mundo de jerarquías, muy abajo en la cadena alimenticia, aterrorizada por todo y por todos, hombres, policías de la Gestapo española y lobos en general.

Al día siguiente, cuando regresé a la playa de la Concha, el hombre del gabán azul no estaba. Miré hacia el Cantábrico y creo que solté un grito de rabia. Odiaba tener miedo. Odiaba sentirme indefensa.

El mar encrespó su oleaje, hablándome con su lenguaje secreto de cielo y espuma, enmarcados ambos en un tapiz tejido con hilos invisibles.

De nuevo Cantabria (abril-agosto de 1942)

No todos los mares son iguales, y tampoco el mismo mar visto desde dos lugares diferentes. Cada orilla, cada bahía, cada bancal de arena es una interpretación distinta de una misma realidad. Cuando cambian las mareas también lo hace la perspectiva, la personalidad del líquido elemento. Y, sin embargo, al final todo es lo mismo. Todos los mares son uno solo, un inmenso océano, mudable y en constante movimiento, una esencia común.

Eso pensaba cuando regresé a Brazomar, la playa de Castro Urdiales donde comenzó mi historia. Estaba otra vez en mi Cantabria natal. Y se lo debía a mi madre.

Porque ella me obligó a ir al médico. Ahora oficialmente estaba enferma, una vez más de melancolía, de hastío y de monotonía, es decir, de neurastenia. El diagnóstico me servía de poco porque, en primer lugar, ya lo sabía. En segundo lugar, no había nada que un médico pudiese hacer para cambiar las cosas. Pero mi madre creía que tenía la solución:

—Te irás a casa de unos amigos y pasarás unos meses en Santander. Podrás pasear de nuevo por Torrelavega, como cuando eras niña.

—Qué bien. Podré ver la casa que nos quitaron como parte de la indemnización tras la condena de papá. Y a nuestros antiguos vecinos cuchicheando que lo hemos perdido todo, que el gran Francisco Vega está en la cárcel, que tú estás huida y que no tenemos nada. Eso si no me encuentro con alguien de la familia Elizegi, que desde que murió Juanito no me tienen precisamente en un pedestal.

La neurastenia seguía su curso. Mi madre comprendió, tras oír mis quejas, que no debía regresar a Torrelavega y me dijo que me quedase en Santander. Era lo mejor: no tenía ganas de remover el pasado. Además, Santander era lo bastante grande como para poder ser yo misma y a la vez permanecer en el anonimato. Sería extraño que me cruzase con alguien conocido, porque yo no quería encontrarme con nadie sino acaso encontrarme a mí misma.

—Iré a Santander si es lo que quieres.

Ella no quería que me marchase, yo lo notaba en sus ojos. Pero simuló una sonrisa y dijo:

—Es lo que quiero.

No se atrevió a añadir nada más. A veces una mentira es más creíble si es breve. Si la adornamos con excusas, razones imaginadas, explicaciones y soliloquios, la mentira se va degradando como un papel sumergido en el agua. Así que me marché a Santander y allí, en mi tierra, me sentí algo mejor. No demasiado. El Cantábrico, aun en sus diferencias, seguía siendo el Cantábrico. Cuando miraba las aguas todavía intuía formas sin forma que simulaban cadáveres. Pero solo las intuía. Si fijaba la vista solo veía el agua limpia, el horizonte y las aves surcando el cielo.

Pese a todo, el mundo seguía siendo injusto y mi depresión no retrocedía. Creo que en algún momento pensé que me iba a volver loca, o tal vez lo estaba ya y soñaba que estaba cuerda.

Paseando a solas por la playa de Castro Urdiales, como semanas atrás en la playa de la Concha, continuaba haciéndome las mismas preguntas. Estaba segura de que pronto caería en una espiral, en un círculo vicioso de añoranzas, de pérdidas, porque peor que la evocación del pasado era saber que no tenía futuro. Yo siempre sería la hija de un condenado por rojo y de una perseguida de la justicia. No veía que el futuro me deparase nada bueno. Hasta que, cierta mañana de agosto, las cosas cambiaron para siempre.

Casi cada día cogía el autobús hasta Castro Urdiales y paseaba por la playa tratando de luchar contra mis demonios. Entonces lo vi. Era el mismo hombre, con la misma sonrisa torcida, el mismo traje sobrio, gris, y el mismo gabán azul claro. Yo me había distraído. Estaba en una zona solitaria al final de la bahía. Miré a mi alrededor. No vi a nadie. Tuve miedo. No sabía qué era peor, que fuese un agente de la Brigada Político-Social o un hombre que pretendía abusar de mí y me había seguido desde San Sebastián. Tras un instante de reflexión me di cuenta de que, por una vez, prefería que fuese uno de los esbirros del sistema.

—No te acerques —le dije.

—Tranquila, Marina. No quiero hacerte daño.

Sabía mi nombre. «Es un policía», pensé.

—Entonces ¿qué quieres?

—Eso te lo dirá Santos, que es el jefe.

—¿El jefe de qué?

El hombre del gabán azul se giró y miró hacia la cima de un acantilado, desde donde me vigilaba su supuesto jefe. Escuché un rumor de pasos apresurados, alguien a mi espalda, acaso un tercer hombre. Eché a correr.

—¡Marina!

Me pelé las rodillas escalando entre las rocas. Seguí corriendo sin mirar atrás. Los dos hombres venían detrás de mí y me interceptaron. Me zafé del primero, le di un pisotón al segundo y proseguí mi loca huida. Ellos no sabían que yo había sido deportista de niña, es decir, hacía muy poco tiempo. Me mantenía en buena forma, delgada, con el cuerpo acostumbrado a largos paseos, a correr e incluso a nadar entre las olas. Estaba lista para una situación como aquella.

—¡Marina! ¡Para, por favor! ¡Escucha! ¡No queremos hacerte daño!

Pero no paré. Volaba como el viento, esquivaba pinos y eucaliptos, saltaba por encima de los matorrales y evitaba a mis perseguidores en zigzag, siempre un paso por delante de ellos. Atardecía y yo, que había visitado aquella zona en otras ocasiones, sabía que a las ocho salían los obreros que estaban construyendo un balneario cercano. Seguí corriendo, ahora con un objetivo en mente.

Sorteé un parterre de flores. Detrás de mí, los que me perseguían resoplaban y no paré hasta que vi al responsable de la obra. No sabía si era un arquitecto o uno de los propietarios del solar u otra persona. Se trataba, en cualquier caso, de alguien bien situado y con posibles, vestido con un toque de sofisticación. Ese tipo de hombre elegante pero contenido, con su ribete de terciopelo en las solapas de la chaqueta: el franquista de bien, fuerte y determinado a seguir las normas y las tradiciones. Tenía calados a los hombres como él y sabía que su educación le impelería a ayudar a una dama en apuros.

—Ayuda… —susurré muerta de miedo, ya sin fuerzas.

El franquista me miró. Una mujer sola perseguida por tres tipos, uno espigado con un gabán azul, otro con gafas gruesas y con pinta de chupatintas, y el tercero muy bajito, de piel cetrina. Los miró largamente. La España de la posguerra era un mundo de jerarquías, y aquel hombre se creía alguien. No tuvo miedo y los señaló con un dedo:

—¿Qué demonios pasa aquí?

—Tenemos que llevárnosla para interrogarla —dijo el de las gafas, que debía de ser Santos, el supuesto jefe.

—¿Y ustedes son? —dijo el franquista colocándose delante de mí con gesto protector.

Santos sacó una cartera de su chaqueta y la abrió y la cerró muy rápido.

—Brigada Político-Social. Esta chica es hija de un mandamás de los rojos y su madre es un topo a la que estamos buscando desde hace tiempo. Nos la vamos a llevar para interrogarla. —Hizo una pausa y su tono de voz cambió, se volvió osado, desafiante—. Si le parece bien.

—Bueno...

—A menos, claro está, que usted sea amigo suyo o de gente como ella.

El franquista se transformó por completo. De tratar de envolver a una damisela con un halo protector pasó a cogerme del brazo, apretarlo hasta hacerme daño y arrojarme a los brazos de Santos como si fuese un costal de harina.

—Bastantes problemas nos han dado ya estos comunistas del demonio. Parece mentira que todavía quede alguno —dijo el santo varón con un conato de sonrisa hacia mis captores.

Santos no sonrió. Me agarró del brazo y se dio la vuelta. El del gabán azul y el de la piel cetrina nos siguieron. Entonces resonó de nuevo la voz del franquista:

—¿Cómo iba a saber que era una comunista? Solo vi que tres hombres la perseguían. Tenía que protegerla, ¿no es verdad?

En ese momento salían de la obra los trabajadores. Me di cuenta, al tenerlos tan cerca, que no eran obreros sino miembros de un batallón disciplinario. Es decir, presos, republicanos en su mayoría, forzados a trabajar reconstruyendo el país. Los miré fijamente. Ropa vieja, manchas de polvo y cal y cuerpos delgados. Vi sus manos ásperas y llenas de cicatrices y sus ojos vacíos de esperanza.

—Olvide todo el asunto —dijo Santos sin volverse—. Olvídenos y regrese a su trabajo. Bastante tiene con lo suyo.

Comprendí que el franquista era el responsable del campo de internamiento al que debían volver aquellos pobres desgraciados. Eso terminó de hundirme. Mi propio padre estaba realizando tareas como aquella en El Puerto de Santa María y los alrededores de Cádiz. Mi padre también era un pobre desgraciado, como todos y cada uno de ellos. Y yo, lejos de salvarle (ni siquiera podía visitarle), había sido capturada delante de sus iguales.

Los rojos no teníamos escapatoria en la España de los años cuarenta. Debería haberlo entendido antes y olvidar mis sueños de espía, de heroína que quiere cambiar el mundo.

—Vamos, Marina —dijo Santos mientras me daba otro empujón.

El carcelero franquista comenzó a contar a sus presos. Dos vigilantes aparecieron de la nada y ayudaron en el recuento, no fuera que se les hubiese escapado un enemigo de la patria. El mundo había vuelto a la normalidad. Una comunista menos, un problema menos, y las largas aspas de la posguerra seguían girando, arrancando jirones de piel a los españoles desafectos, destruyéndonos, haciéndonos añicos, como si no hubiesen tenido suficiente con los que habían matado durante la guerra.

—Entra, Marina.

Los de la Brigada Político-Social me metieron en un coche. El de piel cetrina conducía y Santos hacía de copiloto. Yo iba en el asiento trasero, bien vigilada por el del gabán azul. Y entonces me vine abajo. La visión de aquellos hombres derrotados que podrían ser mi padre había sido como un puñetazo en el estómago. Yo era una mujer joven e inexperta que no podía luchar contra todos los molinos de viento. Me sentí sin fuerzas, superada, anhelando un mundo diferente al que padecía y parecía condenada a seguir padeciendo.

—No todos los mares son iguales —dije mirando por la ventanilla más allá de la playa, hacia el horizonte—. Ni siquiera el mismo mar contemplado desde dos lugares distintos. Y sin embargo al final todo es lo mismo.

Tardaría mucho en volver a dar largos paseos junto al mar. Así que lo contemplé por última vez. Intenté retener la forma del acantilado rocoso, la fuerza de las olas y el mar sereno en lontananza.

—Porque solo hay un océano. Todo es agua. ¿No lo veis? —añadí en voz baja, casi inaudible—. Y los hombres y las mujeres somos todos diferentes, únicos, pero a la vez iguales. Nada debería separarnos ni enfrentarnos, y mi padre no tendría que estar en la cárcel, ni mi madre debería ser perseguida por ser de izquierdas. Porque las diferencias, como en los mares, son solo de perspectiva. Al final solo hay un océano. Solo uno. Solo un océano y solo una esencia común para todos los seres humanos.

Tras el abismo llega la luz (agosto de 1942)

Un grupo de árboles sombríos me rodeaba. Mis captores habían detenido el vehículo en un robledal, entre troncos retorcidos, penumbra y hojarasca. Me indicaron que saliera. El cielo estaba nublado. Olía a tierra mojada. Los rostros de mis enemigos apenas podían verse con la poca luz que atravesaba el tupido dosel de ramas centenarias. Yo imaginaba sus facciones macilentas, convulsionadas, como surgidas de una pesadilla.

Les oí murmurar alguna cosa.

—No ha llegado aún… No… Hasta que venga no podemos hacer…

Dejé de escuchar, aterrada. Me preguntaba si saldría viva de aquel lugar. Se escuchaban cosas terribles. Yo misma había visto cosas terribles. Durante la Guerra Civil se paseaba a la gente: un tiro en la nuca y no regresaban jamás, como Federico García Lorca. Ojalá mi tío Ernesto me hubiese hablado más de él. Se conocieron al poco de ser nombrado gobernador civil de Granada. Se hicieron amigos y al final compartieron el mismo destino: murieron fusilados por los fascistas.

Terminada la guerra, las cosas habían cambiado pero no tanto. Seguían cometiéndose excesos y se firmaban miles de sentencias de muerte. El que una muchacha sin oficio ni beneficio, hija de un masón preso y de una escondida de la justicia, apareciera muerta camino de ninguna parte era algo que no le quitaría el sueño a las fuerzas del orden.

—No os diré dónde está mi madre —declaré cuando bajé del coche.

Cerré los ojos. Esperaba un disparo o una mano que intentara quitarme la ropa. Nunca había besado a nadie, ni siquiera a Juanito, y pensé que no quería que una violación fuera la primera y la última vez que estaba con un hombre. Me pregunté si no tendría que haber sido más osada, más atrevida. Pero quién deja de ser uno mismo previendo que un día echará de menos haber tomado otras decisiones. En el presente solo tenemos la valoración del presente, y yo, en aquel momento, solo sabía que mi vida estaba en peligro y que, echando la vista atrás, podía echarme la culpa de muchas cosas, podía arrepentirme de todo, pero en realidad no me arrepentía de nada.

—Os dije que la muchacha era de fiar.

Una nueva voz. Por un instante me resultó familiar. Me sonaba el acento, extranjero y muy cerrado, difícil de entender. No tenía claro si debía abrir los ojos. Dudé. No lo hice. Cerré los puños y me mantuve a la expectativa.

—En su día la vi muy decidida —insistió la voz—. Me pareció una persona dispuesta a cualquier cosa. Justo lo que estabais buscando, una «miss con cojones» que no estuviera fichada.

La voz me llevó a un rostro, el rostro me condujo a un recuerdo, el acento completó el recuerdo y supe quién estaba hablando: Roderick, el hombre que me atendió en la embajada británica. Me atreví a abrir los ojos y le vi a mi lado, sonriente, vestido con un traje de tweed y una bufanda de seda al cuello.

—No hemos querido tomar una decisión hasta que llegases —dijo el jefe de mis captores ajustándose la montura de sus gafas.

—Pues aquí la tenéis —insistió Roderick—. Os presento a la espía roja, republicana y masona.

—Roja, masona y republicana —le corregí.

—¿No es lo que he dicho? —se extrañó el inglés.

—Has dicho «roja, republicana y masona». Y es «roja, masona y republicana». Así es como me describo a mí misma. El orden es importante. Roja porque es lo que soy. Masona por mi familia. Republicana por mi país.

Mis tres captores aplaudieron de forma espontánea. El primero en acercarse a mí fue el del gabán azul, el que llevaba tiempo persiguiéndome.

—Yo soy Vela. —Señaló al de la piel cetrina—: Este es Jiménez. Y creo que ya sabes que el que queda se llama Santos.

El jefe del grupo enderezó la patilla de sus gafas y me miró largamente.

—Corres como un gamo. Eso es buena cosa. Es una habilidad que tal vez necesites en el futuro. —Sonrió y se volvió hacia Roderick—: ¿Sabes que casi nos pillan?

—¿Y eso?

Santos escupió en el suelo.

—La hemos vigilado durante meses. Teníamos que estar seguros de que no era una infiltrada fascista. Luego nos hemos acercado poco a poco. Queríamos hablar con ella, ver de qué pasta está hecha. Hoy era el día del primer contacto, pero no nos dio tiempo a hablar. Echó a correr como una loca. Pidió ayuda y tuvimos que usar el viejo truco del carnet de la Brigada Político-Social.

Santos volvió a sacar la cartera y la abrió y la cerró muy rápido. Parecía el carnet que llevaban los miembros de la Gestapo española. Luego lo repitió más despacio. Se parecía, pero no era el mismo. De hecho, aquel no estaba escrito en español.

—Es la tarjeta de mi club de polo en Yorkshire —me explicó Roderick—. En nuestro oficio lo aprovechamos todo, y descubrimos que el carnet de esbirro de la Político-Social y el de mi club son extrañamente parecidos en tamaño y color. Se lo presté a Santos y más de una vez le ha sacado de un apuro.

Miré alternativamente a los que hasta hacía un instante había creído mis captores y a Roderick.

—¿De qué va todo esto? ¿Es real?

—Claro que lo es. ¿No te has dado cuenta aún? —dijo Roderick.

—Pero...

—¿No es lo que querías?

El inglés me alargó una nota:

Tiene que presentarse lo antes posible en la capital, en la calle de San Bernardo número 13, para comenzar su formación.

Leí y releí la nota varias veces. Yo no era tonta y sabía lo que significaba. Pero pese a todo me costaba creerlo. No podía ser que mi depresión y mi vacío hubiesen terminado así, abruptamente.

—¿Soy una espía? —pregunté en un susurro, incapaz de aceptar la realidad.

Mis compañeros sonreían y se daban codazos.

—No vayamos tan rápido —dijo Santos—. Por el momento, te trasladarás a Madrid, a uno de nuestros pisos francos. En la calle de San Bernardo hemos instalado la embajada clandestina de las Fuerzas Francesas Libres. Estamos a las órdenes del general De Gaulle. A partir de ahora formas parte del operativo Base España: ese es nuestro nombre oficial. Lo que seas a partir de ahora dependerá de ti.

—Estoy dispuesta a cualquier cosa.

—¿Incluso a correr como un gamo por el monte perseguida por la Brigada Político-Social?

—Eso creo que ya te lo he demostrado.

Todos se echaron a reír. Poco después, en un tono más distendido, hablamos un poco de todo: de la guerra, de las familias perdidas, de los pelotones de ejecución, de las cunetas, pero también de la esperanza de seguir luchando para que los aliados ganasen la guerra, de acabar con Hitler, con Mussolini y, finalmente, con Franco.

—Caerán los tres juntos, uno tras otro —sentenció Jiménez.

—Y si no, los haremos caer —dijo Vela.

Era maravilloso estar rodeada de gente que no tenía miedo, que no se escondía, que estaba dispuesta a luchar.

Miré a mi alrededor. El bosque ya no parecía tan amenazador; las ramas no se retorcían, se combaban protectoras sobre mi cabeza, y el cielo ya no estaba nublado. Los rostros de mis amigos eran hermosos, honestos, y las risas espontáneas.

—¿Cuándo nos vamos a Madrid para empezar a hacer cosas de espía? —pregunté.

—Hoy mismo —me respondió Santos.

Entonces, un rayo de luz se coló entre los árboles, un haz resplandeciente que atravesó los nudosos brazos de un millar de robles e iluminó mi rostro por completo. Me deslumbró, pero no aparté la mirada porque quería que todos me vieran y advirtieran el rictus de mi boca, y que se dieran cuenta de que por fin, de nuevo, era feliz.

2

Una espía diletante

La subteniente (septiembre-noviembre de 1942)

Madrid no era la ciudad de mis recuerdos. No se parecía en nada a la urbe que había transitado de niña. Con mis ojos de adulta recordé a Juanito desfilando por las calles, entre las ruinas y las barricadas. Vi, como en un sueño, a la multitud chillando consignas, arrebatada, cantando canciones revolucionarias.

Ahora ya no quedaba nada de todo eso.

Lo que veían mis ojos era una cárcel de cemento y hormigón donde sus habitantes, prisioneros sin siquiera ser conscientes, vivían una existencia gris y desolada, un cautiverio invisible.

Pensé en mi padre, que vivía un cautiverio real en una cárcel real. Me pregunté qué era peor, si una mazmorra cuyos barrotes eran ideológicos y emocionales o una mazmorra de barrotes de acero. Seguro que mi padre lo tendría claro: preferiría estar libre, respirar aire fresco y dejar para otro día reflexiones como aquella.

De cualquier forma, mi trabajo como espía me devolvió al presente convulso de la España de 1942, la España real, donde había barrotes reales y obstáculos por todas partes.

Al principio mis tareas no eran gran cosa y supuse, con razón, que mis superiores estaban poniendo a prueba mi determinación y mis aptitudes. Entendí también que la mayor parte del trabajo del espía no era espiar, que había mucha rutina, repetición, tareas pequeñas que formaban parte de un engranaje. Sea como fuere, ahora no tenía dieciocho años sino veintiuno. Eso decían mis papeles. Y eso proclamaba también mi forma de vestir, de mujer adulta y sofisticada, con una elegante pamela con un lazo de seda reforzando el conjunto. Adquirí pronto seguridad y apostura a la hora de andar, de moverme por las calles. Y quiero recalcar la importancia del sombrero, de mi pamela. Por aquel entonces lo que se llevaba en la cabeza era muy significativo. Las niñas vestían ropa más sencilla, práctica, y rara vez se cubrían la cabeza salvo con una diadema. Era más común llevar trenza o coleta.

Pero una mujer llevaba sombrero con alas. No solo para estar más guapa. El sombrero con alas era un símbolo de refinamiento, aparte de que eran muy caros. En bodas, bautizos y demás celebraciones era prácticamente obligado y, entre las damas de bien y con posibles, llevar una buena pamela proclamaba a los cuatro vientos que eras una señora, no una pobretona cualquiera o una jovencita. Por ello, pronto aprendí que mi pamela con lazo de seda era el elemento principal de mi disfraz.

Así fue como comencé mi labor de espía. Iba a Francia varias veces al mes, no sé cuántas. ¿Siete? ¿Ocho? ¿Diez? Allí me daban sobres y cartas que yo colocaba cuidadosamente bajo mi faja. Como estaba tan delgada, incluso me quedaba bien aquel falso tejido adiposo. Yo caminaba por la calle tranquilamente, nunca apresurada, con la desenvoltura de quienes se sabían en lo alto de la pirámide de las jerarquías de la España de posguerra. Mi destino era casi siempre San Sebastián o Pamplona, y la persona que venía a recogerme era cualquiera de mis compañeros.

Eso sí, cada uno era muy distinto.

Vela era espontáneo y poco respetuoso. Decía tacos y siempre se mostraba impaciente, lamentando la falta de acción de nuestros inicios en el espionaje:

—¿Eso es todo? ¿Solo cartas? ¿Otra vez? ¡Recontracojones!

Aquel exabrupto lo había heredado de su abuelo, que era de la Valencia interior.

—Cartas y nada más. Como siempre, ya lo sabes —contesté.

—Estoy harto de estos viajes —se quejaba golpeando el volante del automóvil—. A mí me gustaría matar a todos esos nazis, a todos los franquistas, a todos nuestros enemigos, no estar aquí jugando al gato y al ratón con unas cartas que quién sabe qué contendrán.

—Tal vez haya documentos importantes.

—Yo no me metí en esto para hacer de mensajero. Quiero cambiar las cosas, quiero hacer algo grande.

—Todo llegará.

—¿Y si no llega? ¿Y si ser espía en nuestro caso es ser el recadero de los que realmente viven experiencias increíbles? Entré en la Base España seis meses antes que tú, y seguimos con los paquetes, los sobres, los pasaportes falsos y el dinero. Minucias, solo minucias... —se lamentaba.

Jiménez, por el contrario, era un muchacho discreto. Nunca alzaba la voz, nunca se quejaba. De hecho, rara vez me miraba a los ojos. Cuando yo bajaba del taxi y me reunía con él, me saludaba con un gesto y se ponía al volante. Tenía un gran complejo de inferioridad. Las mujeres le turbaban y creo que yo especialmente.

—Una vez alguien se burló de mí —me confesó un día—. Una mujer, me refiero.

—¿Y eso?

—Sara, que así se llamaba, me hizo creer que yo le gustaba. Quedé varias veces con ella, para ir al cine, para pasear, cosas de esas. Sus amigas siempre andaban cerca y yo las oía reír, pero ¿acaso las chicas jóvenes no se ríen? No sospeché nada. Al final, le di pena a Sara; me explicó que era una apuesta, y que habían elegido al chico más feo para ver si era capaz de engañarlo, de enamorarlo.

—Eso es una canallada —solté con un tono más duro que el suyo. «Ojalá tuviese un exabrupto peor que "recontracojones" para poder mostrar mi indignación», me dije.

—Yo me enfadé mucho en su día —reconoció Jiménez, con aire resignado—. Ya sé que soy feo. Me han llamado cosas peores muchas veces. Pero me conmocionó que mi fealdad fuese parte de una apuesta, como si no tuviese bastante con serlo. Como si mi propia condición me convirtiese no solo en blanco de burlas, sino en merecedor de alguna experimentación perversa.

Jiménez era bajito, no llegaba al metro cincuenta, y tenía la piel muy oscura. Era uno de esos andaluces que parecen del Magreb, probablemente porque su sangre tiene más de africana que de europea, porque en España caben muchas culturas, muchas razas y muchas sangres. Ninguna sobra y ninguna es mejor que otra. Además, Jiménez no era feo, ni mucho menos el más feo de los hombres, pero sí era distinto: tan bajo, tan ancho de espaldas, con ese rostro tan racial. En un mundo donde todos aspiraban a ser normales, ser diferente era casi peor que ser feo. Y Jiménez lo sabía. Yo también lo sabía, y me hubiera gustado expresarme mejor, haberle dicho lo que pensaba, pero solo acerté a decir:

—No te preocupes. Encontrarás una mujer que aprecie tus virtudes. Eres buena gente y eso es lo que importa.

—¿Tú crees?

Realmente lo creía. Aunque, un poco por cambiar de tema, hice mi propia confesión:

—Yo nunca he besado a un hombre.

—¿Nunca?

—No. No he tenido tiempo. Y he perdido alguna oportunidad que debería haber aprovechado. Pero llegará mi día, igual que llegará el tuyo.

Jiménez sonrió. De pronto había entendido que no estaba tan solo y que una chica guapa también podía ser un bicho raro. Y si en el mundo había otros bichos raros, acabaría encontrando uno a su medida.

—Me gusta hablar contigo —me dijo al llegar a la calle de San Bernardo, al almacén donde estaba nuestro centro de operaciones—. Pero te pido que no seas condescendiente y que no te apiades de mí.

—No tengo nada de qué apiadarme —dije.

Aquella respuesta le agradó a mi compañero, que me mostró una amplia sonrisa. Sí que era feo, el pobre, pensé al verle la dentadura. Pero no dije nada, claro.

—Gracias, Marina.

Santos, el jefe de nuestro grupo, era otra cosa. Los trayectos con Santos eran muy distintos a los que hacía con mis otros dos compañeros. Él ejercía de líder. Me preguntaba cómo había ido el viaje y se preocupaba especialmente si había pasado por Navarra. En Pamplona había muchos fascistas. Habían apoyado desde el principio el levantamiento de Franco, Mola y el resto de los generales en 1936. Los taxistas, además, eran un gremio dominado por los afectos al régimen. Te hacían preguntas, te vigilaban; parecía que interrogar a los viajeros era parte de su trabajo.

—Ten cuidado. Los navarros ni de barro —me decía siempre.

Aquella era una frase que repetíamos mucho. No había que fiarse de los pamplonicas. Así como en San Sebastián nos sentíamos seguros, protegidos por una población que simpatizaba con nosotros, Pamplona era territorio enemigo. Mucho, en realidad.

—He tenido cuidado. Sabes que siempre tengo cuidado, Santos.

—No basta con tener cuidado. Hay que creerse el personaje. Ya lo hemos hablado.

Naturalmente que lo habíamos hablado. Infinidad de veces.

—La clave es no llamar la atención, Marina. Eres una mujer joven de familia bien, no debes mirar fijamente a nadie, tienes que tratar a todo el mundo con distanciamiento pero con respeto, sobre todo a los revisores del tren, a los taxistas, a las personas con uniforme que creen que son parte importante del engranaje del régimen. Si ves que una mujer de tu misma condición da una propina de dos pesetas, no des cinco. Que el revisor no se acuerde de ti por haber dado mucho ni poco. Sé una más, parte de la masa.

—¿Y si no sé lo que tengo que hacer?

—Entonces preguntas. Esos tipos de uniforme se creen buenas personas, se creen parte de un sistema al servicio de Dios, la patria y quién sabe qué otras ideas estúpidas.

Les dices que no sales mucho de casa, que has venido del extranjero, que no tienes claro cuánta propina hay que dar o por dónde hay que girar o lo que sea que necesites. Pones buena cara y esperas la respuesta. No te mentirán y raramente se aprovecharán de ti porque piensan, repito, que son buenas personas.

—Entonces, ¿lo son o no lo son?

—Eso no importa. Son enemigos. Son seres adocenados. Lo mismo desfilan con el brazo en alto gritando «*Heil* Hitler» que «Viva Franco» o «Viva Mussolini». Solo quieren encajar, no son parte del motor de la historia sino trozos de carne al servicio de la trituradora de la historia, como los palos de madera que se arrojan al fuego para que la locomotora siga funcionando.

Santos era un poco el filósofo del grupo, a veces decía frases como aquella y nosotros nos esforzábamos por entenderlas. No creo que ni él mismo las entendiera siempre, pues mezclaba ideas de aquí y allá, aunque la mayor parte eran de cosecha propia. Pero, aparte de filósofo, también era buena persona.

—Ya estamos, subteniente.

Llegamos a la calle de San Bernardo y aparcó el coche.

—¿Qué quieres decir con «subteniente»?

Santos esbozó una sonrisa pero no dijo nada. Lo seguí por las escaleras hasta la segunda planta de nuestro almacén. Allí me entregó un sobre.

—Eres oficialmente subteniente de las Fuerzas Francesas Libres. *Sous-lieutenant* Vega, con tu sueldo y tus dietas de doscientas pesetas al día.

Se me iluminó el rostro. En lugar de pasar la noche en una habitación en un piso compartido, en adelante viviría en una pensión limpia y decente regentada por una vieja amiga de mi madre. Ahorraría más de la mitad de mi sueldo y casi todas las dietas. Enviaría el montante a San Sebastián. Se habían acabado los tiempos de estrecheces. Mi madre ya no tendría que vender más joyas porque su hija era espía y subteniente, nada menos.

—Vamos, Marina, te invito a un chocolate.

—Vaya, vaya, hoy estamos espléndidos.

—No es eso —repuso Santos—. Llevamos ya tiempo haciendo de mensajeros. Me consta que pronto van a encargarnos cosas más importantes. Así que lo vamos a celebrar.

—¿Vela y Jiménez?

—Se reunirán con nosotros en la chocolatería en media hora. Están terminando unas gestiones.

Aquella tarde, Madrid no me pareció una prisión de cemento y hormigón. Muy al contrario, tuve la impresión de que era un lugar acogedor, donde una mujer podía reír y charlar con sus amigos, donde la oscuridad no tenía cabida y todos los sueños, hasta los más extravagantes, podían hacerse realidad.

Una sensación, por desgracia, que duró muy poco.

El comandante Clavijo (diciembre de 1942)

Ser testigo de un asesinato te cambia de forma irreversible. No vuelves a ser la misma. Un pedazo de ti muere también. Entiendes, casi al instante, que un crimen es una entidad transformadora, por supuesto para el fallecido, pero también para el espectador. De pronto, tomas conciencia de que los seres humanos somos frágiles, finitos, tan mortales que cualquier desalmado nos puede apagar como si tuviésemos un interruptor, una puerta abierta al abismo de la nada.

Yo vi por primera vez una desconexión semejante a finales de 1942. Fui testigo de un crimen a sangre fría. Había visto cadáveres, víctimas de bombardeos como la pobre Lina, mi compañera de clase, o navegando río abajo cosidos a puñaladas como Felipe y Venancio. Pero nunca había asistido al preciso instante de la muerte, aquel en que el alma se separa del cuerpo, los ojos se cortocircuitan y dejan de ser espejos y caminos hacia el espíritu; y el cuerpo deja de respirar, el corazón deja de latir. Había visto el cadáver deslavazado, los miembros rígidos, la sangre, pero no el viaje previo, el viaje hacia ninguna parte.

Aquella mañana de diciembre todo cambió. Me encontraba en el almacén de la calle de San Bernardo. Estaba ordenando la última entrega de cartas. Iba a venir Roderick desde la embajada británica a buscar no sé qué papeles. Santos estaba en Francia y no recuerdo qué hacía Vela, quizá recabando información o preparándose para esa nueva misión que nunca terminaba de llegar.

Jiménez estaba a mi lado, revisando los envíos y catalogando los pasaportes falsos. Aunque ya hacía tiempo que nos conocíamos, siempre bajaba los ojos cuando le hablaba y era extremadamente caballeroso: me abría la puerta, me traía café con leche todas las mañanas y se mostraba amable, servicial, obsequioso.

—¿Cuándo llegará el inglés? —pregunté mirando el reloj.

—Ya sabes cómo es Roderick. Se toma su tiempo. Según los últimos informes de inteligencia que ha recibido, los franquistas están tras nuestra pista. El inglés sin duda está tomando más precauciones. Tal vez por eso se retrasa.

—No te lo creas. Roderick nunca toma precauciones. Un día nos pasará algo por su culpa.

—No hay que ser agoreros.

—No lo soy. Solo digo que nuestro amigo se sabe protegido por el paraguas de la embajada británica y a veces se descuida.

—Sí, eso es verdad.

Jiménez iba a añadir algo más. Le vi abrir la boca. Luego la cerró y meneó la cabeza, como rechazando las palabras que iba a pronunciar.

—Dime lo que sea, Jiménez.

—No, no es nada. Nada relacionado con Roderick ni con nuestro trabajo.

Palmeé su hombro con suavidad.

—Venga.

Jiménez se sonrojó ligeramente.

—Yo… estaba pensando…

—Muy bien. Ya hemos avanzado. Dime qué piensas.

—Que están echando una película en el cine. Es de Celia Gámez. Se llama *Rápteme usted*.

Unas semanas atrás, mientras tomábamos un chocolate, comenté que me gustaba Celia Gámez, cómo bailaba y cómo actuaba. Había ido a verla varias veces al teatro. Me parecía muy divertida. Jiménez, siempre atento, lo había guardado en alguna parte de su memoria.

—Oh, qué bien —respondí—. Esa no la he visto.

—Pues si no la has visto… yo… quería… si te apetece, claro… yo…

—Me encantará ir contigo.

Jiménez batió palmas de pura alegría.

—Sí, sí… Estupendo. ¡Magnífico!

—Como amigos, claro está. No sería una cita.

En ese momento se sonrojó por completo.

—No, no quería decir que… para nada quería insinuar… mi intención era…

—Tranquilo, te he entendido. Solo quería dejarlo claro.

Pero se había puesto tan nervioso que se le cayeron los pasaportes al suelo. Le temblaban las manos.

—Yo... yo... ¿Qué te parece este jueves?

—Me parece perfecto.

Estaba en tal estado de agitación que no era capaz de hacer la tarea que Santos le había encomendado. Se le volvieron a caer los papeles, trastabilló y casi se abre la cabeza contra un archivador.

—Tengo que irme un par de días a Valencia —dijo entonces—. Hay que revisar el piso franco, pagar el alquiler y otras cosillas. Pero volveré el miércoles.

—Bien, así podremos ir el jueves al cine.

—Sí... eso. Eso... por eso lo decía.

Poco después, Jiménez se marchó, y mientras bajaba la escalera maldecía y se lamentaba por sus muchas incapacidades. Yo sonreí, benévola. «Ya mejorarás, amigo mío. Poco a poco cogerás confianza hablando con las mujeres. Al fin y al cabo somos lo mismo que los hombres, solo que un poco más listas», dije para mis adentros.

Me reí de mi propio chiste y seguí con mi trabajo. Al cabo de una hora u hora y media escuché un ruido, un tintineo de llaves en la planta de abajo. Supe que Roderick había llegado. Yo tenía razón, no era tan cuidadoso como nosotros. Caminaba silbando por la calle, siempre despreocupado. Servía a su país en la embajada y se creía intocable.

Iba a bajar para recibirle cuando escuché una voz de mando:

—¡Alto!

Y luego el forcejeo, los golpes, los insultos.

Teníamos un pequeño zulo para una situación como

aquella. En realidad no era un zulo, sino un escondite a plena vista, algo que en su simplicidad era casi imposible de ver. Había sido idea de Santos. En la escalera, entre la segunda y la primera planta, había un hueco. Allí teníamos apilado un poco de carbón, madera, a veces sacos de cemento e incluso periódicos viejos, papeles que no comprometían a nadie y que no tenían relación alguna con nuestras misiones. Pero había algo más: un espacio oculto al que se accedía por una pequeña portezuela invisible en el yeso. Rápidamente, sabiendo que no tenía apenas tiempo para reaccionar, cogí las últimas cartas que habíamos traído de Francia y entré en el angosto agujero.

No estaba cómoda, odiaba permanecer sentada con las piernas encogidas en una postura casi fetal. Pero allí me quedé esperando. Fue entonces cuando oí por primera vez la voz del comandante Clavijo.

—Qué lugar más bonito se han construido como base los subversivos, ¿eh? ¿No lo cree así, señor Barnaby Roderick Lewis? ¡Dios!, ¿qué nombre de mierda es ese?

El que hablaba era un hombre entrado en carnes, con gesto adusto y mueca sardónica. Me recordó un poco a Vela. Pero este daba aún más miedo que el que sentí la primera vez que coincidí con el hombre del gabán azul. Era como un demonio que hubiese completado su evolución, no un aspirante. Estaba rodeado de otros demonios como él, vestidos todos de paisano, que reían la ocurrencia de su jefe.

—Creo que se equivoca, señor mío —dijo Roderick—. Esto no es ninguna base de subversivos. Resulta que...

El demonio jefe le lanzó un directo al estómago. Roderick cayó de rodillas.

—No me llames «señor mío», soy el comandante Clavijo de la Segunda Bis. ¿Sabes lo que es eso, don finolis?

—dijo pavoneándose alrededor de su rival arrodillado. Roderick asintió mientras escupía sangre en el suelo. Había algo en el tono de Clavijo que le hizo dudar. Había dicho lo de la Segunda Bis para asustarle, por lo que sospechó que estaba mintiendo. Aun así, respondió:

—Es el Servicio de Información del Ejército de Tierra, la Armada y el Ejército del Aire, comandante.

—Dices bien, don finolis. Somos del Servicio de Información de los ejércitos de España, y en tanto que Servicio de Información, somos gente bien informada. Y sabemos que hoy ibas a reunirte con un grupo de espías de la Francia Libre. Que eres un enlace de la resistencia francesa.

—Se equivoca, comandante. No iba a reunirme con nadie. Yo soy un simple ayudante del segundo secretario de la embajada británica. En nombre de la amistad entre nuestros respectivos países, le pediría que…

—¿Y esas llaves?

—¿Llaves?

—Sí, con las que has abierto la puerta. Porque estoy seguro de que si hago unas llamadas me dirán que este almacén no es propiedad de la embajada británica. Y también sabemos que no eres un simple ayudante, sino un pez gordo disfrazado. Te lo repito, sabemos que eres la conexión de la embajada británica con esos espías extranjeros.

—Vuelve a equivocarse —insistió Roderick—. Y de nuevo debo insistir en que la amistad entre nuestros respectivos países le obliga a tratarme con respeto, pues soy un diplomático extranjero, señor mío, y por ello…

Clavijo alzó la pierna y le dio una patada en los genitales.

—Comandante. Llámame por mi rango, gusano.

Mientras Roderick se contorsionaba en el suelo, Clavijo se fumó un cigarrillo. Yo, en mi diminuto escondrijo, tenía los ojos brillantes de rabia. No era capaz de llorar de tanta rabia que sentía.

—A ver, don finolis —dijo Clavijo tras dejar pasar unos minutos para que su víctima se recuperase—. Te lo preguntaré solo una vez: ¿para qué has venido a este almacén?

Roderick alzó los ojos hacia su torturador. Comprendió que estaba perdido. El almacén había sido alquilado a nombre de un falangista que había muerto dos años atrás. Hasta entonces había sido una tapadera perfecta, pero no tardarían en descubrir que un muerto no puede alquilar un almacén. De nada servía negar que allí pasaba algo.

—¿Para qué has venido aquí, don finolis? No me hagas repetirlo.

Entonces sucedió algo. Fue el principio de ese instante transformador del que he hablado al principio. No supe ver en ese momento de qué se trataba. Pero percibí un cambio en el tono y la actitud de Roderick. De pronto, apenas se le notaba el acento y parecía más decidido, incluso su voz sonaba más profunda.

—Respetuosamente le digo, comandante, que me reuní con su madre de usted. No me gusta que haga la calle y le estaba buscando un local para que trajese aquí a sus clientes.

—¿Qué?

Roderick me guiñó un ojo, al menos creo que lo hizo, porque miraba hacia el pequeño zulo donde yo estaba escondida. Y esbozó una sonrisa. Luego levantó la vista hacia su torturador y dijo con su habitual verbo florido:

—Aunque primero, claro, su madre de usted tendrá que recuperarse de la gonorrea, la sífilis y todas esas enfermedades que arrastra. Pero estoy seguro de que en unos meses podrá volver a ganarse un sueldo decente de puta, por más que una puta ganándose un sueldo decente sea intrínsecamente una contradicción y...

Clavijo era un hombre fuerte. Levantó a Roderick del suelo con un solo brazo y lo agarró por el cuello. Apretó y apretó mientras miraba a su víctima a los ojos y le escupía a la cara. Se escuchó un crujido y el cuerpo se precipitó violentamente al suelo, llevándose por delante un cubo de agua y un trapo que acababa de traer uno de los subalternos del comandante.

Fue entonces cuando comprendí lo que había sucedido. Roderick sabía lo que significaban el cubo y aquel trapo. Le iban a torturar. Le iban a hacer un ahogamiento simulado. Pretendían atarlo para inmovilizarlo y amordazarlo, usarían el trapo para taparle la boca y la nariz; con el cubo verterían agua para cortarle la respiración y asfixiarle durante varios segundos, incluso un minuto. Le torturarían durante horas hasta romper su voluntad y que contase todo lo que sabía, incluida la identidad de nuestro grupo, quién sabe si de otros grupos más en Francia u otros países. Y luego acabaría muerto. Porque si la Segunda Bis (¿eran de verdad de esa unidad?) había decidido torturar a un funcionario británico, era evidente que no lo dejarían con vida para que contase lo sucedido y provocar un incidente internacional. España ya estaba lo bastante aislada para arriesgarse a tener más conflictos con las democracias.

Roderick, al ver el cubo y el trapo, fue lo bastante rápido de mente como para entender que su suerte estaba echada, y que una muerte rápida era mucho mejor que una lenta y agónica, privado de oxígeno y con un sufrimiento atroz. Y se valió de la violencia y la estupidez de su adversario, que intuyó de inmediato. Admiro lo que hizo Roderick. A veces pienso que me habría gustado conocerlo mejor. Era alguien valiente y extraordinario. Las guerras y las dictaduras se llevan por delante a demasiados hombres y mujeres que responden a esa descripción.

—¿Qué hacemos con el cuerpo, comandante? —preguntó uno de los que iban con él, que parecía un teniente.

El demonio Clavijo volvió lentamente la cabeza hacia su subalterno y lo miró con los ojos vacuos, como si estuviera contemplando una cucaracha, un animal diminuto, una larva de ser humano, una larva de una larva sin apenas existencia real.

—Llévate el cadáver a un descampado y lo dejas allí tirado. Por mí, como si se lo comen los perros.

El subalterno vestía tricornio de charol y uniforme verde. Se decía que la Segunda Bis, a pesar de ser el servicio de información de las fuerzas armadas, reclutaba a sus hombres sobre todo en la Benemérita.

—Pero pertenece al personal de la embajada y nos harán preguntas. Ya sabe usted que este tipo de cosas no deben hacerse así.

Clavijo le soltó una bofetada. El hombre trastabilló y a punto estuvo también de caer al suelo.

—¿Tú me vas a decir lo que hay que hacer y cómo hay que hacerlo?

—No, no, por supuesto, señor, pero tendremos que dar explicaciones, y pensé...

El teniente no acabó la frase. Vio que Clavijo volvía a cargar la mano y se encogió.

—No daremos explicaciones. Lo que hagas con el cuerpo no es cosa mía. Si crees que puede armarse algún revuelo, te llevas el cuerpo a un sitio apartado donde se reúnan los maricones. Matas a uno de ellos, los dejas a los dos abrazados en un callejón y listo. Una riña de invertidos. A nadie le extrañará y se dará carpetazo al asunto. Todo el mundo sabe que los ingleses son todos maricas.

Estallaron de nuevo las carcajadas, pero esta vez eran risas forzadas, provenían del miedo y no de la hilaridad. Porque todos temían a Clavijo, no solo los enemigos de la España franquista, no solo los espías o los desafectos, también sus hombres. Sabían que era capaz de matarlos a todos, a cada uno de ellos, y dejarlos en una cuneta. Tal vez ya lo hubiera hecho antes.

—Vamos, no podemos estar aquí todo el día —dijo el comandante a sus hombres—. Hay otras pistas que seguir.

Permanecí escondida largo rato, paralizada, mientras recogían el cadáver de Roderick y registraban a fondo las dos plantas del almacén. Incluso lo intentaron en el hueco de la escalera: sacaron todas las bolsas de carbón, los papeles, y golpearon las paredes. El pequeño tabique que me separaba de ellos estuvo a punto de venirse abajo. Polvo de yeso cayó sobre mi cabeza. Pero resistió. Los vi marcharse unos minutos después. Aun así esperé dos horas para salir y luego otra hasta que me atreví a abandonar el hueco de la escalera.

Había anochecido. Entonces me di cuenta de que tenía un aspecto horrible, con la ropa arrugada y un poco de polvo de yeso aún tiñéndome el pelo de blanco. En la calle, me arreglé lo mejor que pude mientras miraba el escaparate de una tienda. Procuré ser una persona normal, tal y como me había enseñado Santos. Fingí una sonrisa, caminé con seguridad porque formaba parte de la jerarquía del mundo franquista, de la parte alta de la pirámide alimenticia, la de los privilegiados. Me coloqué la pamela, estiré mi vestido y avancé sin prisas hacia mi pensión.

Ni siquiera había echado mano de las dos pistolas que

llevaba siempre encima. Una Star calibre 6.35 sujeta a la faja y una Browning 7.65 en una pistolera bajo la axila.

Pensaba en Roderick, en su cadáver deslavazado, roto. Sentí miedo, sentí terror. Pero solo un instante, porque la juventud es en parte inconsciencia y yo quería ser inconsciente, seguir luchando por la libertad y obviar el precio que otros y tal vez yo misma tendría que pagar... tendríamos que pagar. Ya lo estábamos pagando.

Comprendí, no obstante, que acababa de ser testigo de lo que me jugaba siendo espía. Me jugaba la vida. No estaba en peligro de ser detenida por la Brigada Político-Social, como antaño. La Segunda Bis (o quienes fueran aquellos tipos) era algo serio, la gente como Clavijo no se andaría con miramientos si daban conmigo.

Llegué a casa y me puse a llorar. Después, el fantasma de la muerte siguió persiguiéndome muchos días. Fui espectadora de algo terrible y aquello me cambió, me transformó tanto como al pobre Roderick. Su sacrificio se tornó en catalizador para la nueva Marina que estaba por nacer: mi lucha no era ya una quimera. Ahora combatía de verdad al fascismo. Estaba en la vanguardia y ya se sabe lo que pasa con los soldados de primera línea: caen como moscas.

Segovia (enero-julio de 1943)

Huimos en dirección a Segovia. Ignoro la razón. Recibí una nota con la orden de partir a la llanura castellana, a uno de nuestros pisos francos. Y allí esperé nuevas noticias.

Segovia fue el primero de los muchos lugares a los que me trasladé durante los años siguientes. Ya había vivido en Castro Urdiales, Torrelavega, Valencia, París, Madrid y San Sebastián. Y me preguntaba si en el futuro seguiría vagando sin rumbo fijo, en una suerte de viaje interminable, un sendero sin significado.

Aquella ciudad era solo una parada más en ese vagar infinito. Y ser nómada, apátrida… mi destino. A veces me gustaba no pertenecer a ninguna parte; en cambio otras habría querido asentarme y echar raíces. Pero esto último no casaba mucho con mi recién estrenada vida de espía.

—No me gusta Segovia.

Vela miraba en derredor. Miraba hacia todas partes. Desde que los fascistas habían descubierto nuestra base en Madrid, lo notaba intranquilo, harto, necesitado de acción. Más o menos como era siempre, pero quizá un poquito más acuciado por el presente. Porque ni siquiera sabíamos si los responsables de la muerte de Roderick eran de verdad de la Segunda Bis. Había grupos armados dentro de las fuerzas de seguridad del país que torturaban y asesinaban amparándose en la legalidad franquista. «Ejecuciones extrajudiciales», las llamaban. Luchaban contra los maquis en las montañas y utilizaban todo tipo de excesos para conseguir sus fines. Tal vez hubiesen dado con el almacén de la calle de San Bernardo por pura casualidad. Y el comandante Clavijo había querido apuntarse un tanto ante sus jefes. No sabíamos nada con certeza. Eso enervaba aún más a Vela, ansioso de respuestas y de actuar en represalia.

—Segovia no está mal —dije para tranquilizarle—. Solo es un lugar. Pronto reconstruiremos la Base España.

—Dicen que están buscando un sitio seguro, Marina. Pero yo no lo creo. Se van a olvidar de nosotros.

Tras el asesinato de nuestro enlace en la embajada británica nos habían separado. No había visto a nadie de nuestro grupo en mucho tiempo. Llevaba dos meses en el piso franco e ignoraba dónde estaban mis compañeros. Aquella era la primera reunión que tenía con uno de ellos. Yo hubiese preferido que apareciese Santos, pero supuse que no se podía tener todo. Por lo menos sabía que la Segunda Bis (o quien fuera) no había capturado a nadie más del grupo.

—No se olvidarán de nosotros, Vela. Nos necesitan.

—A veces creo que yo sería mucho más útil en el frente.

—¿Por qué no te alistas en alguna unidad de combate de la Francia Libre?

—Tal vez lo haga. Hay muchos españoles enrolados, gente que luchó en la Guerra Civil. Esto de esperar, esto de cavilar e intrigar, no es lo mío.

No lo era, ciertamente. Pero todos los grupos necesitan un hombre de acción, alguien capaz de actuar y sacar las castañas del fuego cuando es necesario. Me preguntaba qué habría pasado si Vela hubiese estado en el almacén de la calle de San Bernardo cuando Clavijo capturó a Roderick. Seguro que no se habría quedado escondido en el zulo. Habría actuado, como él decía. Pero eran por lo menos veinte hombres contra a uno. Por lo que habría un cadáver más en el suelo del almacén. Tal vez incluso el mío. Aquella fue la primera vez que también yo puse en duda la necesidad que teníamos de Vela en el grupo, pero no lo expresé en voz alta.

—Santos quiere que te tranquilice, Marina. Que te diga que todo está bien y las cosas pronto volverán a la normalidad —dijo sin dejar de mirar en derredor, con el pelo encrespado como una bestia a punto de saltar sobre su presa.

—Dile que estoy tranquila y que confío en él. El que no parece tranquilo eres tú. Deja de comportarte como un gato en época de celo, que al final llamarás la atención.

Vela cerró los ojos, se pasó la mano por la frente y se levantó.

—Bueno, ya te he dado el mensaje. Me marcho de aquí. Demasiado fascista mirándome, demasiada gente en la que no confío. No me gusta esta ciudad.

Se levantó y se fue a toda prisa. Estábamos en un café cerca de la plaza Mayor y entonces fui yo la que miró en derredor. Había padres de familia con su traje, su sombrero, su camisa de cuello alto y su corbata; las mujeres, con vestidos recatados en colores apagados, sus zapatos de tacón bajo y sus mantillas. Porque era domingo y muchos iban a misa o volvían de allí. Los niños caminaban a su lado con gesto serio, pero en cuanto sus progenitores se descuidaban, les cambiaba la cara, unos chillaban, otros chapoteaban en los charcos.

Ningún fascista nos miraba, pero Vela era un poco paranoico y tenía que aceptarlo. Tal vez un día su paranoia nos fuese útil. Lamenté que se hubiese marchado tan pronto porque le había preparado una pequeña excursión por la ciudad: el acueducto, el alcázar, la catedral, el barrio judío... vaya, lo típico, pero no hubo oportunidad.

Unos minutos después, tras pagar las consumiciones, caminaba por la calle en dirección al piso franco. Era agradable y bastante amplio, junto a la plaza del Salvador. Allí busqué al jefe de casa. Este cargo, así como el de jefe de barrio y jefe de distrito, recaía sobre personas afectas al régimen. Tal vez por eso Vela veía fascistas por todas partes, porque en realidad los había, sobre todo falangistas, los miembros del partido único, movilizados por la gracia de Dios para velar por los buenos españoles.

—Necesito un pase para ir a Quitapesares.

El jefe de casa del edificio donde vivía se llamaba Venancio, como el fascista que mató a su hermano en Torrelavega y vi flotando en el río. Era un hombre que había combatido en la batalla del Ebro siendo prácticamente un anciano y ahora era ya un anciano del todo. Me miró desde detrás de unas pequeñas gafas como si no me reconociera.

—Es usted Marina Vega, ¿no?

—En efecto, señor.

—¿Y para qué quiere ir a Quitapesares?

—Para lo mismo que todas las semanas, señor. Para visitar a mi madre. Vive allí, en una casita a las afueras. ¿Recuerda que ya se lo conté?

—Ah, claro.

El jefe de casa me firmó un pase, el volante oficial de la Falange sin el cual no podías ir a ninguna parte. Cuando realizaba misiones en Francia llevaba pases falsos de jefes de la Falange, con el sello falsificado, con la firma falsificada, con la típica prosa relamida de los formularios fascistas. Pero en Segovia trataba de ser una más y no asumir riesgos, especialmente cuando iba a ver a mi madre, a la que había trasladado hacía poco a las afueras de Segovia para tenerla cerca. La echaba de menos.

—¿Ha ido usted a misa?

Me volví y miré a Venancio, el falangista, el veterano de la batalla del Ebro.

—Sí, por supuesto.

—He preguntado a las vecinas. Nadie la ha visto.

Una de las misiones de los jefes de casa era preocuparse por la salud espiritual del vecindario y controlar que todo el mundo asistiese a misa. De nuevo tuve la sensación de que Vela no estaba equivocado cuando veía fascistas por todas partes.

—Es que he ido a la iglesia de San Miguel de camino a

la plaza Mayor. Me venía mejor porque bajó a verme un amigo y quedamos allí.

No convenía mentir al jefe de casa. Podía ser que alguien nos hubiese visto a Vela y a mí sentados tomándonos algo.

—¿Muy amigo?

Entendí adónde quería ir a parar.

—No tan amigo. Lo conocí en el pueblo, en Torrelavega, cuando era niña. Hacía mucho que no nos veíamos.

—Espero que no pretenda pasar la noche con usted, en su pisito.

—Ya se ha marchado. Se ha vuelto para Madrid. Es albañil.

—Ah, muy bien. Así está mucho mejor. ¿Volverá a verlo?

Los jefes de casa (y por encima de ellos los jefes de barrio y de distrito) eran como padres putativos, se creían en el deber y la obligación de meterse en tu vida, de llevarte por el camino recto o lo que ellos consideraban el camino recto. Especialmente si eras una chica que vivía sola. Algo por lo general muy mal visto.

—No creo. Ya le he dicho que no somos tan amigos.

Venancio asintió como si un albañil fuese poca cosa para mí. Se hizo el silencio. Luego levantó la cabeza y me miró como si le extrañase mi presencia.

—Vamos, vamos, vaya a ver a su madre. No la haga esperar.

Dos autobuses y dos horas más tarde llegué a Quitapesares. Pasé allí el fin de semana. Mi madre me cocinó mis platos preferidos, y pudimos hablar y disfrutar de estar juntas. Económicamente estábamos mejor que nunca. Yo seguía ahorrando casi todo el sueldo y al menos la mitad de las dietas. Era bastante dinero y nos podíamos permitir pequeños lujos, como carne de ternera, chocolate o café. Las cartillas de racionamiento no bastaban para aquellas delicias (para casi nada, a decir verdad) y las conseguía en el mercado negro.

—A veces tengo miedo de que te pase algo, hija —me dijo mientras me acariciaba el rostro.

—Yo a veces tengo miedo de que no me pase nada. De que Vela, uno de mis compañeros, ya te he hablado de él, tenga razón y se olviden de nosotros. Quiero vivir grandes aventuras y cambiar las cosas.

—Mientras regreses a casa sana y salva, puedes vivir todas las aventuras que quieras.

—Tengo la intención de regresar. Solo es que...

No le había hablado de Roderick ni de su muerte, por supuesto. No quería asustarla. Solo le dije que nuestra base de operaciones había sido trasladada y, durante algún tiempo, estaría sin trabajo, aunque seguía cobrando mi sueldo de subteniente. Apenas informaba a mi madre de mis tareas como espía. Creo que ella tampoco quería saber gran cosa.

—Solo es que... termina la frase, hija.

Tenía el pálpito de que mi miedo a que no me pasase nada se iba a desvanecer pronto, que mi camino se iba a alejar de España y llegaría el día en que no regresase. Pero no porque me fuese a pasar nada malo, sino porque me hallaría a muchos kilómetros de distancia, viviendo aventuras que no podía imaginar en aquel momento.

—Solo es que me aburro —mentí—. Estoy harta de que no pase nada, como te he dicho antes.

—Al menos ahora tenemos tiempo para estar juntas.

—Eso sí que es verdad.

Se sentó en un balancín y sonrió.

—Y podemos tumbarnos al sol en estas hamacas. Y comer bien. Y beber vino de Rioja.

Otro lujo conseguido de estraperlo. Le guiñé un ojo.

—Pues al final resulta que sí que ha pasado algo. Y además algo bueno.

—La vida nos sonríe aunque sea un poquito, Pipi. ¿No es verdad?

Alargué una mano para tomar la de mi madre. Me tumbé en mi hamaca. Creo que me dormí porque cuando abrí los ojos caía la tarde.

—Tengo que volver a Segovia, mamá.

Dos horas y dos autobuses más tarde estaba de nuevo en Segovia. Tenía hambre y utilicé mi cartilla de racionamiento para coger una hogaza de pan. Muy cerca ya de mi piso me crucé con dos niños que se quedaron mirando el pan. Estaban de pie cerca del bordillo, eran aún más delgados que yo, pequeños, calculo que de seis y ocho años. Supuse que eran hermanos y la niña me recordó a Lina, la compañera a la que vi saltar por los aires en el Liceo Sorolla. Tenía los mismos ojos negros.

—¿Tenéis hambre?

Es difícil explicar lo que es el hambre. Por aquel tiempo escaseaban los alimentos, en el campo faltaba mano de obra (lógico, con tantos hombres muertos o en la cárcel) y las cartillas de racionamiento daban cantidades insuficientes incluso de los productos básicos.

—Sí, señorita —respondió la niña—. Mucha hambre.

España estaba llena de hambrientos. Cuando ves a tanta gente pasarlo mal se te embrutece el cerebro; al final dejas de verlos, ya no te importan. Es como el reguero de cadáveres en las cunetas que hubo tan solo tres años atrás. Tras varios kilómetros de contemplar tantos cuerpos deslavazados, ya no son cuerpos, solo son repeticiones. Pero la repetición va dejando un poso en la cabeza y llega un momento en que algo te hace saltar: una voz, una mirada, tal vez unos ojos que se parecen a los de una niña a la que viste morir en un bombardeo.

Partí la hogaza de pan en tres pedazos y nos la repartimos. Nos pusimos a comer sentados en el bordillo y hablamos de cualquier cosa, de flores, de gerberas, que le encantaban a la niña, de coches de carreras, que le encantaban al niño, de lo hermosa que era Segovia, de lo bonito que era no tener hambre, de sus padres que habían muerto en la guerra y del tío que los acogía, un tío que no les tenía demasiado aprecio y no les daba de comer ni lo que les correspondía en la cartilla de racionamiento.

Luego, para olvidar las cosas malas de esta vida, regresé al colmado y cogí de las estanterías semivacías todo lo que mi cartilla me permitió. A mi regreso comimos hasta hartarnos y volvimos a hablar de coches de carreras, de flores y de lo hermosa que era la ciudad del gran acueducto.

Porque aunque mi estancia en Segovia fuese temporal, aunque solo fuera una parada más de mi vagar infinito, en aquel momento, aquel día, no hubo en el mundo más ciudad que aquella. No hubo más niños que aquellos dos que reían a mi lado con la tripa bien llena. No hubo espías, ni Segunda Bis, ni peligros ni falangistas.

Aquel día solo existían tres personas comiendo en la calle, hablando de cualquier cosa y contemplando dichosas el paso del tiempo.

3

Una espía profesional

La amiga de los sordomudos
(agosto-diciembre de 1943)

El tren traqueteaba camino de ninguna parte. A través del cristal veía pasar los pueblos y las ciudades engullidos por el horizonte. Por un momento el traqueteo desapareció. Solo había silencio, solo un verdor interminable que pasaba raudo, veloz, inextinguible. Fue como una pausa entre acordes, la ausencia de sonido que antecede al retumbar del siguiente movimiento de una composición musical.

Cuando volví la cabeza, el revisor estaba avanzando por el pasillo. Llegó a mi altura. Le di el billete. Me miró. Lo miré. Le entregué un papel. Lo leyó suspicaz pero diligente. Luego asintió:

—Veo que la autoridad competente le ha encargado el traslado de esta pobre alma.

—Así es.

El revisor volvió a asentir, volvió a mirar el documento, los sellos, y asintió por tercera vez. Luego miró a la pobre alma, a quien en los papeles se describía como un sordomudo francés llamado François Archambault, una persona que debía trasladarse a Madrid por temas médicos y necesitaba la ayuda de una intérprete en lengua de signos.

—Espero que todo esté en orden —pregunté, preocupada, aunque no se percibió en el tono de mi voz. Santos me había adiestrado bien.

—Todo perfecto.

El revisor me entregó el documento, falsificado, por supuesto. Yo lo guardé en mi bolso. Me alegré de la formación que me había dado mi jefe de la Base España. Tenía razón Santos cuando me dijo que debía pertenecer a la jerarquía, o al menos parecerlo, para poder realizar mi tarea. No solo era cuestión de vestimenta, aunque esto fuera fundamental (vestido con cinturón, bolso y sombrero de ala ancha), sino que había que mostrar seguridad a la hora de tratar a los servidores del régimen. Yo era Marina González, una chica bien. Nadie podía poner en duda mi honestidad, pero tampoco podía yo reclamarla demasiado alto, pues era algo que se daba por descontado, que me venía por el orden natural de las cosas. Aparentaba ser una patriota española y una franquista. Por lo tanto podía demandar ayuda, especialmente cuando se trataba de un asunto humanitario, de caridad cristiana, como el traslado de un pobre sordomudo. Pero todo debía suceder sin llamar la atención. Sencillamente las cosas eran así, yo formaba parte de un engranaje, y debía sentirme orgullosa de pertenecer a él. Que el engranaje fuese falso era lo de menos.

—Muchas gracias —dije al revisor cuando ya se alejaba.

Este respondió con una inclinación de cabeza.

Solté un suspiro de alivio. Siempre se me escapaba en aquel tipo de situaciones. Ya no era solo una espía que llevaba cartas y paquetes desde Francia. Ahora traía personas. Desde la reconstrucción de sección española de la resistencia francesa se me habían encomendado tareas más altas. Cada mes traía a unas diez personas que debían huir de la Alemania nazi o de los países ocupados. La mayoría eran franceses, pero también los había de otras nacionalidades. Naturalmente, en sus papeles figuraba que eran españoles o de origen español y que regresaban a la madre patria. Pero la mentira se haría evidente al primer obstáculo con el que nos topáramos, pues no sabían decir una palabra en nuestro idioma o, si la decían, era con un acento terrible. Por eso, a Santos se le ocurrió que fuesen sordomudos. Una gran idea, y no solo porque nos ahorrábamos que los huidos abriesen la boca y se viniese abajo la farsa. Una de las pocas cosas que una mujer podía hacer libremente en la España fascista era ayudar a los necesitados. Hasta Carmen Polo, la esposa del dictador, dedicaba la mayor parte de su tiempo a obras de caridad. O eso se decía.

Santos siempre repetía que las piezas del engranaje del fascismo, hasta el más criminal de los criminales, creían que eran buenas personas. Cuando uno está haciendo un acto de caridad, como trasladar a un pobre sordomudo para ver a su familia, o por temas médicos o por lo que fuera que nos inventásemos en cada ocasión, esos funcionarios y «buenas personas» tendían a querer ayudar, a no preguntar demasiado, a no dirigirse a alguien que, según acababan de leer en un documento oficial, solo podía comunicarse por lengua de signos. No querían estorbar una acción tan piadosa.

Yo, de todas formas, había aprendido los rudimentos del lenguaje y hacía de cuando en cuando alguna pantomima que resultaba creíble. Aunque si alguien que realmente supiera hablar en lengua de signos hubiese intentado interactuar con nosotros, todo se hubiera destapado. Pero no sucedió jamás, por suerte, porque la suerte es algo fundamental para el espía. A veces, una misión se tuerce por una pequeñez que es imposible de prever. En muchas ocasiones creo que sobreviví gracias al azar. Después de todas las desgracias que me habían acontecido, no estaba de más que los hados igualaran un poco la partida.

—*Allons, monsieur, vite!* —susurré al sordomudo que llevaba aquel día.

Íbamos por el andén. Había hablado en voz baja para que nadie me oyese. Mientras le urgía a darse prisa, había hecho unos extraños signos con las manos que no significaban nada.

Llegamos a Madrid al anochecer. Nos trasladamos al edificio de la Cruz Roja, porque nuestra nueva base estaba en la última planta del inmueble. Nunca pregunté cómo habíamos conseguido el permiso para instalarnos allí, pero parecía el entorno ideal. Pasábamos completamente desapercibidos.

—Mañana Jiménez se llevará a nuestro amigo a Andalucía. Y de allí a Argel —dijo Santos.

Echaba de menos a Jiménez. No lo veía mucho porque era mi relevo. Recogía a los huidos que yo traía desde Francia y los llevaba a un lugar seguro. Jiménez era mi preferido entre mis compañeros. Respetaba a Santos, pero el pequeño gran hombre, como a veces lo llamaba, siempre tan tímido y cortés, era mi mejor amigo en el grupo.

—Estupendo —repuse.

Aquella tarde, como casi siempre, solo me esperaba mi jefe en el edificio de la Cruz Roja. Santos había organizado el traslado con la minuciosidad de costumbre. De hecho, el destino final de la mayor parte de nuestros sordomudos era Argel, donde la Francia Libre tenía el control y podía dar cobijo y seguridad a los huidos.

Miré de reojo a nuestro sordomudo, del que ni siquiera sabíamos su nombre real.

—¿Crees que es un judío?

Santos se encogió de hombros.

—Casi todos lo son. Últimamente parece que los nazis están muy ocupados secuestrando a todos los judíos de Europa.

Aquellos años, 1943 y comienzos de 1944, fueron los mejores para la Base España. Salvamos a mucha gente, trajimos a numerosos refugiados y llegamos a tener una red enorme de colaboradores. Muchos republicanos vivían ocultos a plena vista, como nosotros, metidos en apariencia dentro del engranaje del franquismo. Pero secretamente añoraban el pasado democrático de nuestro país. Disponíamos de ayuda en Madrid y en casi todas las capitales de España. Teníamos una red de amigos que escondían a nuestros sordomudos cuando había algún peligro, y otros les hacían trajes, zapatos y hasta ropa interior.

—A veces creo que nos conoce demasiada gente —dije de pronto.

Santos levantó la vista de un informe que estaba redactando para nuestros superiores.

—¿Qué quieres decir?

—Demasiadas personas colaboran con nosotros. El peligro se multiplica. Cualquiera podría traicionarnos. Cualquiera podría irse de la lengua o ser detenido por ser simpatizante de la República, o por desafecto, o por hablar con un vecino de lo hijo de puta que es Franco. Más tarde, en la sala de interrogatorios, tras cinco o seis horas moliéndole a palos, tal vez confesara que conoce a un grupo de espías de la Francia Libre. Y estaría dispuesto a delatarnos a cambio de que dejen de torturarle.

—Hemos tenido cuidado. Nadie sabe dónde nos escondemos.

—Pero cada contacto, ya sea un sastre, un panadero o una viuda con un pisito cerca de la Castellana, conoce al menos a alguno de nosotros: a Jiménez, a Vela, a ti o a mí.

—Creía que querías vivir aventuras y correr algún riesgo. Pues es lo que estamos haciendo. Si no quieres correr ningún riesgo, tendrás que quedarte detrás de una mesa redactando informes.

—Ya sabes que no es eso. Lo que quiero decir es...

—Te he entendido. Cada vez somos más. Cada vez realizamos más acciones exitosas. Cada vez somos más ruidosos y un día podrían descubrirnos. También he pensado en ello. ¿Y sabes? Creo que tarde o temprano nos descubrirán. Solo hay que salir corriendo como cuando dieron con nosotros la otra vez.

—Roderick no pudo salir corriendo.

—Pues procuremos no ser Roderick.

Me vino un destello a la memoria, el gesto de nuestro contacto en la embajada, el sonido de su cuello al romperse. Moví la cabeza, asqueada.

—Me voy a casa, Santos.

—De acuerdo. Vuelve dentro de dos días. Tienes que hacer otro viaje a Francia.

—¿Otro sordomudo?

—Estás de suerte. Esta vez no es uno, son dos. Una pareja. Marido y mujer. Los persigue la Gestapo. Pero creo que les darán esquinazo y acabarán en Argel. Gracias a gente como tú y yo, que nos jugamos la vida.

—Así sea, amigo. Cuídate.

—Y tú cuídate más aún, Marina.

Bajé a la calle y caminé distraída por Madrid. Mis pasos me llevaron hasta lugares conocidos casi sin darme cuenta. Me detuve delante del escaparate de una joyería. Me quedé absorta. Miraba las sortijas, los colgantes, pensando en regalarle algo a mi madre, que había regresado a San Sebastián. O tal vez no mirase nada en absoluto. Solo le daba vueltas a la cabeza, otra vez envuelta en malos presagios. Probablemente estaba cansada tras tantas horas de viaje. El caso es que no me apercibí de dónde estaba hasta que la puerta se abrió, sonó la campanilla y un rostro conocido apareció ante mí.

—Por Dios, si es la señorita Marina Vega —dijo Emérito del Rincón, joyero, prestamista y embaucador de mujeres a tiempo completo.

—Señor del Rincón. Hacía tiempo que no nos veíamos.

—Llámame Emérito, querida. Y sí, hace casi cuatro años desde la última vez. ¿Ya vendiste todas las joyas de tu madre?

—Se terminaron, sí. Ahora ya no…

—Ahora ya no os dedicáis a eso, me doy cuenta. Porque vas muy bien vestida, como una señorita de buena familia. Eso es una cosa estupenda. ¿Encontraste novio?

Reaccioné rápido. Era algo a lo que me había acostumbrado por mi adiestramiento de espía. Recordé lo que decía Santos sobre la jerarquía, la estructura y el engranaje fascista. Emérito del Rincón era un cerdo. Estaba conversando conmigo para obtener alguna cosa pero al mismo tiempo se sometía a las normas sociales, como todos en aquel mundo de barrotes invisibles en el que vivíamos. Así que lo mejor era que creyese que ahora formaba parte de esa jerarquía que él tanto respetaba.

—Me he prometido —mentí—. Un capitán de infantería.

—Menuda suerte. ¿Y no le ha importado lo que sois tú y tu madre?

—¿Qué somos, Emérito? ¿Qué cree que somos? Piense bien lo que va a decir.

El prestamista enarcó una ceja. Tuvo un instante de duda. La chica que él conocía ya no era una corderita: era una mujer. El personaje que ahora interpretaba no era una roja republicana temerosa de ser descubierta sino la prometida de un capitán, alguien que formaba parte del sistema, alguien respetable, alguien a quien no se podía insultar gratuitamente.

—No pretendía faltar. Solo quería hacer notar que, bueno, ya sabes, tu padre está en prisión y tu madre me supongo que todavía estará perseguida y...

—No por mucho tiempo. Estoy moviendo papeles para que deje de ser un topo.

Esto último era verdad. Esperábamos que dejasen de buscarla y pudiese recibir la herencia de sus padres, los abuelos Gálvez. Porque a los topos ni siquiera se les permitía heredar. Si aparecían para arreglar los papeles eran detenidos, por supuesto.

—Y mi padre, cualquier día, espero que pronto, saldrá a la calle —añadí—. Y le estará esperando una hija bien casada.

Emérito inclinó la cabeza.

—Me alegro de que las cosas te vayan mejor. Te has puesto muy guapa. Bonitas piernas y bonitas curvas. Es una pena que no me fijase en su momento.

Así que era eso. Me había visto delante de su tienda. Me había reconocido. Y había pensado que a cambio de dinero podía llevarme a la trastienda. Sin duda seguía creyendo que las rojas éramos todas unas putas.

—En su momento yo era una niña. Ni tenía tantas curvas ni tan bonitas las piernas. Pero ahora soy una mujer.

—Bien que se nota.

Sonreí ante el piropo y refrené las ganas que tenía de abofetearle. Me despedí y me alejé caminando lentamente. Sabía que continuaba delante de su tienda, contemplando cómo se movían mis nalgas. Me pregunté qué pensaría si supiese que yo seguía siendo virgen y cuánto estaría dispuesto a pagar por llevarme a la trastienda.

—No tienes bastante oro y plata en tu maldita joyería para convencerme de algo semejante, viejo verde, cerdo —dije en voz alta.

Apreté el paso. Tenía otras cosas más importantes en las que pensar: en mi próxima misión, en el tren que debía tomar con una pareja de sordomudos franceses, y en mi obligación de salvarlos y de seguir haciendo mi labor, aportando mi granito de arena en la lucha contra el franquismo, contra el nazismo y contra la sociedad que permitía que hombres como Emérito del Rincón existiesen.

Ese tipo de hombres deberían estar condenados al silencio, a cerrar la boca, a no hablar, a no escandalizar a una mujer con su verbo, sus miradas y la forma en que se relamen libidinosos.

Porque esos hombres son como el traqueteo del tren, un runrún que parece que nunca va a detenerse, monótono, como si quisiese entrar en tu cerebro y horadarlo. Y las mujeres necesitamos que ese traqueteo cese de cuando en cuando, que por una vez gane el silencio, que los cerdos se metan los piropos en el culo, y que la quietud se apodere del paisaje.

El silencio, entonces, se convertiría en nuestro cómplice, las calles serían seguras y el tren podría continuar su viaje y alejarse de nosotras para siempre.

Pero hay demasiados Eméritos y pocos instantes de verdadero silencio. Eso es algo que las mujeres aprendemos desde niñas. Por desgracia.

Problemas con los nazis (enero-mayo de 1944)

La madurez es un proceso progresivo. Se madura sobre lo ya madurado. El adulto que fuiste a los diecinueve años es recordado con condescendencia por el adulto que eres a los veinticinco. Y no digamos a los cuarenta. Ahora que tengo ochenta y siete, recuerdo a todos mis yoes adultos como idiotas, prismas imperfectos, vacilantes, una versión hilarante de mí misma.

Y, por supuesto, ahora pienso que con diecinueve años era prácticamente un bebé. Porque vivía el momento, no veía el peligro, avanzaba sin saber que el suelo estaba plagado de minas. La muerte de Roderick fue un toque de atención, como un despertar muy leve en una noche de vigilia. Pero poco más. Yo seguía ignorando el peligro, creyendo que mi misión debía por fuerza desembocar en el éxito. Vagaba sonámbula, etérea, como un viento que avanzara soplando entre la brisa.

Me sentía aire más que ser humano. Iba a Francia, volvía a España, traía sordomudos judíos, represaliados, huidos; transportaba papeles, armas, dinero... y pensaba que nada podía tocarme, ni a mí ni a los míos.

Lo de Roderick había sido un golpe de mala suerte. Aunque advertí a Santos del peligro que nos acechaba con tantos colaboradores externos en nuestra base, lo cierto es que olvidé mis consejos tan pronto los pronuncié. Volví a creer en la justicia de nuestra misión y en que al final todo saldría a las mil maravillas.

Porque volvía a ser aire. Y eso era y no otra cosa aquel día de enero de 1944 en el que, tras pasar el río Bidasoa, escondida en una cabaña, esperaba a Santos.

Amanecía, el manto de la noche se quebraba. En mis manos tenía una bolsa con manzanas. El aire golpeaba con fuerza y yo me sentía parte de la brisa, de la bruma matinal, del susurro del viento.

Recuerdo el frío, acurrucada en un rincón de una cabaña en una serrería abandonada, contemplando las nubes correteando en tonos de blanco a través de una ventana. Saqué una manzana de la bolsa y me la comí. Pasaron las horas, interminables y lúgubres. Me pregunté si debía marcharme, pero Santos no había llegado y mis órdenes eran esperarlo. Nunca había sucedido algo así y tuve miedo, no sé si por mí, por Santos o por la misión. Mi jefe había organizado un encuentro con Jiménez y el siguiente sordomudo en Lyon. Esta vez era él quien debía recoger a los que trataban de huir del régimen nazi. Nos turnábamos para no levantar sospechas y que los alemanes no vieran siempre la misma cara.

¿Y si algo había salido mal? ¿Y si los habían detenido? ¿Y si me quedaba sola? Porque Vela cada día estaba más distante, hablaba constantemente de abandonar la Base España y alistarse en una unidad de combate de la Francia Libre. A veces no podíamos contar con él porque nadie sabía dónde estaba. Si a Santos y a Jiménez les ocurría algo, yo me quedaba prácticamente sola al frente de nuestro grupo. No era algo que me apeteciese.

Quizá por eso esperé. Quizá no solo por eso, eran mis amigos y necesitaba saber qué les había pasado. Así que aguardé con mi bolsa de manzanas, mirando furtivamente por la ventana de la cabaña abandonada.

Al tercer día se me habían acabado las manzanas y sentía náuseas solo de pensar en volver a comer una. Miré hacia la montaña, cubierta de árboles centenarios. Salí para estirar las piernas. Caminé lentamente hasta un pequeño pozo. Estaba seco y desprendía un hedor extraño, tal vez se tratara del cadáver de un animal, tal vez de alguien que no había conseguido cruzar la frontera, o de alguien a quien los fascistas habían arrojado, o de alguien que se había suicidado.

Dejé de lado las visiones negras de mi imaginación y me concentré en el presente, esperando que mi mente dejase de divagar. Fue entonces cuando lo vi. Avanzaba muy despacio, cojeando. Cuando llegó a mi altura, vi una herida en su pierna, donde una bala la había rozado. Estaba sucio, desaliñado, y tenía rota una patilla de las gafas. También le faltaba el cristal del mismo lado.

—Estás hecho una pena, Santos —dije.

Mi jefe asintió, tragó saliva y luego me abrazó.

—Todo ha salido mal. Creo que llevan tiempo detrás de nosotros. Tal vez los nazis y los de la Segunda Bis están intercambiando información. Vamos a tener que...

—¿Dónde está Jiménez?

Santos se mordió el labio inferior.

—Lo capturaron. Yo apenas conseguí salir vivo.

—¿Pero él está vivo?

—Se lo llevaron preso.

—¿Sabes adónde?

No lo sabía, pero al regresar a Madrid comenzaron a llegarnos noticias. Estaba en el cuartel general de los nazis en Lyon, en el hotel Terminus. Santos movió todos los hilos que estaban a su alcance pero no consiguió liberarlo. Pero sí obtuvo información de cómo estaba y lo que iban a hacer con él.

—De momento no le ha pasado nada —me informó—. Quieren desmantelar la Base España y está llegando desde el mismo corazón del Reich su interrogador estrella, un tal Joseph Ulbrecht Cruz.

No había oído hablar de aquel hombre, pero Santos me lo pintó como un demonio, una de las figuras menos conocidas pero más temidas de la Gestapo. Sabíamos que ser capturado en Francia era de lo peor que podía ocurrirnos. Todos llevábamos una pastilla de cianuro por si llegaba el caso. Pero si enviaban a un pez gordo de la Gestapo para solucionar el problema de unos espías entrometidos españoles, entonces Jiménez tenía pocas posibilidades. No serían las torturas habituales, que ya eran terribles. Le esperaba un destino inimaginable. Así que yo no quise imaginármelo.

—¿Cómo es que Jiménez no se tomó su pastilla de cianuro?

—Los nazis están bien entrenados. Mientras escapaba, vi cómo se abalanzaban sobre él y le abrían la boca. Supongo que le sacaron el diente falso y el comprimido escondido en su interior.

Suspiré con fuerza.

—Tal vez podamos liberarle.

—Por favor, Marina, no sueñes.

—Trabajamos para la Francia Libre, somos de la Resistencia. Podríamos organizar un golpe que...

Santos me miró como el adulto que mira a una niña cuando esta le pregunta si la luna está hecha de queso. Bajé la cabeza y detuve mi lengua, molesta por su mirada. Ya no era una niña, pero me resistía a aceptar la realidad. Siempre había sido así. Cuando la realidad era un asco le daba la espalda. Tal vez por eso era roja, masona, republicana y espía.

—Toma, es para ti.

Levanté la vista. Santos sostenía un trocito de papel. Lo tomé.

PARA MARINA:

Me habría gustado ser el hombre que te besase por primera vez. Me habría gustado tener valor para pedírtelo.

¿Habrías dicho que sí?

—Jiménez lo enrolló en una piedra y lo tiró por una ventana del hotel Terminus. Uno de los nuestros esperaba en la acera de enfrente y lo recogió. Es lo máximo que nos podemos acercar. Pensamos que sería algún tipo de información útil. Pero...

Me tambaleé hacia atrás. No dije nada al principio. Recordé el gesto huidizo de mi pequeño amigo, la forma en que me miraba, su bondad, y lo injusto que era que el mundo en el que vivíamos estuviera lleno de nazis, fascistas, torturadores, guerras y cobardes que aceptaban toda aquella situación como si nada. Por suerte, había hombres y mujeres valientes, gente como Santos, como Jiménez o como yo misma.

—Yo te aconsejaría que le dijeras que sí, que estabas esperando ese beso —me propuso Santos—. No va a vivir mucho, así que...

Pero Santos se equivocaba.

Tal vez yo fuese una ingenua, una niña que soñaba, pero conocía a Jiménez mejor que cualquiera de mis compañeros. Él odiaba la mentira, que le engañasen como aquella vez de la que me habló, cuando una mujer le hizo creer que estaba enamorada. No le engañaría con falsas palabras. Jiménez no las merecía. Además, era inteligente, se habría dado cuenta del engaño. Así que fui hasta el escritorio y me puse a escribir la respuesta con mi mejor caligrafía.

El pequeño gran hombre murió cinco días después. Tras la primera sesión de tortura de Joseph Ulbrecht Cruz, lo devolvieron a su celda ensangrentado, con varios dedos de las manos rotos, uno de sus ojos vaciado y convertido en pulpa. Fue entonces cuando tomó la decisión. La habitación en la que estaba encerrado era estrecha y alargada. Él era bajito pero tenía mucha potencia de piernas. Si se lanzaba a toda velocidad contra la pared, se partiría el cráneo y se ahorraría días, quién sabe si semanas de sufrimiento. Así que eligió lo mismo que Roderick meses antes: una muerte rápida era mucho mejor que una lenta y agónica.

Yo quiero creer que, instantes antes de morir, los hados se compadecieron de él. Una piedra entró dando botes en su celda. Jiménez miró por la ventana de barrotes hacia la lejanía y supo lo que era. Buscó por el suelo y encontró la piedra. Con mucho cuidado, desenrolló la hoja de papel que la cubría.

PARA JIMÉNEZ:
Solo espero que el primero que me bese sea al menos la mitad de hombre que tú.
Con eso me conformaría.

Mi amigo murió aquel mismo día. Lo he contado en varias entrevistas. Es una historia real. Sucedió, por increíble que parezca. Jiménez cogió carrerilla y se lanzó contra la pared. Y encontró la muerte.

Se necesita una enorme determinación para hacer algo semejante. Se necesita fuerza de voluntad y también un poco de suerte para no volver a despertar. La suerte, por una vez, sonrió a Jiménez. Los hados le hicieron dos regalos aquel día. Murió de forma instantánea y de ese modo no reveló nuestros nombres ni ninguna información relacionada con la Base España. Estábamos a salvo gracias a su valor.

Cuando me enteré de cómo había muerto, me hice un poco más mujer, más madura, más vieja. Ya podía mirar a los ojos a esa anciana de más de ochenta años que soy en la actualidad y no sentirme una niña pequeña. Fue solo un instante. Pero ¿qué es la vida sino un instante?

Me habían arrebatado la juventud y ahora incluso la madurez. Era una anciana prematura, alguien que se sentaba de espaldas a la pared, que miraba siempre quién entraba en un bar, que estaba alerta en todo momento, lejos de la despreocupación propia de mi edad. Me habían convertido en ese tipo de anciana que llega a vivir tantos años que contempla cómo todos sus amigos y conocidos bajan a la tumba. Me convertí en ese tipo de persona que no puede abandonar la guerra aunque la guerra la abandone. Eso sería un problema en los años venideros, cuando todo terminase y yo descubriese que no estaba preparada para la paz. Pero no quiero adelantarme. Solo quiero explicar que aquel día salí de mi pensión y caminé sin rumbo pensando en Jiménez. Me sentí como días atrás en la cabaña cerca del Bidasoa, mientras me alimentaba de manzanas, esperando, sola en el mundo.

De nuevo sentí que era aire, que el viento se me llevaba porque yo no era nada y luchaba en vano contra la marea de acontecimientos, contra el céfiro de las esvásticas y las bombas.

El sol comenzó a elevarse sobre el horizonte, tiñendo el cielo de vivos colores. Yo me elevé hacia las alturas, estiré los brazos y cogí de la mano a Jiménez, que pasaba raudo camino del firmamento. Y nos besamos. Pasó en realidad aunque lo soñase. O quise creerlo. Porque éramos solo aire y no sabíamos nada de las limitaciones humanas de tiempo y espacio.

Fuimos aire y nada nos podía detener. Así que atravesamos la bóveda celeste, al encuentro de todas las almas que se había llevado la Guerra Civil, que se estaba llevando la guerra en Europa y la represión nazi.

Cuando regresé al mundo de los hombres, me sentí feliz, aliviada, porque sabía que mi amigo nunca más volvería a estar solo.

4

Una espía entre dos mundos

Estamos en guerra (junio de 1944)

Las guerras no son solo batallas, y no son solo muerte, cadáveres en las cunetas o cuerpos desmembrados en la calle. La guerra es un estado de ánimo, una forma de sobrevivir o de desvanecerse. Es miedo, sombra en tu interior, es como un palacio que se desmorona tan rápido que no llegas a ver más que escombros y desolación.

Pero llegó un día en que la guerra, que siempre había sido mi enemiga, se transformó. Al principio de forma difusa, casi imperceptible. En los periódicos se hablaba de Stalingrado, de Kursk, de que los alemanes habían ido demasiado lejos en su intento de conquistar el mundo. De pronto sucedió lo impensable, lo que tanto ansiábamos: las cosas empezaron a ir mal para los nazis. No sé cómo pasó, ni antes entendía ni ahora entiendo de estrategia militar, pero el castillo de naipes que había construido el Tercer Reich comenzó a venirse abajo. Recuerdo bien el momento porque fue el día en que cumplí veinte años, el 9 de junio de 1944.

—Se consolidan las posiciones aliadas en Normandía —me informó Vela, que estaba hecho un manojo de nervios.

El desembarco de Normandía, lejos de calmarle, le había terminado de trastocar.

—Es una infamia que yo esté en Madrid cuidando de sordomudos en lugar de combatir en primera línea. ¡Recontracojones!

—Yo creo que, para mucha gente, lo que hacemos sería combatir en primera línea.

Vela bufó con aire despreciativo.

—Reconozco que asumimos riesgos, que podemos morir cualquier día, que nos pueden capturar e incluso torturar, pero mientras tanto hacemos de mensajeros, labores de oficina, y somos niñeros de personas que realmente no sabemos qué lugar ocupan ni qué importancia tienen para los aliados. No sabemos si estamos salvando a un pobre intelectual o a alguien que puede cambiar el destino del mundo, que tiene conocimiento o informes decisivos acerca de las ofensivas de los nazis, un amigo íntimo de De Gaulle, qué sé yo.

—Pensaba que los intelectuales son los que al final cambian el destino del mundo.

—No digas tonterías. Los intelectuales se dedican a pensar cómo sería el mundo si no fuese como en verdad es. Inventan historias para no asumir su falta de compromiso con la realidad. Yo les diría: «Dejad de escribir novelas y poneos un casco. Cargad a la bayoneta, maldita sea. Entonces me creeré esos párrafos tan exaltados que leo en vuestras obras».

No tuve claro si esos párrafos exaltados pertenecían a escritores de derechas o de izquierdas. Probablemente a ambos. Porque los hombres de acción odian a los intelectuales, y en general odian la inteligencia venga de donde venga, como bien diría nuestro enemigo Millán Astray. Y Vela era un hombre de acción. Nunca debió entrar en nuestro grupo, porque nosotros hacíamos una labor escondida, lejos de las estridencias que él necesitaba. La mesura nos mantenía vivos, también la inteligencia, la forma brillante en que Santos organizaba nuestras operaciones y los planes de huida cuando algo salía mal. Éramos como generales de un ejército secreto. Pero eso no valía nada para Vela, que habría dado su vida por ver estallar las bombas y asesinar a un alemán con sus propias manos. Ya había matado a muchos fascistas en la Guerra Civil y, por lo visto, su sed de sangre no había quedado saciada.

—Tal vez deberías alistarte.

Había salido aquel tema otras veces. Ya se lo había aconsejado cuando nos vimos en Segovia. Vela, por su parte, hacía tiempo que lo pensaba. Tenía un amigo que estaba enrolado en la Segunda División Blindada de la Francia Libre, más conocida como División Leclerc. Le había hablado maravillas de la Novena Compañía, formada por ciento cincuenta republicanos españoles.

—Es lo que voy a hacer.

Entonces me di cuenta de que realmente ese era su destino y que no lo iba a desoír. Vi en sus ojos una fría determinación. Quería combatir, quería matar y no le importaba morir. Vela nunca había sido un buen espía porque no tenía mentalidad de espía sino de ejecutor. Tal vez estaba en el bando equivocado. Me sonrojé de pronto al pensar en algo semejante. Él había hecho mucho por nosotros, nos había salvado la vida más de una vez y nos había ayudado en situaciones de peligro. Era siempre el más osado, el más temerario. Todos los bandos necesitan hombres como Vela, por más que nos pese.

—Si Santos te pone algún problema, hablaré con él —me ofrecí.

—La decisión está tomada. Me voy a alistar con o sin su permiso. Necesito hacerlo.

Creo que, al oír mis palabras, algo hizo clic en su interior. Comprendió que si para mí era evidente que su lugar no estaba en la Base España era porque su destino estaba en otra parte. Y él sabía dónde.

—Gracias —añadió.

Vela se dirigió a la puerta de nuestra oficina en el edificio de la Cruz Roja. No solo era un «gracias». Se estaba despidiendo.

—Que te vaya bien, amigo.

Se puso su gabán azul y sonrió. La misma sonrisa torcida de siempre, el mismo gesto que yo una vez malinterpreté como peligroso. Tal vez lo había interpretado bien desde el principio, ahora que lo pienso.

—Adiós, Marina.

Cerró la puerta al salir. Una parte de mí estaba contenta porque sabía que Vela había tomado la decisión correcta. Pero por otra parte pensaba que su presencia en nuestro grupo no era casual, estaba con nosotros por ser un hombre de acción, el hombre al que recurrir cuando las cosas se ponían feas. Si hubiera estado en Francia cuando interceptaron a Jiménez y a Santos, probablemente habrían salido indemnes los dos. Si volvía a suceder una situación como aquella, ¿qué sería de nosotros?

La respuesta llegó pronto. A pesar de que la guerra comenzaba a decantarse del lado de los aliados, los esfuerzos del contraespionaje, tanto alemán como español, no cesaron. Es más, se recrudecieron, porque los creyentes en los regímenes fascistas pensaron que si daban un poco más, que si ponían más ahínco, tal vez podrían revertir la situación y Hitler acabaría venciendo tal y como lo había hecho Franco.

Fue así como, poco a poco, nuestra situación se complicó. Tuvimos problemas para traer al siguiente par de sordomudos, y Santos de nuevo estuvo a punto de ser capturado a finales de ese mismo mes de junio.

Joseph Ulbrecht Cruz y sus hombres de la Gestapo nos perseguían con denuedo en Francia. Habían asesinado a varios de nuestros contactos clave y avanzaban sin descanso en nuestra dirección.

La Segunda Bis hacía lo propio en España y estaban apretando las tuercas a la gente de nuestro entorno, a esa red de colaboradores externos que yo siempre había juzgado nuestro talón de Aquiles.

Las cosas se estaban poniendo feas, pero lo peor estaba por llegar.

Pronto descubriríamos que la guerra estaba en todas partes, que era una bestia insaciable y que llevaba tiempo preparándose para dar una gran dentellada. Estaba a punto de devorarnos como había hecho ya con media Europa. Y ni Santos ni yo, los últimos integrantes de la Base España, podríamos impedirlo.

De nuevo San Sebastián (julio-septiembre de 1944)

Creo firmemente que se puede ver la maldad en los ojos de un hombre. Una vez leí que son el espejo del alma. Pensé que quizá fuera cierto o quizá no, tal vez solo fuesen pozos insondables que no mostraban nada más que lo que quería ver el espectador. Pero también era cierto que es posible entrever la vacuidad bajo las pestañas de una persona atractiva, o intuir la astucia de un enemigo o descifrar la mentira en un desconocido. No estaba segura de si presunciones como aquellas eran verdad o solo un engaño de los sentidos hasta aquel día en que contemplé a alguien cuya mirada era un pozo tan profundo, tan lóbrego, que era como si la maldad le supurara por los ojos. Entonces estuve segura: sí, los ojos son el espejo del alma.

Porque reconocí a Joseph Ulbrecht Cruz por la calle, cerca de donde vivía, con solo mirarle brevemente a los ojos.

Santos me había enseñado una foto pero eso no me hizo falta para reconocer la maldad absoluta. Volví la mirada como si hubiera contemplado a un transeúnte más, a un hombre con gabardina y porte marcial que parecía estar buscando algo o a alguien. Aún hoy me pregunto si ese alguien sería yo, si tenía alguna información sobre la única mujer que trabajaba en la resistencia francesa en España.

En aquel momento no me paré a pensarlo, solo seguí caminando, como si la cosa no fuera conmigo. Me ajusté mi pamela y avancé con paso firme, metida en mi disfraz. No dejaba de repetirme que yo era parte de la jerarquía, del régimen, de la buena gente. Nunca había hecho nada malo, era una franquista más en un mundo de franquistas, tenía amigos en la alta sociedad y en la Falange. Y por ello transitaba impasible por las calles de Madrid. Porque era una privilegiada.

Todo era falso, por supuesto, pero debía aparentarlo, debía creerlo mientras pasaba a un metro de aquel torturador y asesino. Yo estaba tranquila, segura de mí misma, tratando de no llamar la atención, porque los perros de presa nazis no huelen el miedo en las chicas de familia bien.

Cuando llegué a mi pensión, las piernas me temblaban. No tuve valor para acudir a nuestra base en el edificio de la Cruz Roja. Me quedé en casa esperando acontecimientos: una llamada de Santos o de alguien de la embajada británica. Era demasiada casualidad que los de la Gestapo estuvieran a escasos doscientos metros de donde yo vivía. Sin duda, había sucedido algo.

Esperé todo el día y no me atreví a acudir a ningún piso franco. Sabía que en los momentos difíciles hay que pensar fríamente y no tomar decisiones precipitadas. Se hizo de noche y me metí en la cama sin cenar, no me habría cabido ni un pedazo de pan en el estómago.

No sé cómo conseguí dormir, pero en sueños vi imágenes dantescas del oficial de la Gestapo torturando a Jiménez. No voy a rememorarlas porque no vale la pena. Son lo que son, pesadillas.

—Psst.

Abrí los ojos. Santos había trepado por los canalones y se había encaramado hasta mi ventana apoyándose en el toldo de la panadería de abajo. Estaba sucio por el polvo de las tuberías y del muro. Me recordó la última vez que lo vi en una situación semejante, en la cabaña de la serrería, cuando le esperé durante días junto al río Bidasoa, en la frontera francesa. Habían pasado seis meses desde entonces. Pero las cosas no hacían más que empeorar. Probablemente fuera el sino de quien escogía el oficio de espía.

—Estoy despierta, Santos —susurré.

—Hace un segundo roncabas.

—Pero ahora estoy despierta. Tú me enseñaste a estar lista en cuanto se me necesita, a reaccionar rápido —dije mientras emergía de las sábanas.

Santos se rascó la cabeza, arrancando un par de telarañas de sus cabellos.

—¿Duermes vestida?

—Como te acabo de decir, sé cuándo hay que estar lista para reaccionar rápido. Vi a Joseph Ulbrecht Cruz, el torturador, hace unas horas en la calle. Sabía que hoy no era un día como cualquier otro. Me preparé para lo peor.

Santos apretó los labios.

—Bien hecho. Bajaremos por la ventana y las tuberías hasta el suelo, a ver si salimos de esta.

Lo miré. Santos se dio cuenta de que debía explicarse mejor.

—Hay miembros de la policía secreta y alemanes con gabardinas negras por toda la calle. Creo que ha habido una filtración.

—Te lo dije. Hemos crecido demasiado, era de esperar que alguien se fuera de la lengua.

Santos se encogió de hombros. Nuestra misión era precisamente crecer todo lo que pudiéramos y conseguir el mayor número de resultados. A ojos de las Fuerzas Francesas Libres habíamos triunfado, pero en el seno de nuestro triunfo estaba el germen de nuestra derrota, porque llegó un momento en que llamamos demasiado la atención.

—Lo que cuenta ahora es sobrevivir, Marina. Luego ya buscaremos explicaciones a lo que ha pasado, si es que las hay. Quizá nunca sepamos quién se ha ido de la lengua.

Asentí antes de preguntar:

—¿Y nuestra base en el edificio de la Cruz Roja?

—Clavijo y sus hombres están allí revolviéndolo todo, como hicieron con el almacén de la calle de San Bernardo.

Se me pusieron los pelos de punta al recordar la muerte de Roderick a manos de aquel otro monstruo torturador. Estábamos rodeados. Clavijo por un lado, Joseph Ulbrecht Cruz por el otro. El futuro no era demasiado halagüeño.

—Vamos, Marina.

En las películas, la gente dice cosas muy profundas en los momentos decisivos de su vida; hablan del sentido último de la existencia, filosofan sobre el nazismo, la libertad o lo que se les ocurra. Pero en el mundo real, las banalidades siempre ganan la partida. Caminando entre callejuelas, evitando las farolas pero al mismo tiempo tratando de parecer una pareja normal que se dirige a alguna parte, Santos y yo no nos dijimos gran cosa. Encendimos un cigarrillo, hablamos del tiempo y de una película que Santos había visto en el cine (no recuerdo el título, pero nos reímos cuando me contó un escena). Luego nos miramos extrañados, sorprendidos de que el peligro ya no nos afectase. En realidad, estábamos acostumbrados al peligro y pocas cosas nos afectaban. Éramos profesionales y sabíamos que nos enfrentábamos a la muerte todos los días.

—¿Y ahora? —pregunté cuando estuvimos lejos de nuestros perseguidores.

—Ahora nos vamos a San Sebastián.

Me gustaba San Sebastián. Ya he explicado que era un lugar seguro para la gente de izquierdas, para los topos, para los refugiados y para los desafectos al régimen en general. Mientras estuviéramos allí, nadie nos podía localizar porque no había chivatos, porque nadie colaboraba con la policía franquista, y la Segunda Bis o unidades afines solo se encontraban con personas sordas, mudas y ciegas. También los de la Gestapo, por supuesto.

De julio a septiembre, Santos y yo permanecimos inactivos en un piso franco no muy lejos de donde vivía mi madre. Aproveché para visitarla. Pero a escondidas y solo un par de veces, porque no estaba segura de si estaba poniéndola en peligro.

Respecto a Santos, hablamos y nos conocimos mientras dejábamos que pasara el tiempo. Era un buen hombre, una especie de intelectual frustrado que sabía mucho de libros y de cine. Era casi un erudito. Pensé que quizá el desprecio de Vela por los intelectuales le viniera de ahí, que aquella vez que conversamos y nuestro hombre de acción mostró desprecio hacia la cultura y la inteligencia se estaba refiriendo de forma velada a nuestro jefe. En su momento no supe verlo y tal vez no fue una alusión consciente. El caso era que nosotros seguíamos ocultos y Vela estaba ya combatiendo cerca de París. Eso nos hizo sentir un poco inútiles.

Aun así, la estancia en San Sebastián fue placentera. Me había acostumbrado a hacer dos o tres viajes semanales a Francia, y un poco de tranquilidad me vino bien. Además, desde el frente solo llegaban buenas noticias: los alemanes retrocedían, se hablaba de nuevas ofensivas que podían conducir a la completa liberación de Francia.

Una mañana de finales de agosto, Santos salió a hacer unas compras y regresó a nuestro piso franco con un ramo de flores.

—¿Y eso?

—El gobernador nazi de París se ha rendido a las fuerzas aliadas. ¡Y precisamente a las tropas de la División Leclerc, donde están los españoles!

Nos abrazamos. Por una vez tuvimos verdadera envidia de Vela, que en ese momento se estaba paseando por los Campos Elíseos convertido en un héroe.

—Hoy es un día de celebración, Santos. Espero que además de ese maldito ramo de rosas hayas traído algo de beber.

Unas botellas de champán carísimo surgieron de la nada y bebimos hasta bien entrada la noche. No podíamos parar de reír. En las casas de nuestros vecinos había también risas y cánticos.

—Me caen bien los vascos —dijo Santos.

—Brindo por eso —dije medio borracha, y en ese momento trastabillé y me caí de culo en el sofá.

Santos se quedó en silencio. Me había quedado abierta de piernas y se me veía la combinación. O algo peor. Mi jefe trajo una sábana del armario de mi habitación y me tapó de cintura para abajo.

—Esta huida está siendo muy satisfactoria —comentó. Ya no se le notaba bebido—. Nos estamos conociendo mejor y eso siempre es bueno. Has hecho un gran trabajo. Creo que la Base España fue una unidad notable y que conseguimos grandes victorias para la Francia Libre. Todos nosotros, Vela y el pobre Jiménez incluidos.

—Amén, amigo —dije antes de que se me cerraran los ojos.

Mi jefe dulcificó el tono de su voz.

—A veces echo de menos a mi mujer y a mis dos niñas. Están en Portugal. Ya sabes que tengo familia en Lisboa. Espero poder verlas pronto.

—Las verás… Santos… —repuse medio en sueños.

—Sí. Cuando lleguemos a Francia mandaré a por ellas. Las necesito.

—Buena idea…

Y entonces me quedé dormida.

Ahora, visto desde la distancia, me pregunto por qué Santos no intentó aprovecharse de la situación. No solo en esa ocasión, sino en otras muchas durante los meses que convivimos. Era un hombre y yo sabía cómo pensaban los hombres. Incluso Santos, por mucho que echase de menos a su mujer y a sus hijas, tenía sus necesidades. Incluso yo tenía las mías y alguna vez se me pasó por la cabeza, aunque no lo amase y supiese que no era el hombre que estaba destinado a ser mi compañero. Pero, maldita sea, tenía veinte años y no me habían dado un solo beso en el mundo real.

No pasó nada. Ni ese día ni ningún otro.

Cuando me desperté de madrugada me sentía algo deprimida. Hacía tiempo que no se me aparecía el fantasma de la neurastenia. Pero no estaba acostumbrada a beber y a veces el alcohol tiene ese efecto. Salí a la terraza, donde Santos seguía bebiendo mientras contemplaba la luna y las estrellas.

—He soñado con los ojos del torturador nazi —dije adormilada.

—Te refieres, supongo, a Joseph Ulbrecht Cruz.

—Sí, claro. ¿A quién si no? Su mirada me persigue. He tenido una pesadilla. Vi sus ojos negros durante unos segundos en Madrid. Nunca he visto una expresión tan terrible. Era la maldad absoluta, unas cuencas vacías, sin vida.

—Ya no tenemos que preocuparnos por los nazis. Se han marchado de París y en breve de toda Francia. Las Fuerzas Francesas Libres en España pronto les traerán sin cuidado a los esbirros de Hitler. Bastante tienen con defender su territorio. Ahora lo que tiene que preocuparnos es la Segunda Bis.

«Sí, ahora les toca el turno a los franquistas», pensé. Por eso luchábamos, para liberar nuestro país cuando cayese el nazismo.

—Clavijo acabará pagando por lo que hizo. Estoy segura.

Recordé al comandante Clavijo, cuyo rostro había visto durante mucho más tiempo, mientras asesinaba a mi amigo de la embajada británica y luego sus hombres revolvían nuestra base en la calle de San Bernardo. Pero ni siquiera un criminal como Clavijo tenía la mirada tan vacía de alma y espíritu como la del nazi. Clavijo era un hombre al que Roderick manipuló y consiguió enfadar para que perdiese los nervios. Era un bruto, un animal, un asesino, pero tenía sentimientos y seguía siendo humano (al menos en parte). Probablemente era más estúpido que malvado. Por eso Roderick pudo engañarlo y se salvó de morir torturado.

Pero en el rostro de Joseph Ulbrecht Cruz había algo inhumano, algo que reducía a nada el resto de su fisonomía: su pelo rubio, su nariz aquilina o el hoyuelo en la mejilla derecha. No sabía cómo explicárselo a Santos, así que al final opté por callarme. Alcé la vista hacia el cielo que se veía desde nuestro balcón y pensé en los ojos sin vida del famoso interrogador de la Gestapo. No absorbían la luz, la reflejaban. Era un depredador sanguinario, un sádico. Por eso se me heló la sangre al cruzarme con él en la calle, porque un abismo infinito miró desde ellos hacia mi interior. Me di cuenta de que esa era la razón por la que el nacionalsocialismo era una doctrina tan atractiva, porque se asomaba a nuestra perversidad secreta y podía sacar a flote la ira, la barbarie y la depravación que todos llevamos dentro, aunque solo sea una fracción diminuta.

Así que era cierto: podía verse la maldad en los ojos de un hombre. Yo la había visto y podía dar fe de ello.

Y por eso los nazis debían ser aniquilados.

El Bidasoa (octubre de 1944)

El río siempre toma su presa, es una fuerza imparable. El río no conoce la misericordia. Felipe y Venancio lo sabían. Pero yo lo había olvidado hasta que la muerte, de la que el río es su abanderado, vino a recordármelo.

Llevábamos dos días huyendo por el monte y ahora debíamos cruzar el Bidasoa.

—Es demasiado arriesgado —dijo Santos a uno de los contrabandistas.

Teníamos un acuerdo con aquellos montaraces. Nadie conocía el monte Larrun como ellos porque estaban acostumbrados a pasar tabaco y quién sabe cuántas cosas más. El más viejo, que hacía las funciones de líder, llevaba ayudándonos un tiempo. Se llamaba Faustino y lucía una espesa barba blanca.

—Es el mejor lugar. Venimos por aquí a menudo y nunca hemos tenido problemas serios. Algún alto, algún disparo lejano. Nada más.

Pero no se trataba de un día cualquiera ni de una situación cualquiera. La Segunda Bis nos perseguía. Sabían que habíamos abandonado San Sebastián y que nos proponíamos pasar a Francia. Santos miró hacia el paso que sugería el contrabandista, treinta o cuarenta metros a campo abierto delante del puesto de guardia de Biriatou.

—No sé —dijo Santos—. Me sigue pareciendo demasiado arriesgado.

El contrabandista se encogió de hombros.

—Arriesgado o no, nosotros pasaremos. Podéis quedaros en la serrería otro par de días, hasta que se os ocurra una idea mejor.

Sentí un escalofrío al pensar en los edificios medio derruidos, en las vigas de madera que una vez aguantaron gigantescas estructuras y ahora se veían negras y cubiertas de musgo.

No. Volver atrás no era una opción. Todos lo sabíamos. Habíamos llegado hasta allí solo con el saco de manzanas que llevaba siempre por si apretaba el hambre. Me quedaba una última manzana. Habíamos pasado privaciones, corrido peligro y asumido más riesgos de los habituales. Nos habían disparado cerca del monte Xoldokogaina y me había parecido oír la voz de Clavijo gritando a sus hombres que se diesen prisa, que ya no andábamos lejos. Tuve que vomitar en una haya cuando mi mente conectó aquella voz con la muerte de Roderick, con su cuerpo estremeciéndose y su cuello quebrándose.

No, no podíamos volver atrás.

—Tenemos que pasar —le dije a Santos—. No hay otra opción.

—¿Y si es una trampa? ¿Y si nos están esperando para hacer tiro al blanco?

—Pues entonces acabaremos en el río como Felipe y Venancio.

Santos se quitó las gafas y se pellizcó el puente de la nariz.

—¿Quiénes son Felipe y Venancio?

—Gente de mis recuerdos. Pero eso no importa. Solo cuenta el ahora, y en este momento no nos queda más remedio que pasar. Hasta tú lo sabes. Tenemos que poner nuestro granito de arena para que los aliados se vuelvan contra Franco y liberen España como están haciendo con Francia.

Santos se limpió las gafas. Mi discurso no le había impresionado, pero sabía que no podía dilatar más la decisión.

—De acuerdo. Haremos lo que dices.

Así que pasamos. Cruzamos el río Bidasoa con el agua a la altura de la barbilla. Tiritábamos, muertos de frío. Procurábamos no hacer ruido. El sonido de los dientes castañeteando era lo único que llegaba a mis oídos aparte de un suave rumor de agua fluyendo. Mi saco de manzanas, prácticamente vacío, se soltó de mi mano y se alejó como un mal remedo de los cadáveres de mis recuerdos.

—Vamos —dijo Faustino—. Una corta galopada y ya estamos en la tierra de la *fraternité* de los cojones.

Echamos a correr. No había ni un árbol donde esconderse, solo una cuesta empinada, un manto de hierba verde y nuestros pies danzando, saltando, deslizándose. Ya estaba. Ya llegábamos. Yo la primera, la más ágil, la más rápida. ¡Qué excitación!

Lo habíamos logrado.

Pero entonces sonó un disparo.

—¡Allí están!

Lo vi de soslayo. Era el comandante Clavijo, el mismo hombre de mis recuerdos, con su físico grande y robusto, la mueca severa y la sonrisa irónica en su rostro. El monstruo sacó su pistola y disparó. Otro de sus hombres nos apuntó con su rifle e hizo lo propio. Se escucharon estallidos, silbidos sobre nuestras cabezas, pero todos llegamos al otro lado.

—Santos, Santos, ¡lo hemos conseguido!

Le abracé en cuanto llegó a lo alto de la colina, ya en territorio francés. Él me devolvió una mirada de ojos vidriosos. Fue entonces cuando vi su pecho ensangrentado. No sé cómo, pero se me escapó de entre los brazos, cayó de rodillas y luego al suelo, muy lentamente, y se deslizó como un tronco colina abajo hasta llegar al río. Se precipitó sin pausa, como si se lanzase al vacío, en busca de los cadáveres de mis recuerdos. Felipe y Venancio, Lina, Jiménez, mi tío Ernesto, Roderick... todos le estaban esperando. Santos tiñó de sangre la sangre que ya bullía en las aguas.

—Vamos, Marina —me dijo Faustino tirándome del brazo—. Todavía estamos demasiado cerca de esos cabrones.

Como una autómata, caminé al lado de los contrabandistas. La imagen de Santos me atormentaba, pero sabía que no podía detenerme, que ya no podía salvarle.

—Por cierto —me dijo Faustino cuando ya nos habíamos adentrado al menos dos kilómetros en territorio francés—, esos no eran guardias civiles ni de la Segunda Bis.

—¿No? —repuse extrañada.

—Bueno, tal vez formen parte del ejército o de la Guardia Civil, destinados en tal o cual unidad. Pero son nazis. Los he visto en Francia otras veces. Te lo puedo asegurar.

—No pueden ser nazis. Son españoles.

Faustino se inclinó hacia mí.

—¿Piensas que no hay nazis en España? Y no hablo de los pronazis que están en el círculo de Franco, como Muñoz Grandes o Serrano Suñer. Hay nazis en todas partes, Marina. En todas partes.

Interrumpimos nuestra charla porque aparecieron dos senegaleses de la Resistencia, tipos fornidos cuyo pantalón de algodón y camisa blanca apenas podían disimular sus musculosos cuerpos.

—*Bienvenue, les amis!*

Me ofrecieron una *baguette* enorme untada con dos dedos de paté que despedía un olor terrible. Nunca entenderé la obsesión de los franceses por poner tanto *foie gras* en un bocadillo.

—No, gracias. No me apetece.

—Cómetelo —me instó Faustino—. Llevas varios días a base manzanas. Tu cuerpo lo necesita.

Le hice caso. No me gustaba que me dieran órdenes, pero tenía razón.

Entonces ocurrió algo que no me esperaba.

—¡Esto está buenísimo! —dije.

Es curiosa la mente humana. De todos los manjares que he comido en mi vida, ninguno me ha sabido como aquel bocadillo de *foie gras*. Incluso hoy, más de sesenta años después, sigo soñando con aquel maldito bocadillo. Lo que hace el hambre. Lo que hace la necesidad.

Y ahora, entre mis fantasías nocturnas hay un bocadillo de *foie gras*. Aunque sea algo banal, lo prefiero a la sombra de los cadáveres que me acechan en los mismos meandros de la retentiva, manchados de sangre como Santos, precipitándose a un río de muertos. Porque la sangre es casi toda agua, y el agua es la esencia del río, y todos los cadáveres de mis recuerdos podrían ser uno solo: el cadáver de España, corrupta y corrompiéndose, podrida por una guerra que nunca terminaba.

Miré hacia el Bidasoa, serpenteando, llevándose el cuerpo de mi amigo, de mi jefe, del buen hombre que había caído en sus entrañas.

—A mí nunca me tendrás, hijo de puta —le dije al río, aunque solo me escucharon una garza y un par de martinetes—. Voy a seguir luchando. Y al final venceré. Los nazis caerán, Franco caerá, y yo regresaré a casa con mi familia. Todo volverá a ser como antes.

Uno de los martinetes se giró hacia mí y alzó su cabeza negra y gris. Avanzó con sus patas zancudas sin dejar de mirarme y emitió un sonido gutural que me pareció una risa. Solo le faltó decirme: «Eres una necia, una ingenua. Nada volverá a ser como antes». Pero no hacía falta. Todo eso ya lo sabía de sobra, por más que me mintiera a mí misma.

—¡Cállate! —le chillé.

El martinete, por toda respuesta, emitió una segunda risa ronca, hueca, y me dio la espalda.

LIBRO TERCERO
Cuando fui una cazanazis
(1945-1950)

JUNIO DE 2011
La duda

—Tengo que irme —dice Carol de pronto, mirando el viejo reloj de pared.

Se ha roto el hechizo. No sé la razón. Llevo tres horas contándole mi vida, sin descansos. Hoy tenía muchas ganas de explayarme, de abrir la caja de Pandora de mis recuerdos a esa «casi» desconocida. Tampoco sé la razón. Esa joven de ojos brillantes consigue que me sienta relajada, feliz de enfrentarme a mi pasado.

—Podría seguir un poco más —me ofrezco.

Pero ella coge su libreta y se levanta. Tal vez haya oído ya demasiadas batallitas de esta vieja momia. Pero no, no es eso. Hay algo que me oculta.

—No puedo, de verdad.

—Si te quedas un poco más podrás conocer a Rosita. Es mi mejor amiga. Viene todas las tardes a jugar a las cartas.

En realidad falta más de una hora para que llegue. Sin embargo, observo que Carol se muerde el labio inferior, preocupada. Como si lo lamentara.

—Ya te lo he dicho, no puedo quedarme. Tal vez otro día.

Se da la vuelta. La observo. Su larga melena castaña se balancea. No parece que tenga catorce años. Aparenta más edad. De repente caigo en la cuenta de que nunca me ha explicado cómo la contrató mi hija. Le pregunté si venía a que le dictase mis memorias y me dijo que sí. Eso es todo lo que sé de ella. Bueno, también sé que prefiere marcharse antes de que llegue mi amiga. No quiere que nadie nos vea juntas.

Me oculta algo. Siempre me ha ocultado algo.

Y su cara me suena. Sigo sin recordar de qué o de cuándo. Creo que se parece a alguien de mi pasado. ¿La hija de alguno de mis enemigos? ¿Una nieta? Demasiado rebuscado, ¿no? Tiene que ser algo más simple.

—¿Cómo te apellidas, Carol?

La muchacha se detiene. Estaba ya saliendo del salón, lista para cruzar el pasillo y salir por la puerta.

—No… no lo… ¿Qué más da?

Se marcha a toda prisa. Yo me quedo mirando hacia el pasillo, boquiabierta. Me ha parecido por un momento que iba a responder «no lo sé». ¿No sabe cómo se apellida? ¿No es la hija de mis vecinos? ¿Es una espía como yo lo fui en el pasado?

—Tal vez ese «no lo sé» significa que no ha pensado un apellido para el personaje que está interpretando —murmuro en voz alta.

Pero entonces, ¿no es quien dice ser? ¿No es una joven curiosa como ella misma se definió? ¿Tiene más de catorce años?

Se apodera de mí la paranoia. Mi vieja amiga, aún más antigua que Rosita. Esa mala pécora de la paranoia era la que, mucho tiempo después de ser espía, me obligaba a memorizar las caras de todas las personas que estaban a mi alrededor en un bar; me empujaba a sentarme con la espalda contra la pared, hacia el centro del local, para poder ver con claridad a cualquiera que sacase un arma; me ordenaba tener preparada una vía de escape alternativa aunque solo estuviese tomándome un café.

Me recuesto en mi mecedora con la mirada perdida en el exterior. Estoy indecisa. Los minutos pasan lentamente y mi preocupación parece ir en aumento. Me siento sola y vulnerable, veo en la calle hombres y mujeres que avanzan camino de sus casas o sus quehaceres. En algún momento, me quedo traspuesta.

Finalmente, tras un largo rato en brazos de Morfeo, me despierto y tomo una decisión: llamar a mi hija. La conversación es corta, porque al poco de empezar Laura me pide disculpas:

—Ay, perdona, mamá. Aún no he pensado en nadie para que le dictes tus memorias. Enseguida me pongo. Conozco a una chica que…

—No hace falta. Lo voy a posponer unos días. Ya hablaremos de ello más tarde. Ahora te dejo, que tengo una olla al fuego. Un beso, hija.

Cuando cuelgo me quedo un rato parada, reflexionando. Entonces decido hacer otra llamada. Cojo el teléfono y marco un número que nunca había marcado hasta entonces. Quién sabe, quizá sea el momento de retomar una amistad que nunca debió perderse.

—Hola. Sí, soy yo, Marina. Necesito que vengas a verme. ¿Mañana? Estupendo. Es importante. Necesito que investigues algo, a alguien en realidad. Te espero a las dos de la tarde.

Al día siguiente, cuando Carol aparece, me pide disculpas por la forma tan precipitada en que tuvo que marcharse.

—No te preocupes —replico—. Pero te advierto que hoy solo puedo dedicarte un par de horas de mi tiempo. Espero una visita importante. Muy importante. Y no puedo hacerle esperar.

Carol toma asiento.

—Claro. ¿Por dónde íbamos?

—Una cosa quería preguntarte antes de proseguir, muchacha.

—Dime.

—¿Te llamas Carol Cruz? ¿O tienes algo que ver con Joseph Ulbrecht Cruz?

Los mismos ojos, la misma nariz, el mismo hoyuelo en la mejilla derecha. Puede tratarse de una coincidencia, muchas personas tienen rasgos parecidos sin ser familia. Tal vez no esté emparentada con el criminal nazi. Tal vez sea la paranoia. Tal vez no se parezcan tanto. Tal vez sea casualidad. De cualquier manera, ella no duda al responder:

—No tengo relación o parentesco alguno con ese hombre.

Miro a Carol fijamente. Ella baja los ojos. Toma su libreta.

—¿Por dónde íbamos? —repite.

Aprieto los labios y digo:

—El río Bidasoa. Mis enemigos y España entera habían quedado atrás. Acababa de llegar a Francia, la tierra de la libertad…

1

El desencanto

Agente P2 (1945)

Al fin me convertí en una mujer libre. Qué gran palabra es esa, «libertad». Cuando la tienes, no sabes apreciarla como es debido. Y cuando vives en un país donde no existe a menos que seas parte de la estructura, de la jerarquía, e instrumento de esa misma estructura y verdugo de tus congéneres, si no eres nada de eso no sabes lo que es la libertad.

En Francia, por tanto, alcancé la libertad soñada y tuve tiempo para reflexionar sobre ella y sobre mí misma, y sobre lo que sucedía a mi alrededor. Desmantelada la Base España, no tenía gran cosa que hacer. Primero me mandaron a Pau, en el sur de Francia. Luego me trasladaron a Toulouse y allí me quedé casi un año, hasta el final de la guerra.

Fueron meses apasionantes, aunque algo ociosos, eso es cierto. Los agentes de campo de la Resistencia en Francia eran numerosos y todos conocían la lengua, como es lógico, mejor que yo. Así que vivía a la espera de órdenes, en la calle de Alsace Lorraine, en un pisito muy acogedor que me había conseguido un empresario local, dueño de varios periódicos, que había ayudado a la Francia Libre desde el principio de la contienda.

Yo compartía con mis vecinos franceses la alegría por asistir al derrumbe del Tercer Reich. Nos abrazábamos cuando la radio y los periódicos hablaban de una nueva victoria, de un nuevo avance de las fuerzas aliadas. Bailaba con ellos, reía con ellos y era una más en un mundo lleno de esperanza.

—En cuanto caiga Hitler, Patton, Montgomery, Eisenhower y hasta el mismo De Gaulle cruzarán los Pirineos y le darán lo suyo a ese hijo de puta de Franco —les aseguraba.

Mis vecinos me daban la razón, aunque en algunos vi la sombra de la duda. España estaba muy al sur. Para muchos europeos, el continente terminaba en los Pirineos franceses. Más abajo estaba África: españoles y africanos no eran cosa de los europeos. Por eso dejaron tirados a los republicanos en la Guerra Civil, por eso los metieron en campos de internamiento y por eso algunos de mis vecinos dudaban. Yo pensaba que eran unos pobres necios, no se daban cuenta de que los republicanos españoles habíamos dado ejemplo combatiendo en la División Leclerc y en otras muchas unidades, dando la vida por los aliados y siendo espías. Ahora formábamos parte de la nueva estructura y la nueva jerarquía que verían la luz tras la victoria, y esa estructura no nos podía traicionar porque sería como traicionarse a sí misma. Así que, inevitablemente, las tropas aliadas atacarían Madrid y liberarían España.

—C'est possible —terminó por reconocerme uno de mis vecinos, un anciano que combatió en la Primera Guerra Mundial, un hombre leído que sonreía con los labios y dudaba con su gesto.

Me dio la razón porque sabía de la importancia de no perder la esperanza.

Y yo obvié sus razonamientos porque estaba convencida de que se equivocaba, que la invasión de España era algo inevitable. No hacerlo sería traicionar todos los valores democráticos de las potencias occidentales.

Recuerdo bien aquella conversación con mi vecino porque al día siguiente tenía que hacer la maleta. Me trasladaban de nuevo. Esa vez mi destino era París, donde me esperaba una nueva misión; también un nuevo jefe: Jack López.

—Tu misión es simple, Marina —me dijo Jack el primer día—. Tienes que leer la prensa española, o al menos la mayor parte de ella, y hacerme resúmenes para la división de inteligencia.

—¿Solo eso? No parece muy emocionante.

Jack poseía un cuerpo fibroso que le daba aspecto de boxeador, pero su mirada contradecía su físico, revelando a un hombre de una sagacidad extraordinaria.

—Creo que últimamente has vivido demasiadas emociones.

—Últimamente no. He estado en Toulouse haciendo… nada.

—La guerra está terminando. Así que pasar de no hacer nada a hacer poca cosa es un avance.

—¿Y cuando termine? En cuanto caiga Alemania y los aliados preparen la invasión de España, quiero presentarme voluntaria para cruzar de nuevo la frontera. Podría ayudar en muchas misiones durante esa ofensiva.

Jack frunció el ceño.

—Llegado el caso, seguro que contarán contigo. Hablaré con ellos cuando se ponga sobre la mesa ese asunto.

Jack tragó saliva. Nos miramos.

—Tú tampoco crees que los aliados vayan a atacar mi país.

Mi nuevo jefe era descendiente de españoles. Sus dos abuelos eran de Cartagena y hablaba un español bastante correcto, aunque con mucho acento francés.

—Es difícil saber lo que les interesará a las potencias después de la caída de Alemania. Lo que sí te puedo decir es que la población civil está soportando el peso de centenares y centenares de miles de muertos, millones incluso. Todos estamos agotados. Sería difícil explicar a la opinión pública que vamos a meternos en una nueva contienda.

—Pero Franco es un dictador. Un dictador fascista como Mussolini, como Hitler. Los aliados no pueden dejarnos en la estacada.

—Quienes dirigen nuestros designios pueden hacer cualquier cosa, Marina. Eso ya deberías saberlo. Confiemos en que tengan alguna razón poderosa para invadir el territorio español.

Me fui a mi despacho elucubrando qué razón poderosa podían tener Churchill, Eisenhower o De Gaulle para atacar a Franco. Me puse a leer los periódicos del día pero no pude concentrarme. No dejaba de darle vueltas al tema.

Cuando terminó la Segunda Guerra Mundial, seguía sin encontrar una razón lo bastante poderosa como para que tomaran esa decisión, una razón política, una razón militar, no una razón ideológica, nada que tuviera que ver con la justicia, la lucha por la libertad y cosas por el estilo. Sabía bien que todo eso eran minucias para aquella gente. Lamenté que en el mundo las cuestiones más importantes fuesen consideradas minucias.

Cuando me desmovilizaron y volví a ser una civil, aún

seguía dándole vueltas a aquel asunto. Estaba desencantada. Si yo misma no había encontrado una razón lógica para justificar ante la opinión pública que se invirtieran miles de millones en material armamentístico y se sacrificaran más vidas humanas, me daba cuenta de que las democracias occidentales tampoco la encontrarían.

Y así fue. La España de Franco nunca fue liberada por los aliados. El dictador estuvo en la cuerda floja mucho tiempo: se rumoreó que querían matarlo o deponerlo por la fuerza los proaliados desde dentro de España, algunos pertenecientes a su círculo de confianza. Pero era un zorro astuto y sobrevivió; y con él, su régimen dictatorial y fascista.

Decidí quedarme en Francia. ¿Adónde podía ir? Mi madre se había trasladado a Valladolid y yo no quería vivir en aquella ciudad, pues era una de las cunas del fascismo. Ella estaba allí porque un abogado de la cercana Simancas había recurrido el auto de prisión de mi padre: mi madre creía que había una posibilidad de que los jueces lo excarcelaran por fin. Ni siquiera le propuse que se viniera conmigo porque se habría negado. Así que me quedé sola en París, sin nada que hacer y con una pensión de excombatiente.

Marina Vega, agente P2, jefa de los servicios de enlace. Esa era yo, y debía construir una vida en un país que no era el mío.

Poco después recibí la Medalla de la Resistencia Francesa. ¡Qué bonita era, con su cinta de color borgoña, la Cruz de Lorena y la inscripción en latín PATRIA NON IMMEMOR («La patria no olvida»)! ¡Oh, cuánto honor!

«Agente con mucha antigüedad y servicios muy meritorios», decía mi hoja de servicios. De nuevo, cuánto honor me otorgaban las autoridades galas: medallitas y comentarios manuscritos en una hoja de papel, ese era mi pago.

Qué contenta estaba. Qué contenta debería haber estado.

Pero ¿de qué sirve el honor cuando tu país está en manos de tus enemigos? ¿De qué me servía todo lo que había conseguido a título personal si mi padre seguía preso, mi madre seguía soñando con la vida que podría haber llevado y yo debía comenzar de cero lejos de mi patria?

El fantasma de la depresión regresó por aquel tiempo. Nada grave, porque vivía en el país de la libertad y podía reconstruirme como persona. Pensé que no sería fácil pero que lo conseguiría, que tenía fuerza de voluntad para superar todos los obstáculos presentes y venideros.

Pero entonces sucedió algo que desterró de forma definitiva a aquel maldito fantasma. Una llamada de Jack López.

—Ven. Hoy mismo. En cuanto puedas —dijo tajante, y colgó el teléfono.

Una hora después estaba sentada en su despacho, con mi Medalla de la Resistencia Francesa colgada del pecho izquierdo, mirándole de hito en hito.

—¿Y bien? ¿Qué tienes que decirme? Pensé que estaba desmovilizada.

—Y lo estás.

—¿Entonces?

—A mí no me preguntes. No soy yo quien quiere verte.

Volví la cabeza al oír unos pasos fuertes y decididos que penetraban en la estancia. Por la puerta apareció Vela, con su sonrisa torcida y su gabán azul.

—Supongo que estarás sorprendida.

—Mucho.

—Y lo estarás más aún cuando te diga para qué te necesito.

—¿Puedo adivinar?

—Puedes intentarlo.

Me quedé pensativa. Vela había seguido luchando y matando hasta que terminó la guerra. A eso se dedicaba. Era un hombre de acción, un asesino, alguien que no servía para los tiempos de paz. Por lo tanto, le habían encomendado una misión a la altura de sus capacidades.

—Tenemos que hacer algo ilegal. ¿Matar a alguien?

—Ilegal, sí. Matar... solo si no nos queda más remedio.

Me pregunté a santo de qué podía necesitarme. Sabía que yo nunca había disparado ninguna de mis dos pistolas. No era una asesina.

—Me rindo —dije por fin.

Vela sonrió forzando la mueca que le caracterizaba. Sacó algo del bolsillo, una foto de un hombre vestido con el uniforme de *sturmbannführer* o mayor de las SS. Se trataba de Joseph Ulbrecht Cruz.

—Vamos a cazar nazis, Marina.

Comprendí súbitamente por qué los hados me habían convertido en una mujer libre: para arrebatarles la libertad a los que habían tratado de convertir en esclavos a los hombres y mujeres de Europa primero, y a los del mundo entero más tarde. Me pareció una ironía de lo más satisfactoria. Así que me levanté de la silla, me ajusté mi medalla y dije:

—¿Cuándo empezamos?

Los límites de mi narración (1946)

Toda narración es una herramienta poderosa. Pero mi vida es más que una narración, es una historia real. Y es todo lo real que yo quiero que sea. Pero como atañe a seres que existen o que existieron me siento obligada moralmente a poner límites a mi memoria.

Ya lo he hecho antes, cambiando algunos nombres o apellidos, o callando cosas personales que a nadie le interesan más que a los implicados.

Pero en este momento de mi narración debo hacer un inciso para introducir un concepto que tiene que quedar claro: sobre mi época de cazanazis prácticamente no voy a explicar nada, o al menos nada relevante. Y quiero que se entienda la razón de mi silencio.

La mayor parte de los nazis que capturé pertenecían a familias poderosas, familias que siguen ostentando cargos públicos o que dirigen bancos, o que están en el consejo de administración de grandes empresas. Hablamos de gente acaudalada, bien conectada y con muchos recursos a su disposición. Yo, por el contrario, soy una pobre jubilada, sigo viva, también mi familia, y quiero demasiado a los míos como para ponerlos en un aprieto. Hay algo que suelo repetir cuando me entrevistan: «No creo mucho en las mentiras, pero sí profundamente en la omisión».

Sin la omisión, si nunca nos callásemos lo que no debe ser oído, la sociedad no podría funcionar. Nadie quiere oír que tiene sobrepeso, que le huele el aliento, que es de verborrea fácil y resulta insoportable o que su padre era un nazi responsable de no se sabe cuántos crímenes. La cortesía y las buenas maneras muchas veces no tienen que ver con un tono de voz o un trato exquisito, sino con la omisión. Callarse es la primera señal de buena educación y la primera piedra de ese edificio que todos compartimos y que llamamos «civilización».

Mis padres me enseñaron a ser educada, así que me voy a callar. No hablaré pues de las diferentes bases en las que organizamos nuestro trabajo ni de la persecución de ciertos famosos criminales de guerra. No daré detalles de cómo bajábamos a España (refugio de muchos nazis) o subíamos a Alemania en busca de objetivos. No contaré pormenores de los subterfugios, a menudo relacionados con un poco de coqueteo por mi parte, con los que convencíamos al nazi de turno para que saliese del restaurante en el que se hallaba. El monstruo caminaba de mi brazo hacia su hotel pero, en lugar de un poco de diversión, recibía un golpe en la cabeza y lo metíamos en el maletero de nuestro coche. Cazamos criminales muy peligrosos con tretas así de infantiles. También las hubo peores.

Pero, insisto, no daré detalles precisos de ninguna de nuestras capturas, tampoco nombres, años o lugares. Toda esa información la guardo para mí. Terminada la Segunda Guerra Mundial, Europa se convirtió en una colosal mentira: los alemanes querían olvidar y los aliados querían castigar; pero solo hasta cierto punto, querían imponer condenas ejemplarizantes a algunas caras conocidas que contentaran a la opinión pública. Muchos nazis fueron olvidados, otros fueron ayudados por la Iglesia, otros por alemanes excombatientes, y huyeron por la famosa «ruta de las ratas» que crearon para que centenares de criminales de guerra salieran hacia Asia y Sudamérica. También hubo nazis que se quedaron en Alemania viviendo tranquilamente y, en algunos casos, jamás fueron molestados.

Nuestra misión era buscar el paradero de esos nazis que a nadie parecían interesar y darles caza.

Soy consciente de que la omisión es una forma creativa de mentir, pero en ocasiones, puestos a mentir, miento por completo. Cuando me han preguntado sobre este tema, he llegado a decir que me dedicaba solo a traducir periódicos y a hacer resúmenes. No explico nada más. Pero yo no hablaba alemán, ni siquiera lo hablo bien hoy en día, así que poco podía ayudar realmente, ¿no? Tal vez nunca hice nada. Tal vez todo sea una exageración. Cuando digo cosas así en las entrevistas, me pregunto cuáles son los límites de la omisión y de la mentira. Es una pregunta lícita porque ni yo misma sé la respuesta. Todo eso pasó hace tanto tiempo que puede que me haya olvidado de lo que hice. Al fin y al cabo soy una anciana. Y ya se sabe que los ancianos olvidan cosas con mucha facilidad.

Solo haré una excepción. Quiero hablar de un nazi. Solo uno. Supongo que es evidente que se trata del que utilizó Vela para tentarme, para introducirme en la loca búsqueda de criminales del Tercer Reich. Pero antes de contar su historia, quiero contar la historia de mi padre y la razón por la que regresé a España.

La primera vez que pasé los Pirineos una vez terminada la Segunda Guerra Mundial no fue en busca de ningún nazi, sino para ver a mi familia. Sabía que era arriesgado, pero debía hacerlo. No tenía claro qué sabía de mí la Segunda Bis o quienes fueran los que me buscaban. No estaba segura de si conocían mi nombre o solo mi descripción física y alguno de los nombres falsos que utilizaba cuando estaba en Madrid. Estuve dudando durante semanas si debía o no volver a cruzar la frontera con papeles falsos y ponerme de nuevo el disfraz de mujer fascista, obediente, fiel esposa y ama de casa, una persona de bien que regresa de pasar unos días de vacaciones en el país vecino. Solo esperaba que el comandante Clavijo no estuviera esperándome al otro lado.

Finalmente me decidí. Por suerte, nadie fue a mi encuentro. Llegué a la conclusión de que mis enemigos no sabían nada relevante sobre mí. Averiguaron dónde vivía por algún chivato, pero no conocían mi verdadero nombre ni nunca llegaron a verme la cara. Podía respirar tranquila y moverme libremente por España. Fue una suerte porque tenía muchas ganas de llegar a Valladolid, donde vivía mi madre, y también mi padre. Acababa de ser liberado.

Le recuerdo sentado en una mecedora, frágil, delgado tras tantos años de presidio y penurias. Me eché en sus brazos y rompí a llorar. Lloramos juntos largo rato. Luego hablamos de todo y de nada, de cómo se encontraba, del paso del tiempo, de que sus sienes blanqueaban, de que yo ya no era una niña ni sentía como una niña ni parecía una niña.

—¿Valió la pena? —le pregunté entonces.

Mi padre supo a qué me refería. Recordé aquella vez que huíamos de Madrid en dirección a Valencia y la conversación que tuvimos acerca de cómo funciona el mundo en el que, por suerte o por desgracia, estamos condenados a vivir.

—La utopía siempre vale la pena, vivir un sueño es siempre hermoso.

—Tú dijiste que el mundo es de derechas y que no puede cambiarse. Viviste la utopía, perdiste y has pagado con la cárcel. ¿Dónde está lo hermoso en todo eso?

—¿Y me lo preguntas tú, que sigues luchando, que sigues viviendo la utopía de la democracia y la libertad?

—Yo sé por qué hago las cosas, papá. Quiero saber por qué lo hiciste tú.

Mi padre sonrió. No solo era una mujer por fuera, también lo era por dentro y mi cabeza necesitaba respuestas de mujer.

—A veces, un hombre o una mujer debe hacer lo que es justo. Porque hay algo mucho peor que la prisión, y es estar fuera de ella sabiendo que has sido un cobarde. Entonces la prisión es una cárcel interior. Sabes que todo lo que tienes, todo lo que has salvaguardado, lo material, lo accesorio, es precisamente eso, accesorio, y te has vendido por nada.

—Habrías pasado mucho más tiempo con nosotras, con mamá, con tus hijas…

—Pero sabiendo que era un cobarde, y vosotras habríais leído en mis ojos que era un cobarde. Más me valdría estar muerto.

Recordé los cadáveres de Felipe y de Venancio en el río, y el de Lina cubierta de sangre en la entrada del Liceo Sorolla. Y tantos otros.

—Ya ha habido demasiados muertos, papá. Prefiero que sigas vivo.

—Apenas lo estoy. —Empezó a toser—. Pero seguiré luchando, y me recuperaré. Volveré a ejercer como abogado cuando acabe mi inhabilitación. Ahora que hemos perdido la guerra todo es más fácil.

—¿Más fácil? —me extrañé.

—Ahora es tan evidente que el mundo es de derechas que de nada sirve engañarse. La Falange, los franquistas, la gente con el brazo en alto están por todas partes. Ya no hay espacio para la disensión ni para la utopía. Puedo concentrarme en lo material, ya pagué demasiado por mi sueño.

—Yo sigo viviendo la utopía, papá.

Sonrió benevolente.

—Ya regresarás al mundo real. Pero vive la utopía, vívela intensamente. Vive cada día como si fuera el último, porque cuando regreses, ese será tu único consuelo.

Y comprendí que eran los recuerdos los que mantenían sereno y en sus cabales a mi padre. Recordaba cuando era diputado, un abogado famoso, un hombre admirado por sus colegas. Recordaba cuando tenía fama de gran orador, de hombre de mundo, culto, refinado y sagaz. Cuando cerraba los ojos, volvía a ser aquel hombre y sonreía porque ni los barrotes de la prisión pretérita ni esa nueva prisión en la que ahora vivía dentro del mundo franquista podían arrebatarle aquellos recuerdos, los del hombre que realmente era y seguiría siendo si el mundo no fuese de derechas.

Hablamos mucho más rato, quién sabe de qué, lo he olvidado. Luego me reuní con mi madre, que lo cuidaba día y noche en la pensión de mala muerte en la que vivían. También vi a mi hermana, que había regresado de México y se pasaba por allí de cuando en cuando para ayudar. No me echaron en cara que yo estuviese lejos, ocupada viviendo mis propios sueños.

—Puede que no vuelva en mucho tiempo —le dije a mi madre—. Para mí es muy arriesgado venir.

—Lo sé, hija. No quiero que asumas riesgos, al menos de momento. Tampoco escribas, todavía interceptan y leen nuestro correo. Ni siquiera lo disimulan, me lo encuentro abierto todos los días.

—¿Puedo llamar?

—Es mejor que no. Yo no les preocupé en el pasado. Era un pez diminuto y ni siquiera se tomaron la molestia de capturarme cuando era un topo. Pero tu padre fue un pez gordo. Seguro que tenemos el teléfono pinchado. Si no nos andamos con cuidado acabarán sabiendo de ti, y entorpecerán lo que sea que estés haciendo, o incluso te detendrán si vuelves a España para cualquiera de tus misiones.

Mi madre no era tonta. Sabía que la guerra había terminado. Si yo seguía trabajando, tenía que ser algo importante pero también algo ilegal, al menos a ojos del régimen.

—Cuidaos mucho —le dije abrazándola.

—Anda, Marina, márchate. Un par de veces al día unos hombres con gabardina pasean por la calle y echan un vistazo a lo que hacemos. Ahora no están. Aprovecha, desaparece y sé feliz.

—Seré feliz cuando regrese y la familia esté reunida al completo. Seré feliz cuando tengamos una casa como la de Torrelavega y volvamos a plantar un rosal en la glorieta, como el que pusimos hace mil años mientras esperábamos que papá regresase del trabajo.

Mi madre bajó la cabeza. Luego me miró largamente.

—Ojalá eso pase algún día, Pipi. Pero mientras tanto aquí no serás feliz. España no es tu sitio. Ambas lo sabemos.

Me marché con un nudo en el estómago y una extraña sensación en la boca, un sabor a hiel que no se me fue del paladar en horas. Porque sabía que mi tiempo como cazanazis sería breve. Unos meses más, unos años más, lo que fuese, pero al final tendría que construir una vida, casarme, tal vez tener hijos, integrarme en el mundo real. Y ni siquiera sabía cómo hacerlo porque desde que era casi una niña llevaba viviendo esa vida de aventuras de la que hablaba mi padre, esa utopía que era como un sueño dentro del sueño.

Tardaría mucho tiempo en volver a ver a los míos. Porque mi existencia de cazanazis y las circunstancias me llevaron lejos, por caminos insospechados. Una vez más, los límites de esta narración, de lo que puedo contar y lo que no, me impiden dar más detalles. Tengo una responsabilidad moral con el pasado y conmigo misma. Debo proteger la identidad de mucha gente y también a mi familia.

Aunque, como ya he dicho, hay una historia que debe ser contada, la del hombre cuyos ojos revelaban una maldad absoluta: Joseph Ulbrecht Cruz.

2

La paciencia del cazador

Una pareja de novios (1947)

Bariloche es una ciudad situada en las entrañas de los Andes. La naturaleza, solemne y fastuosa, se extiende en todas direcciones: glaciares misteriosos como el Ventisquero Negro, la atalaya del Cerro Tronador, la inmensidad del parque nacional Nahuel Huapi, ríos estridentes, cascadas, praderas, bosques, lagos profundos, cóndores en los cielos y un manto de nieve infinita que lo envuelve todo. El majestuoso enclave de Bariloche, en la Patagonia argentina, es el lugar más hermoso que he contemplado en mi vida.

Por desgracia, también fue uno de los mayores refugios de los nazis huidos tras la caída de Berlín y del Reich de los mil años.

Precisamente por eso me trasladé hasta allí. Una mañana, iba caminando por la calle de la mano de mi pareja, con aire despreocupado, por el centro de Bariloche. Parecíamos un matrimonio más, dos personas que están de vacaciones y disponen de todo el tiempo del mundo. Yo llevaba el cabello rubio, muy corto. Mi compañero se había rapado la cabeza y lucía una barba recortada que le

226

daba un aspecto aún más rudo del habitual. Ambos vestíamos con elegancia pero sin sofisticación, traje oscuro y zapatos cómodos.

Entramos en la tienda de deportes con aire de no tener las ideas muy claras. Miramos aquí y allá, desde pantalones deportivos hasta los folletos con las excursiones disponibles por la zona.

—Podríamos alquilar unos trineos —le dije a mi falso esposo.

Adolf Vela asintió y nos dirigimos al mostrador. Allí se encontraba, revisando un libro de cuentas, el dueño de la tienda, un tal José Ulbrecht Cruz. Levantó la vista. No nos reconoció. Tal vez nunca nos hubiera visto, ni siquiera en fotos.

—¿Qué desean? —dijo en español.

Adolf Vela soltó una interjección en alemán:

—*Verzeihung, ich verstehe nicht ganz.*

Mi pareja hizo un gesto con la mano.

—Perdone, a veces se me escapa alguna frase en alemán. Quería decir que no lo tengo claro. Mi mujer desea hacer una excursión en trineo pero tengo dudas.

José Ulbrecht Cruz echó la cabeza hacia atrás, de pronto interesado en nuestra presencia. Como muchos otros criminales nazis, ni siquiera se había ocultado tras la guerra. Solo se había cambiado el Joseph por José, manteniendo su segundo nombre, Ulbrecht («Alberto» en español), y el apellido. Estaba oculto a plena vista, como si fuese un honor haber pertenecido a la Gestapo y lo de ocultarse fuera un gesto de cara a la galería.

—¿Es usted alemán? —dijo el falso José.

—Español de origen alemán. Mi madre solía hablarme en casa en alemán y me salen expresiones sin querer —explicó Vela, que había aprendido el idioma durante la guerra y había acelerado sus clases cuando se convirtió en cazanazis.

Aquello le encantó a nuestro anfitrión, que nos convenció para hacer una ruta en trineo. Y no solo nos mostró sus relucientes vehículos y nos explicó cómo sujetar los arneses, también nos aconsejó las mejores rutas por la nieve. Él mismo nos acompañó por la tarde, feliz de encontrarse con un compatriota, un simpatizante.

—En la guerra de España luché con los nacionales —mintió Adolf Vela—. Estuve en Madrid, en Guadalajara y en Cataluña. Vi cómo los bolcheviques huían hacia el norte con el rabo entre las piernas.

Joseph rio de buena gana. Se había quitado el disfraz de José, el amable tendero. Volvía a ser un nazi y hablaba como tal.

—Los rojos siempre huyen con el rabo entre las piernas. Son ratas y huyen como ratas. Lo extraño sería que lo hicieran de otra forma.

Lo más curioso del caso era que Joseph había llegado hasta Bariloche por la ruta de las ratas, como muchos otros nazis huidos. Pero no vivía como una rata. Se había instalado junto a otros criminales nazis y llevaba una existencia feliz y sosegada.

—Mi origen es, como el suyo, en parte español y en parte alemán —dijo entonces—. Mi tatarabuelo era de Huelva. Llegó a Alemania en un barco mercante y ya se quedó para siempre. Contrajo matrimonio con una mujer bávara de sangre germánica, y los Cruz hemos ido medrando en el Reich durante los últimos cincuenta años.

—Muy loable.

El nazi quiso puntualizar algo que para él era importante.

—Debo añadir que la sangre de mi familia es intachable. Somos arios de Hallstatt por la rama materna y arios pirenaicos por la paterna. Las autoridades alemanas me extendieron un pasaporte racial que así lo certificaba.

Para un nazi, la sangre era una cuestión fundamental. Se hacían estudios de los orígenes raciales de todo el mundo. A menudo, para que esos estudios concluyeran que se tenía sangre de primera clase, se inventaban ramas de la raza aria en otros lugares, por ejemplo en Italia (arios alpinos), y estupideces semejantes. Pero lo de «arios pirenaicos» no lo había oído nunca. En España no hay arios. Pero Joseph quería impresionarnos. Lo cual era una buena señal.

—¿Y su esposa, herr Vela? ¿También es de origen alemán? —inquirió entonces nuestro guía.

Mi falso esposo y el falso José hablaban de mí como si yo no estuviese. A ratos incluso farfullaban en alemán. Era algo típico de los nazis y de sus amigos, en su visión del mundo la mujer era una matrona cuya función, fuera del ámbito de la maternidad, era sobre todo decorativa. Yo lo sabía y me hice la tonta, saliendo del trineo de un salto y haciendo como que paseaba por la nieve.

—Ella es española de pura cepa. Es una Elizegi, una familia muy antigua con empresas en el ramo textil.

De hecho, en mi pasaporte constaba que yo era Marina Elizegi. No sé por qué, a la hora de crear mi personaje me acordé de la familia de Juanito y me fue más fácil meterme en el papel. Me imaginé que era su hermana o una prima, una mujer devota y falangista, conservadora hasta la médula y ciega creyente en los valores familiares.

—Estamos de luna de miel —añadió entonces Adolf Vela—. Un viaje de varios meses que nos ha llevado de España a Brasil y de Brasil a Argentina. En Buenos Aires oímos hablar de Bariloche. Nos pareció un sitio ideal para terminar nuestro trayecto.

Nos hallábamos en el Cerro Catedral, uno de los lugares preferidos para los que practicaban deportes de invierno. Aquello era precioso, y la cumbre tenía un parecido increíble con una catedral gótica, lo que explicaba su nombre. Con los años se instalaría allí una de las estaciones de esquí más famosas del mundo.

—Han elegido bien. Este es el lugar idóneo para terminar unas vacaciones, aquí pueden relajarse y pasear.

—¿También para quedarse a vivir? —pregunté, ya de vuelta de mi corto paseo.

—Para gente joven como ustedes, con obligaciones en su país, tal vez no, pero para un hombre de mi edad…

Joseph tenía cincuenta y seis años, pero se mantenía en muy buena forma.

—Usted todavía es joven —terció Vela—. Incluso podría regresar a Alemania y comenzar de nuevo. Le quedan muchos años por delante.

—Puede que tenga razón, pero no pienso moverme de la Patagonia. No regresaré nunca a Europa. Aquello es el pasado.

No insistimos más. Nuestra misión en aquel momento era una simple toma de contacto. Queríamos asegurarnos de que realmente era Joseph Ulbrecht Cruz y no otro alemán que se le pareciese. Una vez confirmado esto, debíamos tener paciencia.

En las películas y los libros se dibuja a los espías y los cazadores de nazis de una forma muy distinta a lo que somos, o más bien fuimos. Encuentran al objetivo y lo capturan en tres escenas. Asunto terminado. Pero en el mundo real nada es inmediato, rara vez se resuelve todo con facilidad. Hay que medir cada movimiento al milímetro y estar preparados. Nosotros no matábamos, no éramos ejecutores. Nuestra misión era capturar al nazi en cuestión y llevarlo a juicio. Pero cuando el criminal se encontraba en otro continente la cosa se complicaba, porque teníamos que convencerlo de que regresase a Europa. No podíamos facturarlo en una maleta. Ni llevarlo por la fuerza.

Nuestro objetivo era ir sembrando poco a poco la idea del retorno a casa en la mente de nuestro enemigo. Aquella era solo la primera piedra de un muro que tardaríamos en levantar.

De vuelta a Francia, volví a ser Marina Vega y me teñí el pelo de negro, mi color. Vela dejó de llamarse Adolf y se dejó crecer el cabello. Tuvimos varias reuniones operativas en París sobre el caso Joseph Ulbrecht Cruz. Quedaba mucho por hacer pero de momento habíamos comenzado con buen pie. O eso creíamos.

Entretanto hicimos otras capturas, colaboramos con los servicios secretos de otros países, incluso con el incipiente moderno Estado de Israel. Los judíos estaban comenzando a barajar la posibilidad de realizar viajes como el nuestro. Querían capturar a los nazis donde fuera que se escondiesen. Aquellos planes luego desembocarían en asesinatos o capturas famosas, como la de Herberts Cukurs o Adolf Eichmann.

Seis meses después, hicimos un segundo viaje a la Patagonia. Yo me teñí de nuevo y Vela volvió a raparse al cero. En el fondo era como disfrazarse para un carnaval muy largo en el que no podías quitarte la máscara.

Pero en ese segundo viaje no pudimos contactar con nuestro objetivo. Joseph había viajado por negocios hasta

Mar del Plata y no teníamos una buena excusa para hacer mil quinientos kilómetros siguiendo su pista. Así que practicamos el senderismo, montamos en trineo y solo hicimos un par de preguntas discretas sobre aquel hombre tan amable que nos había tratado tan bien en nuestro anterior viaje.

—Estamos pensando en invertir en la zona —le dijo Vela a la esposa del nazi, una rolliza matrona alemana que respondía al nombre de Elsie.

La mujer abrió mucho los ojos. Los problemas económicos del establecimiento de su esposo eran evidentes. La fachada estaba desconchada, los ladrillos caídos o a punto de caerse. El toldo de tela se veía rasgado en varios lugares. El escaparate tendría que haberse cambiado hacía mucho tiempo. Las estanterías del interior, roídas por la carcoma, habían vivido épocas mejores.

—¿Ya han decidido en qué van a invertir?

—En algún negocio turístico, sin duda. Estamos barajando varias opciones. Ya hemos invertido en otros países y de momento las cosas nos van muy bien.

Los ojos de Elsie se abrieron todavía más.

—Puedo llamar a mi marido y decirle que adelante su regreso. En tres o cuatro días podría estar aquí y…

—No se preocupe —dijo Adolf Vela con gesto tranquilizador—. Tenemos que irnos a Chile a mirar otras empresas. Dentro de tres o cuatro días ya no estaremos aquí. Pero regresaremos dentro de un tiempo. Dé recuerdos a su marido de nuestra parte.

Nos fuimos de Bariloche a las pocas horas, dejando a la mujer con un palmo de narices. Pero era necesario. Lo último que debe hacer un cazanazis es parecer desesperado o demasiado interesado en su presa. Nosotros éramos gente de bien que buscaba dónde invertir y las posibilidades eran infinitas. Aquella solo era una más y apenas le dedicamos unos minutos antes de pensar en el siguiente negocio.

—Le daré recuerdos de su parte —dijo Elsie en un español terrible, plagado de erres guturales—. Vuelvan pronto.

Nos alejamos de la tienda caminando sin prisa, como hace la gente que forma parte de la estructura y la jerarquía de la sociedad. No miramos atrás, ni hacia el letrero de madera que colgaba sobre la entrada, aquel que con letras desgastadas rezaba ARTÍCULOS DEPORTIVOS JOSÉ CRUZ, ni hacia la pobre Elsie, que había salido a la calle y agitaba la mano en señal de despedida.

Tampoco miramos hacia las montañas, nevadas, preciosas, de una belleza de postal. Teníamos muchos negocios imaginarios que acometer, muchas inversiones ficticias que realizar.

Y un nazi al que destruir.

El anzuelo (1948)

No es fácil mantener la cordura cuando se trata de asuntos personales. No es fácil ser paciente, no sucumbir a la ira y escuchar la voz de la experiencia y la sabiduría. Pero aunque fuésemos rojos de esos a los que odiaba Joseph, no éramos subhumanos ni ratas, podíamos dominar nuestras emociones más primarias y postergar la venganza un poco más. Solo un poco más.

Pero cada vez se me hacía más difícil.

—¿Sabían que Bariloche fue fundada por alemanes? —preguntó Joseph.

Estábamos de vuelta en la Patagonia. Era nuestro tercer o cuarto viaje.

—Sí, fue fundada por un chileno, Carlos Wiederhold, ¿no es así? —dijo Adolf Vela.

—En efecto. Un hombre de sangre cien por cien alemana. Padre y madre. Un compatriota visionario que se dio cuenta de que este sería un lugar donde los germánicos estaríamos a gusto, como en casa.

Mes a mes, año a año, Bariloche se convertía en una colonia nazi. Había una Asociación Cultural Alemana, un Club Andino Alemán y varios colegios donde se enseñaba la lengua de los superhombres. Además, proliferaban en los mejores barrios las casas de estilo bávaro con vistas al lago Nahuel Huapi.

—Una historia sorprendente —comenté.

Joseph me miró y pestañeó dos veces, como si de pronto hubiese reparado en mi presencia.

—No es tan extraño. La germanidad está detrás de los mayores logros de la historia, desde la música con Wagner hasta la política con el Führer. Incluso en un lugar como este, se puede ver que nuestro pueblo es capaz de encontrar su camino y engrandecer los caminos de otros. Ser alemán es lo más cercano a ser un dios.

Vela asintió y yo respiré hondo.

—No quisiera que parezca que carezco de toda modestia al ser tan rotundo —prosiguió Joseph—. Es que sencillamente la sangre alemana es el motor del planeta. Nosotros, por tanto, tenemos la obligación de comportarnos como representantes de esa raza superior a la que pertenecemos.

Era el momento de actuar. Nos estaba poniendo a prueba. Sus afirmaciones, como él mismo reconocía, eran demasiado rotundas, categóricas. Si no reaccionábamos, notaría que le estábamos siguiendo la corriente, que nos hacíamos los idiotas. Y nuestro papel no era parecer idio-

tas, sino personas serias que buscaban invertir en negocios, que sabían el precio de las cosas, que entendían
cómo funcionaba el mundo y que conocían a las personas
que habitaban en él.

—Usted fue nazi —comenté mirando de soslayo a
Vela.

—Corrección. Yo soy nazi. Aunque es una palabra que
detesto, porque nadie la utilizaba en Alemania aparte de
los comunistas, quienes la usaban como insulto, y ha acabado convertida en un mote para describir a cualquier
persona malvada —explicó—. Pero sí, de manera reduc-
cionista y para que se me entienda, digamos que soy nazi.
Creo en el nacionalsocialismo. Luché por él y... —nos
miró fijamente— maté por él.

—Entiendo —dijo Vela, y tomó un sorbo de su café
con gesto tranquilo.

—Pertenecía a las SS y a la Gestapo —admitió Joseph—.
Torturé a mucha gente.

Se hizo el silencio. Pero ni mi falso esposo ni yo abri-
mos la boca. Nuestro interlocutor prosiguió:

—Hice cosas que muchos juzgarían terribles porque
no entienden lo que es pertenecer a los elegidos, los que na-
cimos con sangre alemana. Aquellos a los que hice daño
no eran mucho mejores que ratas. ¿Alguien perseguiría y
querría encarcelar a un exterminador de ratas? Yo limpié
el mundo de esa plaga. Yo hice el bien. Dentro del gran
organismo que es la humanidad, hay seres que la encum-
bran, que la llevan a cotas más altas, gente de sangre y
estirpe correcta, no solo alemana, también escandinava,
incluso arios alpinos o pirenaicos como muchos italianos
y españoles, mentes y almas superiores. Pero luego hay
seres que cubren de inmundicia la creación. Esos seres,
con su mera existencia, están corrompiendo el organismo

superior que es la humanidad. Su tortura, eliminación o exterminio no es un acto objetivamente malvado. Yo no hice nada peor que un barrendero o, siguiendo el ejemplo anterior, un exterminador de plagas. Pero eso la gente no lo comprende. Con la victoria de las democracias, los nazis hemos sido demonizados y nuestros actos, por muy loables que fuesen, son incomprendidos.

Joseph no paraba de mirarnos a los ojos, intentando percibir nuestra reacción. Y lo que vio fue indiferencia.

—¿Quiere que le cuente las cosas que hice en la Guerra Civil? —dijo Vela entrecerrando los ojos como si recordase, cuando en realidad inventaba—. Le puedo asegurar que esa guerra no se ganó siendo considerados con los rojos, los anarquistas y toda esa chusma republicana. Hice cosas terribles dentro y fuera de los campos de batalla. No me arrepiento de nada.

Joseph asintió como si aquella afirmación le tranquilizase. Yo encendí un cigarrillo y aspiré largamente. Expulsé el humo y dije:

—Lo que no entiendo es por qué nos habla de todo esto.

Nuestro anfitrión se levantó y fue hacia una estantería. Sacó unos papeles, unos mapas y varias carpetas de informes.

—Tengo pensado ampliar mi negocio, trasladarme a la calle Mitre, la mejor zona, y que sea el lugar de referencia de toda la Patagonia para viajes y entretenimiento. Es una gran inversión. Pero antes de que hablemos de todo esto deben saber quién soy. No quiero sorpresas, no quiero malas caras. Mi abuelo me enseñó a decir siempre la verdad y he aprendido que mentir solo conduce a postergar los problemas.

Vela iba a responder, pero me adelanté. Aplasté el cigarrillo contra el cenicero y dije:

—A nosotros nos da igual lo que fue usted, incluso que lo siga siendo. Si el negocio es bueno, mi esposo invertirá. Si es malo, no pondremos un solo dólar, aunque tenga escondido en su casa al mismísimo Hitler.

Vela soltó una carcajada.

—Si fuese el caso, iríamos a saludarlo, estrecharíamos su mano, pero igualmente no vería ni un dólar a menos que el negocio valga la pena.

Joseph respondió con otra sonora risotada. Se carcajeó tanto que tuvo que sentarse.

—Ojalá nuestro amado Führer estuviese en mi casa o en la de cualquier otro buen alemán. Ojalá viviese para que pudiésemos seguir luchando por él.

Bebimos toda la tarde a la salud del Führer y valoramos los planes de negocio del nuevo emporio turístico que, objetivamente, eran bastante buenos. Bariloche estaba a punto de convertirse en un centro turístico de primer nivel, pero no lo era todavía, la inversión era grande y el riesgo aún mayor. Así que no le mentimos y le dijimos que estudiaríamos su propuesta.

—Vamos —dijo Joseph una vez terminada la reunión de negocios—, los acompaño a su hotel.

Habíamos bebido mucho y estábamos todos en bastante mal estado. Íbamos haciendo eses por la calle y nos reíamos de todo. Por un momento, Vela y yo olvidamos que nos acompañaba un nazi al que pretendíamos capturar para que fuese juzgado por sus crímenes.

—*Heil Hitler!*

Nos detuvimos en seco. Un niño de unos doce años estaba con el brazo en alto en dirección a Joseph.

—Soy Erich Stürmeyer, señor. Mi padre y yo acabamos de llegar a la ciudad.

—Ah, muy bien —dijo Joseph tambaleándose.

Erich levantó aún más el brazo. Parecía estar señalando a la luna.

—En el colegio me han hablado de usted, señor. He oído que fue *sturmbannführer* de las SS y *kriminalinspektor* de la Gestapo. Mi padre combatió en Francia y en Rusia por el sagrado Reich. Quería saludarle en persona.

Joseph hizo el saludo nazi y levantó también su brazo hacia la luna.

—Un placer, Erich. Tu padre debe estar muy orgulloso de ti.

Seguimos caminando hacia nuestro hotel. Por desgracia, no era la primera vez que veíamos que la gente se detenía para saludar a nuestro amigo. Era un hombre querido y respetado por la población, muchos de origen germánico, que veían en él un ejemplo, un paradigma del buen alemán.

—¿Ven ustedes? La buena sangre reconoce a la buena sangre.

Vela estuvo de acuerdo y yo vomité detrás de un banco. Ellos creyeron que lo hacía por la bebida, pero de pronto me sentí incapaz de soportar por más tiempo a aquel ser abominable.

—La buena sangre es importante. La confianza en los buenos hombres también —dijo Vela pasándose la mano por su cabeza afeitada, como si reflexionase—. Si invertimos en usted, en su sangre, si confiamos en su proyecto, tendrá que venir a España al menos una vez cada dos años.

—¿Y eso? —preguntó Joseph.

—Mi padre y yo, en su nombre, pondremos mucho dinero, pero formamos parte de un grupo de inversores y tendrá que rendir cuentas. Ya le he dicho que no muy a menudo, pero…

—Me temo que no será posible. No pienso regresar jamás a Europa.

—España es un lugar seguro. Está repleto de antiguos oficiales nazis.

—Pero ninguno con mi hoja de servicios. La gente como yo no puede pisar suelo europeo, ni siquiera diez minutos. Es un riesgo demasiado grande.

—Pero…

—Le he dicho que no. No será posible.

Había sido tan tajante que se nos pasó a todos la borrachera de golpe, pero Vela reaccionó rápido y se encogió de hombros.

—Bueno, de todas formas estudiaremos su propuesta y ya hablaremos.

Joseph parecía decepcionado. Estaba claro que la idea de regresar a Europa no entraba en sus planes.

—Ya hablaremos, herr Vela. Un placer volver a verlos.

Entrechocó los talones y se dio la vuelta. Ya no estaba tan mareado. Apenas se tambaleaba y solo se trastabilló un par de veces.

—No le convenceremos de cruzar el charco —le dije a mi falso esposo.

—Ya veremos —dijo él en voz baja—. Conseguiré que regrese sea como sea. Este no es como los otros. Es algo personal. Lo resolveremos de una forma o de otra.

—¿Qué quieres decir con eso?

Vela y Jiménez nunca fueron amigos. Su muerte no debería haberle afectado tanto como a mí o a Santos. Pero no se trataba de eso. Aquel nazi había torturado a uno de los suyos. Y no estaba dispuesto a pasarlo por alto.

—¿Qué quieres decir con eso? —repetí.

Vela no me contestó y cruzó la puerta del hotel. Pero le entendía. Aquello no era una misión. Era una venganza.

Y la venganza no se rige por las normas habituales. Cuando la sangre hierve, lo más fácil es dejarse llevar por el rencor y actuar con premura, sin reflexionar. Pero debíamos seguir siendo sensatos, no tener prisa, porque la venganza, como es bien sabido, es un plato que sabe mucho mejor cuando se sirve frío.

Si éramos capaces de dominar nuestras emociones, tendríamos una oportunidad de cazar a Joseph Ulbrecht Cruz. De lo contrario, quedaría impune como muchos otros nazis.

Y eso no nos lo podíamos permitir.

3

Actos justificados

Se acaba el tiempo (1949)

Mientras esperaba en el asiento del acompañante de un viejo coche alemán, miraba la lluvia caer sobre el parabrisas. Eran como lágrimas que formaran un tapiz que se hilvanaba ante mis ojos.

Me sentía melancólica, y hastiada. ¿Cuándo acabaría todo aquello?

Vivir en la utopía no era tan sencillo como yo había pensado. La utopía, a fuerza de repeticiones, se había resquebrajado convirtiéndose en monotonía. Y la monotonía era igual de terrible en un régimen totalitario que en la tierra de la libertad.

Un golpe y un grito ahogado me despertaron del ensueño. Llevábamos a un nazi en el maletero, un guardián del campo de concentración de Mauthausen al que habían protegido las gentes de su pueblo en Renania durante años. Intentó escapar y tuvimos que correr campo a través casi un kilómetro antes de darle alcance. Por suerte yo seguía siendo una atleta de primera. Pero Vela llegó con la lengua fuera y casi se nos escapa de nuevo.

—¡Cierra la boca, nazi! —grité.

Los golpes se detuvieron. Poco después, Vela regresó.

—Se ha despertado —le informé.

Mi compañero sonrió.

—Ya estamos en Francia, amigo mío. En unos minutos estarás declarando ante el juez. Intenta explicarle por qué rociabas con agua a los judíos, a temperaturas bajo cero, y los dejabas a la intemperie para que se congelasen. Ya nada puede salvarte, así que puedes dejar de forcejear, de gritar o de quejarte. Tu destino está sellado.

Yo suspiré, algo aburrida. Aquello había dejado de ser emocionante. No solo por la monotonía, sino porque el Estado francés estaba cada vez menos interesado en nuestro trabajo y todo eran trabas administrativas. Además, echaba de menos a mi familia. Llevaba casi cuatro años sin ver a los míos. Demasiado tiempo sin una llamada ni una carta. Nada. Estaba barajando la idea de regresar a España.

—Se está acabando nuestro tiempo en este trabajo —anuncié, tal vez para mí misma. De hecho, no tenía claro si me había expresado en voz alta.

—Todavía quedan muchos nazis —dijo Vela encendiendo el motor del coche—. La Iglesia tiene escondidos a unos cuantos incluso en Francia. Hay muchos otros viviendo a plena luz del día, casi sin esconderse, en Alemania. Y no digamos nada de los que están en Brasil o Argentina o en cualquier otro lugar soleado de Latinoamérica. Estaremos mucho tiempo con esto. Yo no me preocuparía.

Vela y yo éramos como una pareja. Él era capaz de completar mis frases, de comprender lo que pasaba por mi cabeza, aunque no lo dijese. Aquello también me enervaba, porque Vela nunca me había caído bien y la idea de pasar muchos más años a su lado no me resultaba seductora. Creo que él nunca lo sospechó. Y si lo sospechó, hizo como si no se diera cuenta.

—Estoy cansada.

Cazar a los esbirros de Hitler tenía menos glamour de lo que había imaginado. Aún faltaba mucho para que los grandes cazanazis como los Klarsfeld se hicieran famosos. Incluso Simon Wiesenthal era prácticamente un desconocido, apenas un tipo con cuatro amigos que recogían datos sobre los nazis. El Mosad, que más tarde emprendería una persecución de los nazis, ni siquiera había sido fundado. Faltaban unos meses.

Estábamos solos.

—Echo de menos a mi familia —insistí.

Vela dio un golpe en el volante.

—Y yo echo de menos a mi hermana. Mis padres ya no están y ella es todo lo que me queda, pero vive en la España franquista, que es como estar en una prisión. Yo no regresaré jamás. Te aconsejo…

—Me dan igual tus consejos. Yo sí regresaré un día y abandonaré todo esto.

—¿Regresar para qué? ¿Para cantar el *Cara al sol*? ¿Para entrar en la Sección Femenina de la Falange?

—Se puede vivir en la España franquista sin ser creyente. No es necesario ir cantando tonadas fascistas por la calle. Se puede vivir con un perfil bajo, sin llamar la atención.

—Sin llamar la atención. Qué perspectiva más maravillosa.

No hablamos más desde la frontera alemana con Francia hasta París. Cada vez las diferencias entre nosotros se hacían mayores y no las disimulábamos. Éramos como una pareja, sí, pero una pareja que comienza el camino hacia su separación.

—Además, ¿qué pasa con el asunto de Joseph Ulbrecht Cruz? —me preguntó Vela después de entregar a nuestro prisionero.

Aquello sí que era un cabo suelto, algo que quería hacer antes de abandonar mi carrera de cazanazis. Recordaba lo que le hizo a Jiménez, recordaba la forma insultante y ostentosa en que se vanagloriaba de ser un torturador, recordaba a aquel muchacho que le saludó en las calles de Bariloche como si fuera un héroe. Siempre que pensaba en Joseph, sentía la fuerza y la determinación de antaño. Al menos para acabar aquella misión.

—Tenemos que regresar a Argentina y proponerle un negocio que no pueda rechazar.

La frase anterior la pronuncié cuando ya nos encontrábamos en nuestro pisito del Barrio Latino. De nuevo, como una pareja, nos estábamos poniendo el pijama, listos para pasar la noche en nuestra habitación con camas separadas.

—Le he ofrecido varios negocios y los ha rechazado todos —me dijo Vela—. Si tiene que venir a Europa, ya sea en el presente o en el futuro, deja de estar interesado. No sé qué más ofrecerle sin levantar sospechas. Se supone que somos gente de negocios con recursos y que hay otros empresarios interesados en nuestro dinero. No deberíamos mostrar tanto interés en un viejo nazi que tiene una empresa ruinosa en un lugar perdido de la Patagonia.

—Entonces, además del negocio le ofreceremos mucho dinero. Viste sus ojos cuando hablábamos de dólares. Él y su mujer lo están pasando mal. Si el dinero es suficiente, se arriesgará, picará el anzuelo. Solo tenemos que inventarnos algo que sea creíble y forzarle a venir a Europa.

—Ojalá fuese tan fácil.

Vela se recostó en la almohada, cerró los ojos y por un momento pensé que se había dormido. Pero estaba cavilando. Él siempre estaba cavilando.

—El lago Nahuel Huapi —dijo de pronto.

—¿El qué?

—El plesiosaurio.

Entorné los ojos.

—No sé de qué demonios estás hablando.

Y entonces me lo explicó. Era un plan tan sencillo que podía funcionar. Hacía tiempo que había descubierto que cuanto más se complicaba un plan, más difícil era que encajaran todas las piezas.

—Vale. Lo intentaremos. ¿A quién mandamos para que ponga en marcha el engaño?

Vela volvió a dibujar aquella sonrisa torcida que me era tan familiar.

—Conozco a la persona adecuada.

No dijo nada más. Se quedó satisfecho con la idea que acababa de tener y al rato escuché sus ronquidos. Me costó dormir aquella noche y me quedé contemplando la lluvia que, esta vez, golpeaba más allá de la ventana. De nuevo pensé en la utopía en la que estaba viviendo, en ese mundo alternativo en el que era una cazanazis, mientras en Europa la gente se lamía las heridas tras la guerra; al mismo tiempo, Franco, feliz de no haber sido invadido, construía la España retrógrada de sus sueños. Mientras todo eso pasaba, yo continuaba con mi vida de aventuras, de riesgos, de planes, de conjuras, de persecución de monstruos... lejos del mundo que habitaban el resto de hombres y mujeres.

La lluvia se redobló y golpeaba contra el cristal, tratando de resquebrajarlo como la utopía se resquebrajaba en mi corazón. Estaba harta de mi vida y hasta la lluvia lo sabía. Por eso golpeaba la ventana, distorsionaba las luces de la ciudad, lanzaba una andanada tras otra de gotas que lamían el alfeizar, que intentaban entrar en la habitación e inundarla.

Las cosas tenían que cambiar o la lluvia terminaría por ahogarme.

Avaricia (abril de 1950)

La avaricia es un tumor que se agarra al corazón de los seres humanos y los consume, los devora hasta dejarlos sin esencia. El avaro ya no sabe distinguir lo real de la fantasía, solo pretende amasar mayor fortuna, alimentando el tumor de oro que vive en su interior.

Usando la avaricia como instrumento, se puede hacer caer al más precavido de los hombres. Porque nadie es inmune al brillo del metal dorado ni al cáncer secreto que nutre y del que se nutre.

Lorenzo Nava llegó a Bariloche como portaestandarte de la avaricia. Pero su aspecto no daba entender tal cosa. Era un italiano moreno, de barba y bigote también oscuros, que cojeaba ostensiblemente. Se instaló en el Gran Hotel Llao Llao y no tardó en preguntar a los lugareños por un guía. Quería visitar el lago Nahuel Huapi. Las buenas gentes de Bariloche le indicaron dos o tres sitios, dos o tres puertas a las que llamar; uno de ellos era la tienda de José Cruz. Allí se dirigió Lorenzo con gesto inocente para hablar con el hombre que regentaba el negocio turístico, pues en aquella tienda no solo se vendían artículos para practicar deportes de invierno, sino que también se organizaban todo tipo de eventos y se estaba en buenas relaciones con quienes los organizaban.

—Necesito bucear en el lago Nahuel y no tengo mucho dinero —dijo Lorenzo.

—Eso es un problema —repuso el dueño—. ¿De cuánto dispone?

La cifra alcanzaba para un fin de semana. Lorenzo regateó durante horas y consiguió tres días. El dinero no le vendría mal a Joseph, que finalmente dio su brazo a torcer.

—Busco un plesiosaurio —dijo entonces Lorenzo—. Soy arqueólogo aficionado.

—Ya lo suponía.

En el lago Nahuel se había visto un remedo argentino del monstruo del lago Ness. Incluso se habían hecho investigaciones oficiales años atrás. Se trataba, en teoría, del último dinosaurio vivo del planeta, un plesiosaurio al que popularmente llamaban Nahuelito. Una estupidez sin el menor rigor científico, pensaba Joseph, pero, como cada año acudían una docena de incautos a su tienda en busca del dinosaurio perdido, se limitaba a sonreír al infeliz de turno y tomar su dinero.

—Tengo un mapa. Busco una cueva en Bahía López —explicó el arqueólogo—. Gané el mapa en una partida de cartas.

Su guía sonrió. No era la primera vez que un idiota llegaba con un mapa. Al final todo se reducía a unas cuantas horas de nado, otras pocas de buceo y a recoger algunas rocas. Más tarde lo acompañaba fingiendo decepción de vuelta a Bariloche. Y se despedía tras emplazarlo para una nueva búsqueda al año siguiente. Alguno había regresado ya hasta cinco veces.

—La información es buena, le aconsejo seguirla —dijo sin que su voz dejase traslucir la ironía ni la burla.

Pero en esta ocasión sucedió algo distinto. Joseph no

tardó en darse cuenta de que le estaban engañando. Lorenzo, si es que ese era su verdadero nombre, no se comportaba como un arqueólogo. No hablaba de Schindler ni de otros aficionados que habían alcanzado fama y fortuna sin formación. No hablaba de arte. No hablaba de arqueología ni de prehistoria... Oh, Joseph había tenido que tragarse soliloquios increíbles de aquellos aspirantes a descubridor de dinosaurios.

No, Lorenzo se limitaba a hacer cálculos en una libreta. Más y más cálculos. Y el mapa que llevaba no parecía el típico mapa del tesoro. El nazi lo cogió en un momento de descuido de Lorenzo y advirtió, atónito, que especificaba estructuras geológicas, elevaciones, pendientes y cursos de agua, distribución y composición del suelo y datos geofísicos y geoquímicos.

Al italiano no parecía importarle el lago Nahuel Huapi, ni sus aguas cristalinas adentrándose hacia Bariloche. Y eso que se suponía que buscaba un plesiosaurio, un monstruo marino de varios metros de longitud.

Tampoco observaba las playas cubiertas de guijarros ni los cormoranes que las sobrevolaban a la caza de un par de salmones despistados. No aprovechaba las calmas aguas de Bahía López para intentar avistar un monstruo marino, cosa que habían hecho todos sus predecesores.

Solo miraba de cuando en cuando las rocas graníticas que emergían aquí y allá en torno a la bahía. Se acercaba a ellas, las tocaba y volvía a la playa.

—Granito, sí. Eso lo explica —murmuraba Lorenzo.

El resto del tiempo se dedicaba a bucear junto a las rocas buscando, según él, una cueva, cuando en Bahía López no había grandes cuevas, solo pequeñas aberturas naturales provocadas por la erosión de mar.

Cuando terminaba de bucear, cogía su libreta y tomaba más apuntes. Números y más números, cálculos que Joseph no entendía pero que le tenían intrigado. Sabía que algo importante se le estaba pasando por alto. Pero no sabía qué era.

El último día, el italiano salió del agua con una gran roca que guardó en su mochila. Hizo nuevos cálculos y se echó a reír. Luego se tumbó para dormir una pequeña siesta, abrazado a su mochila, con una enorme sonrisa en el rostro.

Mientras Lorenzo descansaba, Joseph fue a su casa, cogió una de sus escopetas y regresó a Bahía López.

—Despierte, señor Nava.

Cuando el italiano abrió los ojos se encontró con el cañón de un arma. Dio un salto de la hamaca que había colocado entre dos árboles y cayó de rodillas.

—Pero ¿qué sucede?

Joseph amartilló el arma.

—Yo haré las preguntas —dijo—. Si me miente o no me gustan las respuestas, usted muere. ¿Hay algo que no le haya quedado claro?

Lorenzo tragó saliva.

—Todo claro.

—¿Se llama usted realmente Lorenzo Nava?

—Sí —mintió el italiano; su nombre era Lorenzo Leone.

—¿Es usted arqueólogo?

Tras un instante de duda fingida, Lorenzo dijo:

—No. Soy geólogo. Estudié en una universidad de Roma.

Joseph giró el cañón del arma y señaló la mochila, aún enredada en la hamaca.

—¿Qué hay en esa mochila?

—Una piedra.

—No me mienta.

—No le miento. Es una piedra… que tiene una pequeña cantidad de oro. No valdría la pena ni extraerlo. Pero…

El italiano guardó silencio.

—Pero qué, señor Nava.

Lorenzo dejó escapar una risita nerviosa.

—Pero creo que en esta bahía se halla la mina de oro más grande de todo el continente americano.

Durante los siguientes veinte minutos, Lorenzo le contó una historia increíble. Estaba preparando su tesis doctoral sobre los Andes patagónicos. Sus investigaciones le habían llevado a las estructuras graníticas de Bahía López y estudió el suelo durante meses con todos los libros a su alcance. Desarrolló una teoría según la cual, como sucedía en otros lugares, los suelos graníticos podían haber sido el entorno ideal para el nacimiento, en capas inferiores, de amplios depósitos de oro. Utilizó términos técnicos como «sedimentos cuaternarios» y «cámbricos», y otros relacionados con cálculos complicados para los que sacó su libreta y le enseñó fórmulas indescifrables.

Joseph apenas entendía nada de lo que le estaba explicando. Solo una cosa: allí había toneladas y toneladas de oro. Justo bajo sus pies. El incauto ahora era el nazi. Pero no sabía, por supuesto, que en los años siguientes se capturaría a otros monstruos como él con historias aún más absurdas que esta y mucho menos elaboradas. Los cazanazis utilizarían todo tipo de estrategias para engañarlos. Eso sin tener en cuenta que todo lo que decía Lorenzo era cierto salvo por un detalle: no le estaba hablando de Bahía López, en Bariloche, sino de Tapia de Casariego, en Asturias, España.

Aun así, Joseph se tragó el anzuelo. Porque los miembros de la Gestapo y los guardias de los campos de concentración eran, salvo contadas excepciones, gente de estratos sociales humildes que durante el nazismo habían ascendido a cotas inimaginables a causa de su crueldad y no de su inteligencia. En esencia, la mayoría eran unos brutos y un tanto simples, por eso añoraban aquellos años magníficos en los que se sentían alguien y estaban deseosos de volver a tener dinero, fama y reconocimiento público. De ahí que fuesen presa fácil para los engaños.

—Solo hay una cosa que me preocupa —dijo Lorenzo, más relajado, porque su guía había dejado el arma sobre la arena hacía rato—. Para explotar una veta semejante necesitaremos que alguien consiga comprar este terreno, la bahía y la mayoría de las tierras circundantes. Por no hablar de buzos, maquinaria de extracción y…

—Y sobornar a las autoridades para que nadie meta las narices en nuestros asuntos —añadió Joseph—. Porque nadie puede excavar en el lago sin permiso y todo lo que se encuentre en teoría pertenece al Estado argentino.

Y sobornar a altos funcionarios argentinos saldría caro. Muy caro. Eso lo sabían ambos.

—No conozco a nadie con tanto dinero —dijo Lorenzo—. Mi entorno es universitario y mis amistades…

—Yo sí conozco a alguien —le interrumpió Joseph, y arrugó la nariz como si algo apestase, porque la pareja de españoles le daban mala espina. Siempre le habían dado mala espina. Pero nadaban en dinero, así que tendría que dejar sus dudas para otro momento.

Vela y yo llegamos a Bariloche seis días más tarde. Nos esperaba el propio Joseph al pie de la pasarela del barco. Estaba haciéndonos fotos con una cámara Leica.

—¿Por qué hace eso? —le preguntó Vela, tapándose la cara.

—Quiero inmortalizar este momento, el momento y el lugar exactos en que comenzamos a hacernos ricos.

—Nosotros ya somos bastante ricos —repuse mientras me tapaba también la cara lo mejor que podía.

—Nunca se es lo bastante rico.

Durante la comida, en casa de los Cruz, celebramos la puesta en marcha de nuestra empresa. Elsie nos hizo codillo de cerdo asado; también unas salchichas blancas riquísimas y pastel de carne. Bebimos mucho y reímos. Lorenzo también estaba allí, nos lo presentaron y se sumó a la fiesta. El italiano nos explicó sus descubrimientos.

—¿Qué le parece, herr Vela? —preguntó Joseph—. Nuestro amigo el geólogo cree que podría haber trescientos mil kilos de oro. Tal vez más.

Nos mostraba la roca con incrustaciones doradas que había encontrado Lorenzo (que no era oro sino calcopirita). Mi falso marido asintió:

—Si realmente la veta es así de grande, podría estar usted en lo cierto y que acabemos siendo más ricos de lo que podamos imaginar. Pero hay un problema.

—¿Cuál? —dijo Joseph.

—Mi padre quiere conocerlos.

—Que venga a Bariloche, o al menos a Buenos Aires.

—Su salud no lo aconseja, y el dinero es suyo y de sus amigos inversores. Una cosa es invertir en un pequeño negocio en la Patagonia y otra en algo como lo que están proponiéndome ahora. Tendrán que venir ambos, usted y Lorenzo, a Madrid.

El supuesto geólogo se rascó la barbilla.

—Sin problema —convino.

—No sé. Tengo dudas —dijo Joseph.

Estuvo pensativo el resto de la reunión. Tomamos café y un licor. Ellos lo acompañaron con un puro. Nuestro nazi seguía pensativo, sin decir palabra. Cuando dieron las tres de la tarde, se levantó y fue a una habitación contigua. Regresó con tres escopetas, cada una metida en su funda.

—Vengan conmigo. Quiero enseñarles una cosa.

Nos montamos en su furgoneta alemana, una DKW de segunda mano que había comprado a precio de risa a uno de los arqueólogos aficionados que buscaban dinosaurios; en realidad, la había conseguido a cambio de dos semanas de investigaciones guiadas.

Cuando ya estábamos acomodados, Joseph fingió que se había dejado las llaves y regresó a su casa. Lorenzo saltó de la furgoneta y espió sus movimientos. Volvió poco después.

—Acaba de darle a Elsie el carrete de la Leica —nos informó.

—¿Y eso? —pregunté.

—Le está entregando pruebas a su mujer, por si no vuelve —opinó Vela.

—También ha hecho una llamada —añadió Lorenzo.

—Eso ya es más preocupante. Habrá que estar preparados.

Yo andaba algo perdida. El plan era de Vela, y Lorenzo era un contacto suyo, un antiguo camarada de la División Leclerc, como él.

—Llegaremos enseguida. Es aquí mismo —dijo Joseph de vuelta al vehículo.

Condujo apenas tres o cuatro kilómetros por un camino sinuoso entre coihues y lengas y otros árboles de la zona. Finalmente llegamos a un claro.

—Aquí es —nos indicó.

Se bajó y sacó de su funda las tres armas. Cogió una y entregó las otras dos a los hombres. Una vez más actuaba como un buen nazi, daba por hecho que las mujeres éramos un adorno y que yo no tiraba ni necesitaba una escopeta. Bastante había hecho con invitarme, seguro que por deferencia a mi marido y al dinero que tanto necesitaba para volver a ser alguien exitoso e importante.

—Yo amo todo lo alemán —dijo entonces—, pero en cuestión de rifles y escopetas, los mejores son nuestros amigos italianos. Como estas Berettas.

Joseph se encaminó hacia una valla que delimitaba una finca. Abrió el candado. Le seguimos y avanzamos por una colina llena de arbustos silvestres. Me pareció ver a lo lejos un zorro.

—Vamos. Ya falta menos.

El límite de la finca por ese lado lo marcaba un pequeño arroyo. Muy cerca del agua, había una diana colgada entre dos gigantescos coihues.

—Vamos a pegar unos tiros. Antes de cerrar un negocio, sobre todo si es tan importante como este, me gusta disparar. Así puedo ver de qué pasta está hecho el hombre con el que trato.

El nazi dio un paso y levantó la escopeta.

—Empiezo yo —dijo.

Cinco disparos, muy buenos, formando un círculo casi perfecto.

—Notable —dijo Vela.

Luego fue el turno de Lorenzo, tres disparos dispersos, y uno de ellos fuera del blanco.

—Como he dicho, solo soy un investigador que trabaja en su tesis —explicó, encogiéndose de hombros.

Si había servido en el ejército francés junto a Vela tenía que ser buen tirador. Había fallado a propósito.

Por último disparó mi falso esposo, cuatro tiros perfectos que formaron una cruz con una separación entre ellos de cuatro milímetros. Casi una hazaña.

—*Heiliger Gott!* —dijo Joseph lanzando un silbido—. Estoy impresionado.

Y entonces se quedó mirando a Vela. Guardó su escopeta en la funda. Estaba indefenso. Volvió a mirar a Vela, a quien le quedaba un cartucho en la recámara. Se hizo el silencio.

—Me gustaría aceptar su oferta, ayudarle a gestionar el asunto de la extracción del oro. Nadie en Bariloche tiene más contactos que yo y necesitarán de todo, amigos en el Ayuntamiento, en la comunidad y gente que trabaje en la mina. Todos podemos sacar mucho provecho de esta historia —informó Joseph.

—Estupendo —repuso Vela.

—Sin embargo —añadió el alemán—, hay algo que no me cuadra. No sé qué es. Pero todo esto no me termina de convencer. No aceptaré el trato si hay que ir a Madrid.

Un nuevo silencio embargó la espesura.

—Tal vez pueda negociar un encuentro en otro lugar, como Uruguay.

Uruguay era un país donde no había una dictadura como en Argentina. En Uruguay, si un famoso torturador de la Gestapo era detenido, quizá fuera extraditado a Francia. Pero Joseph no era tonto.

—¿Y su padre aceptaría viajar a Uruguay y no a Argentina? ¿Qué diferencia hay? Son las mismas horas de trayecto desde España.

Vela se relamió los labios.

—No he dicho que vaya a aceptar. Solo que se lo propondré. Tal vez sea imperativo ir a Madrid.

—En ese caso, tendré que declinar la invitación a participar en el negocio y venderle, claro está, la información a otras personas, aquí en Bariloche o en Buenos Aires. Gente que también disponga de dinero para una empresa semejante. No me llevaré una tajada tan grande, pero...

—Eso no es lo que habíamos hablado —dijo Lorenzo.

Entonces reparé en que nuestro infiltrado tenía una escopeta con una bala por disparar y otra en la recámara. No era un profesional de la caza de nazis, estaba perdiendo los nervios y sus manos temblaban.

—No me importa lo que hayamos hablado, señor Nava. Si no puedo ser socio en este negocio por esa extraña condición de tener que ir por fuerza a Madrid, tomaré otras decisiones.

Comprendí que Joseph se estaba tirando un farol. Necesitaba el dinero, no un pellizco, sino mucho dinero, y estaba dispuesto a ir a Madrid, pero quería poner a Lorenzo y a Vela en una situación en la que pensasen que les salía más a cuenta matarle.

—Nunca conseguirán que abandone Argentina —repitió.

Lo tenían allí, indefenso, en medio de ninguna parte, con las armas cargadas. Lo había preparado todo para engañarnos, para saber si podía confiar en nosotros o pretendíamos llevarle a Europa para ser juzgado por sus crímenes. Habíamos subestimado a Joseph.

—¿Qué van a hacer? —dijo el nazi.

Levanté una mano para frenar a Vela, pero él era un profesional. Su arma seguía con el cañón apuntando al suelo. Se le veía tranquilo y pretendía seguir hablando y negociando, acaso porque también él se había dado cuenta de que su interlocutor estaba a punto de ceder. Solo nos ponía a prueba.

—¡No! —chilló Lorenzo.

Nuestro amigo había caído en la trampa.

Todo fue muy rápido. Un impulso de soldado, lo que en realidad era aquel hombre. Levantó su escopeta y descerrajó un disparo en la cabeza del nazi, que se balanceó un instante antes de que su cuerpo se precipitase al suelo.

—¡Estaba a punto de ceder! —le dije a Lorenzo o como demonios se llamase.

—No, no lo estaba —repuso él.

Fueron sus últimas palabras. Una bala le atravesó el cuello. Le alcanzó la yugular y vi cómo comenzaba a manar escandalosamente la sangre.

—¡Al suelo! —gritó Vela, que me agarró por el vestido y me arrojó detrás de unos matorrales.

Él mismo se lanzó también al suelo y apuntó con su escopeta hacia la espesura. Oí un disparo que pasó muy cerca de mi cabeza, luego otro. Saqué una de mis pistolas. Vela me hizo un signo de negación con la cabeza.

—Muévete un poco hacia la izquierda —me ordenó.

—Si me muevo, me verá y me matará.

Joseph había llamado desde su casa a alguien en quien podía confiar, alguien que esperaba que le cubriese las espaldas en caso de que las cosas saliesen mal. Y esa persona no nos iba a dejar escapar con vida.

—Los disparos vienen de la derecha, Marina. La maleza y ese árbol le impiden tenerte a tiro, por eso no te ha acertado. Si te mueves un poco más a la izquierda, saldrás del todo de su campo de visión, pero lo intentará de nuevo. Ya ha disparado dos veces y tengo una idea aproximada de dónde está. A la tercera, creo que podré descubrirle y acabar con él.

—Solo te queda un cartucho. Y mi pistola no tiene alcance. Hay demasiada distancia.

—Pues razón de más para que te muevas rápido y con cuidado. En ese momento dispararé. No puedo fallar.

Así lo hicimos. He de reconocer que tuve miedo y no fui precisamente muy rápida. De nada me sirvieron mi formación como atleta o mi elasticidad. Parecía un caracol arrastrándome por la hierba, con el corazón martilleándome el pecho a mil por hora. Oí un disparo y una pequeña nube de tierra se levantó delante de mis ojos.

—Te tengo, cabrón —dijo Vela.

Y disparó a su vez. Oímos que un cuerpo caía pesadamente, no muy lejos, a unos veinte o treinta metros. Esperamos más de media hora pegados al suelo por si era una treta y quería que abandonásemos nuestra protección para matarnos. Finalmente nos incorporamos. Bueno, Vela me hizo un gesto y se levantó en primer lugar, tomó la escopeta de Lorenzo y avanzó como un soldado en cuclillas entre la espesura. Poco después me llamó a gritos.

—¡Ven aquí, Marina!

Me acerqué. Al principio caminaba arrastrando los pies y con cuidado, sin hacer ruido.

—No te preocupes —dijo Vela—. El muchacho está muerto.

Cuando llegué a una pequeña hondonada, lo vi y lo reconocí. Era Erich Stürmeyer, el hijo del soldado de la Wehrmacht que admiraba tanto al sádico torturador de la Gestapo.

—Maldita sea.

—Solo es un niño más que ha muerto por los ideales nacionalsocialistas —sentenció Vela—. Varios millones de jóvenes alemanes perdieron la vida en esa maldita guerra. No somos los únicos que sufrimos por culpa de esos dementes.

Regresamos a Francia de inmediato. No pasamos

por la tienda de deportes para robarle los negativos a Elsie. No los necesitábamos. Adolf Vela y Marina Elizegi desaparecerían para siempre. Nunca más se sabría de ellos.

Cuando el avión volaba sobre el cielo de París, comprendí que había sido la avaricia la que había acabado con la vida de nuestro enemigo, al igual que los ideales equivocados y el nacionalsocialismo habían acabado con la vida de Erich y tal vez también con la de Lorenzo.

—¿Qué tenía Lorenzo Nava contra Joseph? —le pregunté a Vela.

—Su nombre era Lorenzo Leone. No usó su apellido en nuestra misión por si lo reconocía ese nazi. Joseph fue enviado por la Gestapo a interrogar partisanos italianos al final de la guerra y mató a palos a su padre y a su madre: Corrado y Domenica Leone. Lorenzo se la tenía jurada. Le prometí que llevaríamos a juicio a su asesino. Pero cuando vio que podíamos fracasar...

—No me extraña que le costase controlarse. Deberías haberlo previsto.

—No se puede controlar todo, Marina.

Me pregunté si todo lo que hacíamos tenía sentido. Si debía seguir persiguiendo a esos monstruos que se escondían de la justicia. Me pregunté a cuántos más arrastrarían en su caída, a cuántos inocentes como Erich y Lorenzo vería morir en nombre de la justicia. ¿El precio de un hombre equivalía a la vida de otros dos hombres? ¿Cómo podía medirse el valor, el coste de atrapar a un nazi?

—Fue culpa de la avaricia —musité cuando el avión comenzó la maniobra de descenso.

Si no fuera por la avaricia Joseph seguiría vivo, también el muchacho, también nuestro amigo italiano. Pero la avaricia hacía tiempo que había anidado en su interior, era como un cáncer, como un animal salvaje que le hubiera atrapado con una gran dentellada y lo estuviese arrastrando a la oscuridad para devorarle.

La avaricia terminó de deshumanizar a un hombre que no era del todo humano. Lo arriesgó todo, su vida y la de otros, a cambio de una última posibilidad de triunfar en la vida. Y perdió.

Todos perdimos.

Familia (mayo-junio de 1950)

La sospecha también es como un cáncer. Se va expandiendo poco a poco, como un tumor que va creciendo hasta que no cabe nada más dentro de tu mente. Cada jornada crece un poco más, se transforma en alucinación y acabas viendo pruebas de tu sospecha en cada cosa que sucede, cada acto, cada silencio. Porque una vez que germina en tu pensamiento, nada ni nadie puede extirparla.

Creo que en el avión de vuelta a París ya comencé a desconfiar. Fue un gesto de Vela, un atisbo de duda, algo que se quedó en el aire.

Al cabo de los días la sospecha se hizo más fuerte, tanto que no me atrevía a expresarla en voz alta. Como ya he explicado, Vela era de alguna forma mi pareja, mi apoyo en tierra extranjera. A pesar de sus defectos y de que en el fondo no congeniábamos, él era la persona en la que más confiaba, mi familia lejos de la familia. Eso significaba mucho para mí. Era como ese hermano con el que nunca te has llevado bien pero que, a pesar de todo, sigue siendo tu hermano.

Pero todo eso había cambiado porque la sospecha me devoraba desde dentro. Recuerdo bien el momento exacto en que esta eclosionó. Fue en junio de 1950, apenas un mes después de nuestro regreso de la Patagonia.

—Lo planeaste todo, ¿verdad?

Estábamos comiendo en el salón. Hacía dos semanas que no nos daban ninguna misión, que no teníamos ningún nazi al que buscar. Nuestros superiores parecían distanciados, como si lo que hacíamos ya no tuviera importancia. Pero sí la tenía.

—No sé a qué te refieres.

Me pregunté si el asesinato de Joseph Ulbrecht Cruz sería mi último caso. Al fin y al cabo, hacía tiempo que barajaba la posibilidad de reunirme con mi familia. Tal vez fuera el momento de hacerlo.

—Me refiero a lo de Lorenzo.

—¿Qué pasa con Lorenzo? —repuso Vela fingiendo ignorancia—. Fue una pena que muriera, pero…

—No me refiero a su muerte. Me refiero a tu plan B, al desenlace que diseñaste por si Joseph se negaba a regresar a Europa. Pensaste que si las cosas no salían bien, Lorenzo tomaría cartas en el asunto. Sabías que estaba motivado, demasiado motivado, y que no permitiría que el asesino de su familia quedara impune.

Vela siguió comiendo en silencio. Restos de *aligot*, un puré de patatas con ajo y queso, brillaban en la comisura de sus labios. De pronto dejó el tenedor sobre el plato, se limpió y se recostó en su silla.

—Nunca tuve claro, y ahora tampoco, que pudiéramos convencer a ese nazi de viajar a España. Siempre pensé que era demasiado desconfiado, que por mucho oro o dinero que le ofreciésemos, al final no vendría.

Su tenedor lleno de puré de patatas se alzó de nuevo, pero no llegó a su boca.

—Así que diseñé el plan B al que te refieres. Me costó

mucho convencer a Lorenzo de que no matara al torturador de su familia nada más verlo, que no le disparase a la cabeza al llegar a Bahía López. Le aseguré, tal y como te he explicado, que lo llevaríamos a Europa, que pagaría por sus crímenes, que todo el mundo conocería la historia de ese maldito torturador. Le dije que eso haría justicia a sus padres, que era mucho mejor que verlo muerto. Pero ¿sabes qué, Marina?

—Dime.

—Que no lo era. Esos nazis merecen la muerte, no la prisión. No deberían salir al cabo de seis o diez años a la calle y seguir con su vida. Porque la mayoría no son ejecutados. Yo lo sabía. Lorenzo lo sabía. Y ambos sabíamos, supongo, que si Joseph no picaba el anzuelo y se lanzaba de cabeza, tal vez habría que matarlo.

—Comprendo. Así que lo planeaste todo, como yo sospechaba.

El tenedor cayó sonoramente en el plato con un sonido metálico.

—¡Y qué si lo planeé! Y qué si estaba harto de lamerle el culo a ese maldito nazi. Está mejor muerto que vivo.

—Nosotros no somos verdugos, no somos ejecutores.

—¿Recuerdas la primera vez que hablamos de cazar nazis, cuando te recluté? Te advertí que haríamos algo ilegal. Te dije que no mataríamos... a menos que no nos quedase más remedio.

—Pero no había habido muertes hasta ahora. Nos limitábamos a cazar nazis y llevarlos ante la justicia. Nada más.

Vela soltó una risita y sus labios se torcieron como de costumbre.

—La justicia. En los próximos años veremos cómo los últimos nazis capturados son puestos en libertad, que algunos casos son sobreseídos, que otros pasarán años y años escondidos y no daremos con ellos hasta que sean unos ancianos. Al final, un juez decidirá que son demasiado viejos para ir a prisión y los llevarán de la mano a un pisito en las afueras, sin poder salir de casa pero viviendo como reyes. —Soltó una carcajada—. La justicia, querida Marina, es meterles un tiro entre ceja y ceja. Si mi amigo Lorenzo no hubiese caído en combate, ahora mismo estaría con él bebiéndome una botella de champán y celebrándolo por todo lo alto.

No hablamos más aquella noche. Ni tampoco al día siguiente, ni al siguiente. Pensé en Lorenzo y en la forma en que había vengado a su familia. Pensé en Vela y en la forma en que me había traicionado a mí, que en cierto modo también era su familia. Una mañana, cuando regresó de desayunar con el periódico bajo el brazo, Vela se encontró sus maletas delante de la puerta.

—No quiero verte más —le dije—. No quiero trabajar con alguien en quien no puedo confiar.

No dijo nada. Asintió, cogió sus maletas y se marchó. Supongo que hacía días que sabía que todo acabaría así.

En cualquier caso, nuestra vida en común como cazanazis estaba condenada. De nada habría servido que nos hubiésemos reconciliado. Poco después nos desmovilizaron por segunda vez. Se había acabado mi segunda vida como espía. No diré que me entristeciera. Habría preferido un último caso para redimirme, uno sencillo, uno de esos que acaban con un viaje rápido, un pequeño engaño y un nazi metido en el maletero camino de París. Pero recordé todas las veces que lo habíamos hecho y sonreí para mis adentros. Mi misión, en su conjunto, había sido un éxito. Lo de Bariloche había que olvidarlo. Solo era un borrón en mi hoja de servicios, y en esa hoja de servicios seguía poniendo: «Agente con mucha antigüedad y servicios muy meritorios».

Entonces me pregunté qué iba a hacer con mi vida. ¿Me quedaba en mi pisito de París? ¿Me mudaba a otro lugar? Pensé en comprarme una mascota, en buscarme un trabajo, en iniciar una existencia y evolucionar, quién sabe hacia dónde o hacia qué.

No. Tenía que regresar a España. Desde mucho antes de viajar a la Patagonia tenía el pálpito de que mi familia me necesitaba.

Y regresó la sospecha, pero esta era distinta, más bien intuía que algo estaba a punto de suceder. Cuando la vida te ha dado un vuelco en varias ocasiones, cuando has pasado de ser niña a exiliada, de exiliada a hija de rojos, de hija de rojos a espía, de espía a perseguida por los fascistas, de perseguida por los fascistas a cazanazis, de cazanazis a desempleada... cuando tu vida se ha desintegrado y vuelto a reformular en un instante hasta en seis ocasiones, llega un punto en el que presientes los cambios, como si supieras que falta poco para la siguiente vuelta de tuerca y que, de nuevo, no está en tus manos decidir el camino.

Así que decidí no hacer nada en un par de días. Solo esperar a que sucediese algo. Tal vez estaba un poco loca después de todas las experiencias vividas y de verdad creía que podía anticipar el futuro.

Pero el futuro no se anticipa. El futuro es repetición. Lo que una vez ha sido, a menos que cortes todos los hilos con el pasado, terminará siendo. Y yo mantenía un delgado hilo con el pasado, solo uno, un número de teléfono por si había una emergencia, la única situación en la que mi familia podía llamarme. Se lo había dado a mi madre cuando nos vimos en Valladolid. No lo había utilizado desde entonces porque nos ponía en peligro a todos.

A la mañana siguiente sonó el teléfono. Era la voz de mi madre.

—¿Marina?

Mi voz reflejó miedo, espanto, duda.

—¿Qué pasa?

La voz de mi madre sonó fría, apenada, amargada más allá de la amargura. La sospecha había triunfado una vez más. La sospecha era real y yo estaba en lo cierto. Había llegado el momento de ser fuerte y derribar el siguiente obstáculo que me hubiera puesto la vida. Pero no estaba preparada para escuchar aquellas palabras:

—Tu padre ha tenido un derrame cerebral. Tienes que volver, Pipi. Por favor. Te necesito.

LIBRO CUARTO
Cuando fui una persona cualquiera
(1950-2011)

JUNIO DE 2011
La certeza

Mi relato por hoy ha tocado a su fin. Carol no pierde el tiempo, coge su libreta y se marcha.

—Hasta mañana. Tengo prisa —dice.

Pero yo sé que no quiere coincidir con mi próxima visita. Antes de comenzar a desgranar detalles de mi vida le anuncié que esperaba a alguien, que hoy no podríamos hablar hasta la tarde.

—Adiós, muchacha, seas quien seas —susurro cuando me quedo sola.

Vuelvo la cabeza hacia la calle. Me balanceo en la mecedora, su vaivén me transporta al pasado y de nuevo al presente. Veo pasar el tiempo, a los transeúntes con sus gestos acelerados, a los niños que entran o salen de la escuela y a la humanidad entera concentrada en aquel pequeño espacio de una calle cualquiera.

Me duermo. Cabeceo. Me despierto. Ha sonado el timbre. Deber ser él.

—¡Ya voy!

Camino por el pasillo. Me desperezo. Abro la puerta. Sí, es él.

—Hola, Vela.

Veo a un anciano con poco pelo, chaqueta azul de lana (ha sustituido su viejo gabán por aquella prenda, pero sin renunciar al color) y pantalones de tiro bajo. Podría ser un extraño pero su sonrisa torcida le delata.

—Hola, Marina. Mucho tiempo.

—Mucho, sí.

Tomamos asiento. Le sirvo un té. Nos miramos. Llevamos una eternidad sin vernos. Sesenta y un años. No somos los mismos.

—No esperaba que me llamases —comenta Vela—. No después de tanto tiempo.

—Pero no has dejado de escribirme. Aunque cambiase de domicilio, me mandabas una postal todos los años en Navidades. Supongo que habías anticipado que un reencuentro podía producirse, ¿no es cierto?

—Años atrás lo esperé. Tal vez incluso lo deseé. Pero ahora que soy un viejo, ya no esperaba nada.

Se respira algo en el aire: la tensión entre nosotros no ha desaparecido del todo.

—Las postales seguían llegando. Y dejabas debajo de la firma tu número de teléfono.

Vela tenía contactos y siempre supo cómo encontrarme. Al principio no entendía su obcecación. Luego comprendí que no tenía a nadie en el mundo más que a mí.

—La fuerza de la costumbre. Pero tú leíste ese número más de sesenta veces antes de decidirte a llamar.

—No te había necesitado hasta ahora.

Vela cruza las manos sobre el pecho.

—¿Estamos en deuda? ¿Es eso?

—Claro. Por eso me escribías, al menos en parte. Te sentías culpable por lo que hiciste. Tú me metiste en el asesinato de Joseph Ulbrecht Cruz.

—No tuviste nada que ver. Eso fue cosa mía. Eres completamente inocente. No hiciste nada ilegal y no sabías nada.

—Ya lo sé. Pero no tengo claro que los familiares de ese nazi estén de acuerdo.

Vela arruga la nariz, extrañado.

—¿Te busca la familia de ese cabrón de la Gestapo?

Entonces le hablo de Carol, de la muchacha que viene a visitarme todos los días. Sospecho que puede ser la nieta de nuestro antiguo enemigo.

—El nazi no tenía más familia que su esposa Elsie. Nunca hubo hijos.

—¿Y hermanos? ¿Primos?

—¿Familiares que esperan más de medio siglo para vengarse de dos carcamales? Poco probable.

Le expongo mis dudas sobre Carol: la conozco de algo, su rostro me es familiar y viene a verme en horario lectivo; por lo tanto, no va al colegio. Acabo de darme cuenta mirando por la ventana y viendo a los niños salir de clase poco después de que ella se marchase. ¿Y si no es una adolescente sino una mujer joven disfrazada de adolescente?

—Es un poco raro lo que cuentas, la verdad.

Le explico que necesito su ayuda para investigarla. Le pido que haga todo lo que esté en su mano para descubrir la verdad.

—Esa muchacha, Carol o como se llame, me hace sentir cómoda —añado—. Me ha sido fácil abrirme a ella y hablarle de mi pasado. Le he contado cosas de las que no hablo jamás.

—¿Crees que usa técnicas de interrogatorio? ¿Piensas que es una profesional?

Me encojo de hombros.

—No lo sé. No creo. Pero no tengo claro qué está pasando, por eso quiero que la investigues.

No sé gran cosa de ella. Solo que se llama Carol. Poco más. Le hago una descripción detallada. Vela toma nota mental de todo. Dice que aún tiene buena memoria y que pondrá las cosas en marcha.

—Al principio creí que Carol era la hija de mis vecinos. La vi un par de veces en el pasillo delante de su puerta. Pero tal vez estaba ahí vigilándome, no entrando ni saliendo del primero segunda. Ya no estoy segura de nada.

Vela apunta el número de la puerta. Investigará a mis vecinos. Hará lo que sea necesario para no estar en deuda conmigo.

—No te preocupes, Marina. Descubriré la verdad. Sigo bien conectado.

—Estaba segura de ello. Por eso me he decidido a llamarte.

Vela mira al suelo. Está pensando. Ha tenido una idea.

—¿Esa chica regresará mañana?

—Sí. Al menos eso ha dicho.

—Haré que alguien os vigile.

—Gracias. Me quedo más tranquila.

Terminadas las obligaciones, nos relajamos. Igual que entonces, cuando la misión toca a su fin, volvemos a ser personas normales. Le he dicho a Rosita que hoy no se pase a verme. Disponemos de tiempo. Durante horas conversamos sobre todo lo que hemos vivido desde la última vez que nos vimos. También hablamos de viejos amigos, de Jiménez, de Santos, de Jack López, y de cómo ha pasado el tiempo tan rápido, tan fugaz.

—Desde que dejé mi vida de cazanazis, he sido hija, esposa y madre. Todo muy banal. Hermoso pero banal.

Y al final me quedan las raíces, la familia y los hijos: la verdadera patria.

—Yo he viajado por todo el mundo. Mil aventuras como mercenario en África, Latinoamérica, Oriente Próximo y hasta en Europa, donde se libran otras guerras, sordas, escondidas, pero tan reales como las demás. Mi vida no cambió gran cosa cuando te fuiste. Nada fue banal. Pero tampoco hubo nada hermoso. Y al final me he quedado solo, sin raíces, sin familia, sin hijos y sin patria.

Nos miramos algo incómodos. Ambos deseamos durante un momento tener los recuerdos y la vida del otro. Pero solo dura un momento. Hemos recorrido un largo camino que llegó a su fin. Mirar atrás es negarse a uno mismo.

—Creo que debo marcharme, Marina. ¿Se te ocurre algún detalle más que pueda ayudarme en la investigación?

Niego con la cabeza. Vela se despide en la puerta, hasta donde hemos ido renqueando como los dos viejos que somos.

—Hasta pronto, Marina. No esperes otros sesenta años para llamarme. Ni siquiera cinco meses. Podría no haber nadie al otro lado de la línea.

—Te llamaré. Prometido.

Una puerta que se cierra. La tarde da paso a la noche. El último rayo de sol se transforma en una sombra que se alarga reptando por el suelo. La naturaleza sigue su curso, ajena al tedio infinito de seguir vivo. A veces, la existencia se hace tan abrumadora que el tictac del reloj es un mantra doloroso. Las horas se detienen, congeladas en un momento sin fin.

Me pregunto si el viejo amigo recobrado estará pensando también en lo difícil que es esto de existir cuando ya has vivido todo lo que necesitabas.

No, Vela nunca ha pensado en cosas así. Vela solo ha vivido el momento. Así es él. Tal vez sea una suerte.

Al día siguiente, cuando Carol regresa, aún estoy pensando en Vela. ¿Alguien habrá tomado fotos de la joven mientras subía las escaleras? ¿La reconocerán en alguna base de datos? ¿Lograré saber la verdad?

—Hoy voy a contarte el final de la historia, muchacha —anuncio, tal vez en un tono demasiado alto—. Estoy cansada de hablar. Hay que terminar con los recuerdos.

—Maravilloso —responde Carol, sonriendo de una forma un tanto forzada.

Ha llegado el momento de que todas las piezas encajen. También de que todos seamos sinceros.

—¿Sabes qué es lo peor de hacerse viejo, Carol? Porque puedo nombrarte muchas ventajas: eres más sabio, no te tomas las cosas tan a pecho, aprendes a reírte de ti misma y de tus defectos y un millón de cosas más. Pero hay una pega, nada en la vida es gratis. ¿Sabes cuál es?

—No. ¿Qué es lo peor de hacerse viejo?

Se me escapa un largo suspiro.

—La enfermedad.

1

Posguerra

Cuidadora (julio de 1950-1952)

La enfermedad no es una condición del cuerpo, es una etapa de la vida. Hablamos de una intrusa que modifica el ciclo natural de las cosas y suspende el fluir de las horas. Cuando aparece, altera nuestra narrativa vital. Infancia, adolescencia, madurez o senectud dejan de tener ese orden. Un niño enfermo deja de vivir su infancia para vivir su enfermedad. Y su narrativa vital se ve comprometida, en adelante será: enfermedad, adolescencia, madurez y senectud.

De la misma forma, un anciano, cuando enferma, ve arrebatados sus años dorados, el tiempo se detiene. Si vence a la enfermedad podrá retomar su vida; mientras tanto se halla en un estado temporal de detención, fragilidad y sufrimiento.

Siempre que pienso en la calle del Alcalde Sainz de Baranda, en Madrid, me viene a la memoria cómo la enfermedad detuvo la vida de mi padre y, de alguna forma, la del resto de la familia. Le había dicho a Vela que podía integrarme en la sociedad franquista, que podía tener un perfil bajo y pasar desapercibida. Pero eran solo palabras. A la hora de la verdad me vine abajo.

Nada me consolaba, porque mi forma de entender la vida había terminado. Ya no era una espía, ya no era una cazanazis. Era una persona común y corriente, y por entonces aún no sabía apreciar las ventajas de esa condición.

—Se te ve triste —me dijo una mañana mi padre.

Durante los años anteriores lo habían cuidado mi madre y mi hermana, pero Teresita acababa de tener su segundo hijo y apenas disponía de tiempo. El derrame cerebral de mi padre dictó sentencia: ahora me tocaba a mí cuidarlo.

Naturalmente, mi madre siempre estaba presente, yendo y viniendo, porque ya no era un topo. O no del todo. Casi podía caminar libremente, los tiempos habían cambiado y la persecución de los desafectos al régimen no era tan asfixiante. Aun así, yo pasé a ser la principal cuidadora de mi pobre padre, un remedo de sí mismo.

—Estoy bien, papá. Descansa.

Estaba acomodado en el salón mientras yo planchaba una montaña de ropa. Siempre he odiado planchar. Es la cosa más estúpida del mundo. Una pieza tras otra, tras otra y tras otra, destinadas a volver a arrugarse y a regresar a la montaña, como una versión moderna del mito de Sísifo.

—No estás bien. Te conozco, Marina.

Aquel hombre, que había sido para mí un gigante, un pozo de sabiduría, de fuerza y de determinación, se encontraba, con tan solo sesenta y tres años, tumbado en un sofá, semiparalizado y mirándome con ojos tristes. A menudo apenas podía hablar o farfullaba incoherencias. Aquel día estaba particularmente lúcido.

—Es esta situación, papá. Ya sabes que me cuesta estar parada.

Mi padre asintió. Él sabía lo que era estar parado, detenido, postergado, olvidado en una celda durante diez largos años.

—Te entiendo, Pipi. Es terrible que a uno no le dejen ser uno mismo. Parece una contradicción o un juego de palabras, pero no lo es.

Me sonrió. Y en ese instante supe que se iba a recuperar. Su mente comenzaba poco a poco a regresar del lugar oscuro donde la enfermedad la había conducido. Y, como siempre, él quería salir a la luz. Porque la luz es el lugar de las personas como nosotros.

—Las cosas mejorarán —dijo entonces mi padre—. Ya están mejorando.

Dejé de planchar, me volví y le dije lo que pensaba:

—Yo no veo la mejora por ningún lado.

—Tienes que mirar el vaso medio lleno, hija. Si no, te ahogarás.

—Lo intentaré, pero no es fácil.

—España está cambiando. Hay voces dentro del régimen que harán que evolucione.

Tras la caída del Tercer Reich, la situación de Franco era muy comprometida. No se permitió que España fuese miembro fundador de las Naciones Unidas y quedó aislada del mundo. Franco tuvo que hacer algunas concesiones. El saludo nacional, que era una copia exacta del saludo nazi, se había ido relajando, y se habían sumado otros pequeños gestos que buscaban ganarse el favor de las democracias.

—Supongo que hablas de la Universidad.

Porque mi padre nunca hablaba de la política internacional, pues sabía que era y siempre había sido un engaño. Las democracias occidentales, si realmente hubiesen estado molestas con el franquismo, habrían invadido el país. Lo de la expulsión de las Naciones Unidas, dejar a España aislada y forzarla a la autarquía, era solo un paripé. Seguían colaborando con la dictadura, y entregaban mucho dinero a cambio de intervenir las cuentas de algunas grandes corporaciones exnazis que quedaban aún en España. Además, la Guerra Fría entre el bloque capitalista y el bloque soviético fue una suerte para Franco. Nadie era más antisoviético que él, cosa que pronto aprovecharon los americanos para usar los puertos españoles. Poco después llegaron los primeros préstamos millonarios de Washington a Madrid.

No podíamos esperar, una vez más, nada del exterior. Pero dentro, aunque tímidos, se estaban produciendo algunos cambios. En la Universidad comenzaban a alzarse voces. Y eran tan fuertes que habían llegado hasta nosotros en nuestro pisito al lado del Retiro.

—Todo empieza con la educación, hija. Hasta el fascismo tiene que formar a sus profesionales. Y en el mismo proceso de recibir esa formación, cultivan sus mentes. Las mentes cultivadas, por mucho que se las adoctrine, se alejan inevitablemente del fascismo y de la dictadura. Poco a poco, todo cambiará. La gente comenzará a demandar libertad y ni siquiera Franco podrá frenar la voz del pueblo.

—Otra vez la utopía.

—Esta vez es de verdad. En la República cometimos el error de ir demasiado rápido. Pero ahora que por fuerza hay que ir despacio, los cambios serán definitivos, aunque yo no los vea.

—Claro que los verás.

Me dedicó una sonrisa benevolente y amorosa.

—No deberías mentir a un padre enfermo.

Me acerqué y le besé en la frente.

Él me cogió de la mano, la acarició y me dijo:

—Pipi, recuerda: el vaso siempre medio lleno.

Le hice caso y procuré ver el vaso medio lleno. Y poco a poco, la situación mejoró. Mi padre se puso en pie y dio algunos pequeños pasos, los primeros pasos de un bebé. Y ahí no acabaron las buenas noticias.

—Me han perdonado —dijo una mañana mi madre, exultante.

—¿Qué quiere decir eso?

—He dejado de ser un topo. De verdad. De forma definitiva. Todo eso se terminó. Ahora podré recibir la herencia de mis padres y nos compraremos este pisito o uno parecido, ya no tendremos que vivir de alquiler, y no andaremos tan apretados.

Nos abrazamos. Aquello lo cambiaba todo. Aunque los años de penuria y hambre extrema habían pasado, aún existían las cartillas de racionamiento. La desnutrición y la pobreza causaban estragos. Aquella herencia alteraba por completo nuestra situación. Dispondríamos de casa propia y algo de dinero, lo cual era fundamental en la España de los años cincuenta porque nadie comía como es debido. Todos necesitábamos del mercado negro y el estraperlo campaba a sus anchas. Si no tenías unas pocas pesetas extra, acababas pasándolo muy mal.

—¿Ves como hay que ver el vaso medio lleno? —me dijo una tarde mi padre mientras paseaba cogido de mi mano, aún tembloroso, camino del Museo del Prado.

—El vaso sigue medio vacío para casi todo el mundo. Nosotros hemos tenido un golpe de suerte, pero el resto de los españoles siguen igual.

—No solo es un golpe de suerte, hija. España debe abrirse para contentar a las democracias. No más presos políticos, no más españoles en los campos de concentración, no más topos. Y, además, rebelión en la Universidad. Todo esto forma parte de algo más amplio, de un futuro brillante que nos espera.

—La edad te ha vuelto aún más idealista, pero me gusta verte contento.

—Ya lo verás, no es solo idealismo.

Pero yo comparaba la España en la que vivía con la Francia de la que acababa de regresar. Eran dos universos distintos. En Francia había de todo en las tiendas, no solo libertad de movimiento o sencillamente LIBERTAD con mayúsculas. Allí eras una persona y en España eras un súbdito del Generalísimo.

—¿Qué harás cuando me haya recuperado del todo, cuando ya no necesite una enfermera tan guapa como tú?

Esbocé una sonrisa. Habíamos dejado atrás un par de cafés y estábamos atravesando una amplia avenida arbolada.

—Supongo que trabajar. Tengo que ganarme el pan, ¿no?

—Busca algo que te haga sentir realizada como persona.

—Como si eso fuese tan fácil. Si encuentro trabajo, ya puedo considerarme afortunada. No tengo formación ni estudios. Además, creo que será mejor que no diga en las entrevistas que he sido espía y cazanazis.

Mi padre miró a nuestro alrededor. Nadie había reparado en mis palabras.

—Ten cuidado con lo que dices. Ten cuidado con lo que cuentas, incluso a los amigos. Sobre todo a los amigos.

—Pero, papá, ¿acaso las cosas no están cambiando? ¿No decías que se está abriendo un futuro esperanzador en la España de Franco?

—No le des la vuelta a mis palabras. Esto sigue siendo un infierno y lo sabes. —Se aseguró de que no había nadie cerca que pudiera escucharnos—. Que quiera ver el vaso medio lleno no significa que no sea consciente de todo lo demás.

Y todo lo demás era la ausencia de partidos políticos y de sindicatos, la nula libertad de expresión y religiosa (a menos que fueses católico, apostólico y romano), la represión de los que eran diferentes o el adoctrinamiento en los valores fascistas, a todas horas, en la radio, en los púlpitos y hasta en las calles.

—¿Volvemos a casa? —propuse.

Él sonrió y me acarició una mejilla. El parque del Retiro quedaba a nuestra espalda. Ya teníamos al lado la majestuosa fachada neoclásica del Museo de Prado, pero aquel día no estábamos de humor para mirar cuadros.

—Venga, vamos, a ver quién llega antes —contestó mi padre y, liberándose de mi brazo, dio un pequeño salto e hizo ademán de comenzar una carrera.

—¡Papá!

Se detuvo en seco.

—Era una broma. Ni siquiera yo soy tan idealista. Pero si por un momento has creído que era capaz de echar a correr significa que estoy mucho mejor, ¿no es cierto?

—Sí, es cierto. Pero no vuelvas a darme un susto como ese. Promételo.

—Solo si tú prometes que intentarás buscar un trabajo que te haga sentir realizada. Y también un novio.

—No estoy yo para novios.

—Marina, tienes veintisiete años. Necesitas divertirte.

—Ya me divertiré.

—Hazlo ahora, por favor. Con alguien a quien querer es todo más divertido. Llevas demasiado tiempo luchando en guerras o cuidando de enfermos. Vive un poco.

Inspiré hondo. ¿Sería posible vivir un poco en la España franquista? Habría que intentarlo.

Volvimos a casa sin prisa. La enfermedad iba remitiendo, aquel compás de espera en el ciclo vital de mi padre llegaba a su fin. Infancia, adolescencia, madurez, enfermedad, y ahora tocaba senectud. Todos deseábamos verlo convertido en un viejo cascarrabias. Después de todo lo que había sufrido, se merecía encontrar la fortaleza para seguir adelante y vivir muchos años más.

—Te quiero, papá.

—Y yo más, Pipi. Yo mucho más.

Secretaria y aprendiza en el amor (1953-1954)

El primer amor debe vivirse en la adolescencia. Ese amor arrebatado, desenfrenado, que solo puede experimentarse cuando no eres lo bastante madura como para relativizar tus sentimientos, pasarlos por el tamiz de la lógica y desmenuzarlos hasta que solo quedan dudas y no emociones magníficas.

Yo sabía que había perdido algo irrecuperable, pero no estaba dispuesta a que eso me impidiese ser feliz, que la nostalgia de lo que nunca sucedió empañase mis relaciones futuras.

De cualquier forma, cuando vives tu primer amor más cerca de los treinta que de los veinte, las cosas no son iguales. Tu primer beso es frío, boca contra boca, saliva contra labios agrietados. Ves detalles que de joven no habrías advertido, porque para que las cosas sean mágicas debes creer en la magia. Y yo había dejado de creer hacía mucho.

Pero he de reconocer que tuve mis amores. No demasiado interesantes la mayoría, bastante banales los consideré ya en su momento. Hoy solo son sombras, rostros sin voz, historias que casi no merece la pena recordar.

Encontré trabajo en un colegio de sordomudos (una de las pocas cosas para las que podía documentar experiencia laboral, aunque fuese falsa), y en ese tiempo conocí a un chico que trabajaba en una fábrica de embotellado. Salimos unas cuantas veces. Besos desapasionados, una mano que repta aquí y allá, mucho hastío. Lo dejé al cabo de una semana.

Más tarde salí con un albañil. Apenas lo recuerdo, ni siquiera esforzándome consigo vislumbrar si alguna vez me besó, aunque supongo que sí. Tampoco me acuerdo de su nombre. Probablemente, meses después de haberlo conocido, ya lo había olvidado.

Comencé a trabajar de secretaria en una empresa que importaba y exportaba materiales eléctricos o algo parecido, nunca lo tuve claro (o bien no consigo hacer memoria). Mi jefe era un hombre mayor que solo pensaba en el dinero, un tipo muy religioso que siempre andaba por ahí entonando citas bíblicas. Uno de los transportistas era un chico guapo, ancho de espaldas, no demasiado alto. Nunca me han gustado los hombres muy altos, no me gusta que me miren desde arriba. Me haría feliz que todos los hombres fuesen más bajos que yo. No sé por qué he dicho esto. Tal vez porque lo pienso, tal vez porque ya por entonces lo que quería era un hombre que estuviese a mi lado, no por encima de mí. En cualquier caso, el transportista resultó ser un idiota que solo quería acostarse conmigo. Tenía mujer y un hijo en Sevilla, aparte de varias novias aquí y allá. Donde aparcaba su camión quería tener una mujer para aparcar otra cosa. Pero conmigo se equivocó. Fue el primer hombre al que abofeteé, y a veces pienso que abofeteé a muy pocos.

Ya por entonces me daba cuenta de que tenía problemas para adaptarme a la vida civil. No solo me seguía sentando con la espalda apoyada en la pared en los bares para ver si alguien entraba para matarme. No solo memorizaba las caras de las personas que me rodeaban por si alguna aparecía demasiadas veces. También memorizaba matrículas. Y cuando iba a un hotel, pedía una habitación en la primera planta para poder saltar por la ventana en caso de que viniese un nazi a buscarme o alguien a detenerme por la razón que fuese. No podía evitarlo.

El cuarto hombre con el que intimé me convenció para que lo acompañara a su casa. No sé si hubiera pasado algo. Probablemente no. Pero era una persona buena, sensible, que no se vanagloriaba de nada, y no hablaba de fútbol ni insultaba al equipo contrario. No me hacía sentir sometida. Tal vez por eso lo acompañé a su piso en la calle del General Sanjurjo, en Chamberí. El caso es que cuando entré, me dediqué a mirar dónde estaban los interruptores de todas las habitaciones.

Fernando, que así se llamaba, me preguntó qué hacía.

—Asegurarme de que puedo apagar la luz en caso de que alguien venga a por mí.

—¿Quién va a venir a por ti?

—Cualquiera. Un enemigo. ¿Quién sabe? Si sé dónde están los interruptores, puedo apagar la luz y escaparme por la ventana.

Me di cuenta de que Fernando pensaba que estaba hablando como una loca. Si mis frases se sacaban de contexto, parecía que había perdido la cabeza. Naturalmente, no le había explicado nada a Fernando de mi pasado como espía ni como cazanazis. Ni pensaba hacerlo. No era tan estúpida. Pero a veces, cuando estás en compañía de una persona en la que confías, hablas de más, hablas sin pensar, te relajas y dejas de llevar una máscara.

Y precisamente eso parecía la cara de Fernando en ese momento: una máscara. Me miraba con los ojos muy abiertos, como si le estuviera contando que era una extraterrestre recién llegada de Marte.

Tal vez lo era.

Así que tampoco pasó nada con Fernando. Ni siquiera lo besé. Estábamos tan incómodos que hablamos cinco minutos más y luego me marché con una excusa ridícula. A él le pareció una idea estupenda.

No volvimos a quedar.

Mi hermana vino de visita aquel mismo fin de semana. Tenía tres hijos ya por entonces. No había cambiado mucho desde que éramos niñas. Siempre se podía contar con ella, pero seguía siendo distante aunque afectuosa a su manera: de palabra, porque sus abrazos eran escasos.

—Deberías tener hijos. Son lo mejor del mundo —me dijo mientras sus retoños corrían por el pasillo con mi madre persiguiéndoles para que no rompiesen nada.

—Primero tendré que encontrar un marido.

—Eso no es difícil para las mujeres guapas como tú.

Respondí al piropo con un largo resoplido.

—Me refiero a un hombre que me interese. Alguien especial, no un patán como los que una se topa por la calle.

—¿Y cómo debe ser a tu juicio ese hombre especial?

Carlos, su marido, era empresario. Un buen hombre. Siempre me cayó bien. Pero no era el tipo de novio que yo buscaba. En realidad, no tenía ni idea de lo que buscaba.

—Cuando lo encuentre te diré: «¿Ves, Teresita? Así es como debía ser mi hombre soñado». Pero mientras tanto no puedo decírtelo porque no sé cómo será.

Mi hermana dejó escapar una risita.

—Al final darás con ese hombre. Siempre consigues lo que quieres, de una forma u otra. Dios te ayudará.

Aquella frase me hizo reflexionar. En primer lugar percibí que mi hermana me admiraba. Ella había llevado una vida de lo más normal mientras yo vivía grandes aventuras como las de los libros que leíamos de niñas. Por otro lado, el paso del tiempo, acaso esa misma normalidad, la había vuelto muy religiosa. La familia de su marido era muy beata, como media España. Y cuando regresaron de México se integraron en la sociedad franquista mucho mejor que yo.

—No tengo claro si Dios existe, Teresita. No nos han presentado.

—¡Ay, la Virgen! Marina, no se bromea con esas cosas.

—No bromeo, solo constato un hecho. No he visto nada en este mundo que me indique que existe Dios, ni el cielo, ni el infierno. Solo he visto que las acciones de los hombres pueden convertir este mundo en un cielo o en un infierno.

—Y cuando nos morimos, ¿nos morimos y ya está? ¿Desaparecemos? ¿Eso no te da miedo?

—¿Qué tiene de malo desaparecer? Debe ser como una siesta larga y muy placentera. Lo único que me da miedo es sufrir antes de desaparecer. Y el miedo no debería guiar nuestras creencias. Si creo en algo, no será nunca por temor a que no haya nada al otro lado.

Me vino a la cabeza la imagen recurrente de siempre, la del río de cadáveres con Felipe y Venancio al frente, luego la pequeña Lina y más tarde el resto de las personas que había visto perecer. Tuve un escalofrío. Por suerte mi hermana cambió de tema.

—No quiero hablar más de esto. Cómo eres, por Dios. Volvamos al tema de los novios. ¿Algún pretendiente? ¿Algo interesante a la vista?

—Nada, de momento —repuse.

—Pues haz que eso cambie —dijo mi hermana.

Y todo cambió cuando conocí a Javier. Nuestro primer encuentro fue en un bar donde yo iba a tomar café antes del trabajo. Parecía un ratón de biblioteca con aquellas gruesas gafas, se tropezó conmigo y cayó al suelo estrepitosamente. Lo vi tan perdido en aquella España de los años cincuenta como yo misma, o acaso más. Así que lo ayudé a levantarse y quise invitarle a tomar algo por las molestias. El que una mujer te invitara en aquel tiempo era algo completamente inusual y contrario a las buenas costumbres. Pero él aceptó y me di cuenta desde el principio de que no era un hombre al que le importaran las buenas costumbres. Creo que me enamoré casi de inmediato.

Javier era de buena familia, su padre tenía contactos en las altas esferas del régimen, y aunque él había salido algo raro, pues estaba más interesado en los libros que en los negocios, a veces íbamos a eventos sociales importantes. Recuerdo haberle acompañado a la ópera y a alguna recepción. Por mucho que despreciara a la mayoría de las personas con las que coincidíamos, lo cierto es que me entretenían y dejé a un lado algunas de mis ideas preconcebidas. Aprendí a ver el vaso medio lleno y a seguir los consejos de mi padre.

—¿Qué tal he estado, Marina? Quiero decir, ¿he estado bien? Prefiero una respuesta sincera, si no es mucha molestia —me preguntó Javier.

Estábamos en el Gran Hotel Reina Victoria. Yo acababa de perder la virginidad en uno de los sitios más lujosos de la ciudad. Me sentía contenta, satisfecha. Por un momento me pregunté cómo habría sido con Juanito. Algo mucho más ardiente, sin duda, exultante, ingenuo... Pero si te entregas a un hombre al que amas, el momento siempre es bueno, aunque sea tarde.

—Has estado muy bien.

Me di cuenta de que Javier necesitaba aprobación, que estar conectado al mundo real era importante para él. Era un hombre de libros y de conceptos, y cuando salía de su universo de abstracciones tenía miedo de estar fuera de lugar, de haber cometido un error, de que las abstracciones le empujaran lejos de ese mundo real que, aunque en raras ocasiones, pretendía transitar sin equivocación. Así que añadí:

—Incluso mejor de lo que esperaba.

Realmente había sido mucho mejor de lo esperado. Porque estaba convencida de que iba a ser un desastre. Y fue algo bonito, sencillo, verdadero. Los fuegos artificiales vendrían luego, con las repeticiones, con los orgasmos, con la complicidad. Poco a poco me fui enamorando más y más de Javier. Fue una cosa hermosa, tanto que me olvidé de si aquella primera vez había llegado demasiado tarde, si el primer beso debería haber sido de Juanito, si las cosas hubieran sido distintas. Porque tal y como eran ya me complacían. Y el vaso comenzaba a estar lleno, al menos a tres cuartos de su volumen. Lo cual no era mala cosa.

Tratando de que ese vaso se llenase algo más, quise que mi vida diera un paso hacia adelante. Me negaba a ser una sencilla secretaria y alguien anónimo en una sociedad pensada para que todos fuéramos anónimos. Así que comencé a elaborar pasquines de forma clandestina y a repartirlos en la Universidad, el único lugar donde podía encontrar a otros desafectos. Organicé incluso un par de pequeñas huelgas para protestar por una cosa u otra. El motivo era lo de menos, la razón verdadera era avanzar hacia esa libertad futura que algunos veíamos en lontananza, aunque por desgracia apenas se divisaba.

Me arrestaron dos veces y me interrogaron otras tantas. En algunos círculos comencé a ser conocida, y también tolerada a causa de un hecho casual e inesperado.

Estaba con Javier en una fiesta que habían organizado en Chicote, el local de moda y más exclusivo de Madrid.

—He oído que han vuelto a detenerte —me dijo un tipo delgado, sonriente y vestido de etiqueta.

Achiqué los ojos como tratando de recordar su cara. ¿Lo conocía? Solo de vista, de verlo hablar con Javier, nada más. Fue precisamente él quien vino en mi ayuda.

—Es Juan, un amigo. Coincidimos en la universidad. Lo acaban de nombrar director general de la Policía.

—Ah... —murmuré, incapaz de decir nada más.

—Procura no hacer ninguna locura demasiado gorda —me aconsejó Juan de buenas a primeras—. No vale la pena.

—Sí vale la pena —repuse.

Negó con la cabeza. Detrás de él me pareció ver pasar a Ava Gardner. No pude concentrarme en la famosa actriz de Hollywood porque Juan añadió:

—Las cosas terminarán cambiando y caerán por su propio peso. Pero unos pasquines y un poco de ruido en las calles no marcarán la diferencia.

—Eso dices tú, que para eso eres policía. Pero un poco de ruido genera más ruido, y más tarde…

—Mucho, mucho más tarde veremos los efectos de ese ruido —me interrumpió él—. Entretanto, que el ruido no sea excesivo y que tu rostro no sea el que otros señalen. Lo digo por tu bien.

Bajé la cabeza. Nunca he necesitado que me digan las cosas dos veces.

—Entiendo.

Un rato después, sorprendí al flamante director general de la Policía hablando con mi novio. Se hallaban junto a la barra donde el mismísimo Pedro Chicote, impecable con su uniforme blanco, servía sus famosos cócteles.

—Esa chica te dará problemas. Está metida en muchos líos —oí que decía Juan.

Javier miró a su alrededor, donde se apretujaban famosos, futbolistas, actores y gente de la alta sociedad.

—Son pequeñeces. Distracciones que Marina organiza para tener la sensación de que está haciendo algo útil. Y lo está haciendo, aunque a pequeña escala. Siempre a pequeña escala, Juan, no te preocupes. Nadie puede hacerlo a gran escala y todos somos conscientes.

—La conoces desde hace poco tiempo. No sabes quién es, Javier.

—Oh, sí que lo sé. Eres tú el que no sabe nada de la historia de su vida…

La conversación se quedó ahí. Advirtieron mi presencia a su espalda y se pusieron a hablar de fútbol. Le guiñé un ojo a Javier. Fue la primera persona a la que le hablé de mi vida de espía, de los cadáveres en mis sueños, de Felipe, Venancio, Juanito, Lina y Santos. También le hablé de lo que es perseguir nazis y luchar en una guerra que nunca se acaba. Hasta que regresé a España y fue como si nunca hubiese formado parte de algo mayor, de algo importante.

—Ay, no... no me lo puedo creer —gemí desconcertada.

Al volverme, vi a un invitado al que no esperaba encontrar en la fiesta. Estaba más gordo y su gesto adusto se había convertido en un gesto de auténtica mala leche. Pero seguía siendo el mismo hombre. Sostenía una copa en la mano y sonreía. Era el comandante (ahora general) Clavijo.

—Vámonos, Javier. No me encuentro bien.

Una vez en nuestro coche, mi novio se dio cuenta de que estaba callada. Pensó que era a causa del director general de la Policía.

—No tienes nada que temer. Juan nos echará una mano en caso de que alguna vez las cosas se compliquen. Solo tienes que tener cuidado...

—No es eso. Es otra cosa, alguien de mi pasado.

—¿Lo has visto en la fiesta?

—Sí, pero no quiero hablar de ello.

Ni siquiera a Javier le había hablado de la muerte de Roderick, de aquel asesino que había estrangulado a mi amigo. Sabía que había ascendido en la cúpula militar y que era alguien importante, pero no esperaba volver a verlo jamás ni tener que revivir aquella escena dentro de mi cabeza.

—Muchos fascistas han quedado impunes —añadí—. Nadie los va a perseguir hasta que llegue la democracia. Han vencido.

—¿Y ahora te enteras de que han vencido? Lo hicieron en el treinta y nueve.

Me quedé en silencio. Tenía razón. Debía aprender a olvidar. Pero no era fácil sacarse de la mente aquel crimen. Me vinieron arcadas al recordar el gesto de Roderick, los gemidos guturales que precedieron a su muerte.

—Un día se sabrá la verdad. Y cierta gente acabará en la cárcel. Tal vez se necesiten treinta años para que España cambie... pero acabarán pagando.

Javier aparcó enfrente de la casa de mis padres. Por entonces él y yo ya vivíamos juntos. Acabábamos de mudarnos a poca distancia, también en la zona del Retiro. Así que no me costaba nada visitar a mis padres todos los días.

—La noche ha sido muy larga —dijo Javier—. Ya los verás mañana.

—Solo será un ratito, media hora a lo sumo. Me gusta verlos antes de irme a dormir. Me quedo más tranquila.

Salí del vehículo y llamé al timbre. Nada. Me alejé unos pasos para ver mejor la fachada de ladrillo visto y las ventanas. No había luz. Me extrañó, mi madre solía visitar a mi hermana y a mis sobrinos en Moratalaz y a veces volvía tarde. Pero mi padre debería llevar un rato ya en casa.

Por el rabillo del ojo, percibí el gentío que se arremolinaba en torno a un autobús parado en medio de calle. Era el que cogía mi padre cuando paseaba por el centro y se sentía demasiado cansado para volver a pie. Llevaba unos días mirando oficinas vacías porque quería volver a ejercer como abogado. Todos creíamos que era demasiado pronto. Aunque habían pasado más de tres años desde su derrame, aún estaba débil. Y vaya si lo estaba.

—Un caballero se ha desmayado. Ya viene la ambulancia —me informó el conductor del autobús ante mi mirada inquisitiva.

Intenté asomarme.

—No puede pasar —me advirtió.

Entonces tuve una intuición. La misma que me había salvado el pellejo alguna vez, la intuición del soldado, la del espía, la del superviviente. La del que sabe que ha pasado o está a punto de pasar algo terrible. Así que le di un empellón y subí corriendo las escalerillas del autobús.

—Señorita, baje enseguida o llamaré...

Se calló cuando me vio de rodillas cogiendo la cabeza de Francisco Vega entre mis manos. Besé su frente.

—¡Papá! ¡Papá!

Mi padre murió el 15 de enero 1954. Tenía sesenta y seis años. Fue terrible, descorazonador, sobre todo porque sabíamos que, aunque había muerto en una calle de Madrid, quienes lo mataron fueron los fascistas. Ellos le quitaron su trabajo, sus bienes, el respeto de los demás y lo metieron en un campo de concentración primero y en una cárcel después. En aquellas condiciones terribles e inhumanas, su cuerpo y su alma se fueron apagando. Nunca se recuperó del todo.

Por suerte, yo tenía entonces una mano amiga para consolarme. Cuando llegó la ambulancia y se llevó el cadáver, Javier me abrazó, me dijo cuánto me quería y cuánto lo sentía. Me acompañó a avisar a mi familia, consoló a mi madre, nos ayudó a organizar el entierro y todo fue más fácil porque él estaba a mi lado.

Y es que el amor, un buen hombre, una buena pareja, alguien en quien confiar, es algo fundamental en esta vida. Una nunca está sola cuando tiene a la persona adecuada. Porque tal vez el amor adulto no sea tan arrebatado como el adolescente, pero es una conexión más fuerte, sólida y serena. Sus cimientos son la madurez, la responsabilidad y el compromiso. Y yo me sentía agradecida de haberlo encontrado.

Comprendí que los hados, por una vez, me habían sonreído y que mi padre había aguantado vivo para ayudarme a completar mi madurez, para alejar de su niña el fantasma de otra depresión y verla comenzar una nueva vida.

Gracias, papá.

2

Aires de cambio

Esposa y activista (1955-1966)

La paz también es como un río. Tardé en entenderlo. Cuando la paz es demasiado larga, el río se detiene poco a poco, se desliza entre marismas y meandros, curvándose, perdiendo fuerza a cada giro. Las cosas suceden a menor velocidad y tienes la sensación de que todo se ha parado de verdad, de que nada puede cambiar porque las cosas están condenadas a ser iguales para siempre.

Cuando una dictadura está en paz con sus vecinos, nada se mueve, el agua se estanca y huele a podredumbre. Pero yo no iba a permitirlo, no quería que Franco durase para siempre, que el río se detuviese y que su rostro abotargado fuera lo único que reflejaran las aguas.

Porque el Generalísimo, luego de ganar la guerra, pretendía ganar la paz. Y no lo estaba haciendo nada mal.

—Primero consiguió que la ONU suspendiera las sanciones a España. Y ahora la ONU reconoce al último dictador fascista y a su país de confesionario y pandereta como miembro de pleno derecho. ¿Crees que es justo? —le dije una mañana a Javier mientras preparaba mi famoso guiso de ternera cántabra, una receta heredada de mi madre.

—Era de esperar —me respondió en tono pacificador, siempre tratando de rebajar mi indignación—. España forma parte del mundo y, al final, el mundo tiene que aceptarnos como somos y tolerarnos. Al menos un poquito.

—Los españoles no somos como esos fascistas que nos gobiernan.

—No, claro.

—¿Me estás dando la razón?

—Para nada.

—No hablaré más contigo de este tema si me das la razón como a los tontos.

—No lo haré más.

Solté un chillido.

—¡Me estás dando la razón otra vez!

—Perdona. No te enfades.

No estaba realmente enfadada. Lo cierto era que las cosas, poco a poco, iban mejorando en España. Debido a la tolerancia internacional y a que nunca nos hubiesen invadido para recuperar la democracia en nuestro país, España se iba reconstruyendo. Como nuestros vecinos habían mejorado mucho tras la Segunda Guerra Mundial, nosotros recogíamos las migajas del crecimiento y la recuperación europeos. De esta forma, se acabó el racionamiento, varias bases americanas se instalaron en España y, con ellas, llegaron las primeras divisas en dólares. Aquel asunto de las divisas hizo reflexionar a Franco y a los amigos del régimen. Se dieron cuenta de que ahí estaba la clave de todo el asunto. Así que cambiaron la legislación para que pudiese haber inversiones extranjeras. Se acabaron la autarquía absoluta y el hambre con la llegada del turismo. Incluso hubo un *boom* económico. Los españoles mejoraban y todos pensaban que era gracias a Franco. Eso sí que me enfadaba y hasta me enfurecía, no el que Javier me diera la razón en todo.

—¿No ven esos idiotas que si fuésemos una democracia ya hace tiempo que viviríamos como reyes? ¡Basta de toros, de fútbol y de todo ese opio del pueblo! ¿Por qué no despiertan? —repetía una y otra vez mientras contemplaba mi guiso, que burbujeaba ajeno a las mentiras que mis compatriotas parecían dispuestos a creer.

Por suerte, la apertura económica tuvo consecuencias inesperadas para los fascistas. Los españoles empezaron a tratar con los turistas que venían con divisas extranjeras, pero también con mucha más libertad. Adoptaron costumbres nuevas y modernas, se les ampliaron los horizontes. Los enemigos internos comenzaron a florecer. Ya no solo eran los universitarios, también gente común e incluso sectores de la Iglesia, que hasta entonces había sido el más firme apoyo del régimen. El pueblo ya no solo pedía una transformación, sino también libertad sindical y la llegada de nuevos partidos políticos.

—El domingo que viene vamos a organizar otra huelga —le dije una mañana a Javier.

Acababa de recibir una carta de Vela. Aunque había pasado más de una década desde la última vez que nos vimos, seguía mandándome una felicitación por Navidad. Me llegaban desde sitios remotos, como Vietnam, Egipto o Cuba. Siempre que recibía una, me enfadaba un poquito conmigo misma por no seguir luchando como él a lo largo y ancho del mundo, corriendo mil aventuras. Estaba harta de mantener un perfil bajo y no llamar demasiado la atención. Para compensar esa sensación, me implicaba todavía más en huelgas, sentadas y pequeños gestos revolucionarios. A veces no me fijaba si el momento o el lugar eran los adecuados.

—El domingo nos casamos, Marina.

Se me había olvidado, pero mentí:

—Ya lo sé. Antes de la ceremonia me reuniré con los compañeros y prepararemos una protes...

—Por favor. ¿Y si te detienen? ¿Y si llegas tarde? ¿Y si pasa cualquier cosa?

Me acerqué y lo besé en la frente. Era un bendito. Yo sabía lo difícil que era para él lidiar con algunas partes de mi personalidad. Pero creo que en el fondo me amaba por eso, porque él no era un rebelde y necesitaba una mujer que equilibrase su vida, un tanto insulsa y rutinaria. A menudo nos enamoramos de nuestro contrario o de alguien que, no siendo todo lo contrario, complementa nuestra personalidad.

—La boda será perfecta. Te lo prometo.

—No puedes prometérmelo. No lo sabes.

—Sí lo sé. Nos queremos tanto que nada puede salir mal.

Era la explicación más penosa que se me pudo ocurrir, pero Javier dio su brazo a torcer. Porque sabía que no podía cambiarme, que acudiría adonde fuera para seguir luchando contra Franco en la medida de mis fuerzas. Se trataba de una contribución diminuta, sin duda, pero era cuanto podía aportar a mi país y a la revolución de las izquierdas. Así que seguiría haciéndolo le pesara a quien le pesase.

La boda fue un éxito, por supuesto. Llegué a tiempo, al menos aquel día, y Javier respiró tranquilo. Nuestra situación no era precisamente boyante a pesar de los amigos y los contactos de su familia. No podíamos permitirnos pagar dos bodas. Mi flamante esposo siempre se preocupó de adquirir cultura, no prestigio; hacía años que trabajaba en la Universidad como ayudante de investigación, uno de los puestos peor pagados. De hecho, aquellas tareas solían realizarlas recién graduados o estudiantes de doctorado. Pero él nunca aspiró a más. Quería tener tiempo para estudiar antropología, que era su pasión. Leía y leía pero no escribía monografías ni ensayos sobre lo aprendido. Acumulaba conocimiento solo por el placer de atesorarlo en su mente.

Siempre me extrañó que alguien que encajaba tan mal en la sociedad se dedicase a estudiar otras sociedades en los libros de antropología.

—¿Qué es exactamente la antropología? —le pregunté una vez, después de ojear uno de aquellos volúmenes y no entender gran cosa.

—Nadie lo sabe. Por eso me fascina. —Él sí que lo sabía, pero no quería aburrirme. Luego me miró con ternura y añadió—: Estudiar otras sociedades me ayuda a lidiar con mi incapacidad para encajar en esta. Me complementa, como haces tú.

Yo me coloqué encima de él. Le besé con ternura.

—Dime más cosas románticas y un poco eruditas. Eso me excita.

—A sus órdenes.

Y nos complementamos toda la noche.

Nueve meses después nació nuestra hija. Decidí que se llamaría Nefer.

—¿Qué demonios significa Nefer? —me preguntó Javier.

—En realidad quería llamarla Neferure: «Hermosa como la luz del sol». Pero me parece un poco largo, así que lo dejaremos en Nefer: «La Hermosa».

Javier abrió mucho los ojos. Parecía que uno de ellos quería saltar de su órbita.

—¿Y eso qué lengua es?

—Egipcio antiguo. Cogí uno de tus libros y me gustó. La culpa es tuya.

—¿Cómo puede ser culpa mía?

—Siempre hay pilas de libros por el suelo. Tienes demasiados y muchos no los has leído aún. Los ordené un día y, por casualidad, di con uno que me interesó. Ahora me ha dado por leer historia, he aprendido mucho y no quiero que mi hija se llame Dolores, Concepción, Encarnación o María. Todos esos nombres cristianos apestan.

—Encarnación es bonito, ¿no?

—Supongo que lo dices en broma. Si quieres podemos llamarla Ermengarda, como la santa.

—Yo espero que seas tú la que habla en broma con eso de Nefer.

Mi hija acabó llamándose así. Aunque en el Registro Civil nos encontramos con un funcionario escrupuloso que no aceptaba nombres que no fuesen católicos. Al final, tras muchos regateos y algún grito por mi parte, en la partida de nacimiento acabó figurando «Laura Nefer».

Poco a poco la familia fue acostumbrándose a aquel extraño nombre egipcio. Ayudó que Nefertiti estuviera de moda por las famosas excavaciones en Amarna y por el descubrimiento de la tumba de Tutankamón. Aunque hacía décadas de aquello, seguía fascinando a la población de medio mundo. Siempre que alguien me preguntaba por el nombre, le decía que Nefertiti significaba «La hermosa ha llegado» y que Nefer era simplemente «La Hermosa». Al final, aquel fue el apodo familiar que acabó teniendo mi hija, y había quien la llamaba sencillamente «Hermosa». Eso acabó demostrando que la fuerza de la costumbre es la mayor de todas las fuerzas. Llegó el día en que Nefer o «Hermosa» les parecía a todos tan natural como si se llamase María.

Y llegó también el día en que la niña se hizo mayor y dijo que ni Nefer ni Hermosa. Que ella se llamaba Laura. Después de todo, de nada sirvieron mis esfuerzos. Una lección que no debería haber olvidado.

Porque mis esfuerzos por transformar la España de Franco también caían en saco roto. Nos habíamos acostumbrado a aquel enano de voz aflautada que hacía aspavientos en la plaza de Oriente. Nos habíamos acostumbrado a parecer súbditos y no ciudadanos, a un monumento como el Valle de los Caídos, que era una fosa de cadáveres republicanos, y a no ser un país democrático. Nadie levantaba la voz.

—No soy como el resto —le dije una noche a mi madre.

—Vaya sorpresa, hija.

Estábamos en su piso de la calle del Alcalde Sainz de Baranda. No había cambiado nada en años. Seguía igual, parado en el tiempo. El mismo suelo de mosaico, las mismas molduras de escayola en el techo y el mismo papel pintado con motivos geométricos.

—No seas irónica.

—No soy irónica. Nunca has sido como el resto. Yo lo sé. Tu hermana, que está a punto de llegar, también lo sabe. Parece que la única que lo pone en duda eres tú.

—Es que querría hacer algo más, luchar de forma más efectiva contra Franco y sus acólitos. Como no lo consigo, tengo siempre la sensación de que no he hecho lo suficiente y de que, como el resto, me he acomodado.

Mi madre se ajustó la manga derecha del jersey.

—Pipi, tú has hecho más que nadie —dijo—. Has hecho cosas que la mayoría de nuestros vecinos no se creerían. ¿Por qué no estás satisfecha? ¿Por qué crees que debes seguir luchando? Deja la lucha para los jóvenes. Tú ya hiciste tu parte. Y con creces.

Solté un gruñido.

—Una vez, al principio de la Guerra Civil, le pregunté a papá por qué luchaba.

Aquel giro de la conversación le pareció más interesante. Se le erizó la piel.

—¿Qué te dijo?

Se le había acelerado el pulso, como siempre que alguien hablaba de su querido Francisco.

—Me dijo que luchaba para vivir el momento, para vivir la utopía, el sueño de un mundo mejor. La revolución es real, me aseguró, lo que no es real es la victoria. Y años más tarde me explicó que no podría vivir después de haber rehuido la lucha, de haberse convertido en un cobarde.

—Muy de tu padre, sí —repuso mirando el papel pintado, al borde del llanto.

—Yo voy a seguir luchando porque tampoco soy una cobarde y porque esta vez la victoria será real —dije entonces—. Papá me lo aseguró. Y es lo que creo. Costará mucho, pero veré con mis ojos la llegada de la democracia y la muerte de Franco.

Mi madre comprendió por fin y no opinó más sobre mis asuntos. Volvió a mirar el papel pintado y se puso a hablar de mi padre hasta que llegó mi hermana y salimos a cenar. Celebrábamos que estaba embarazada de nuevo. Su cuarto hijo.

En los años posteriores, continué ayudando en la reconstrucción de los partidos políticos de izquierdas, organizando huelgas, imprimiendo y lanzando pasquines revolucionarios. Me detuvieron varias veces y me llevé un par de bofetadas de un cabo de la Policía Armada, los famosos grises, que repartían porrazos a diestro y siniestro a todos los que levantaban la voz.

Pero Javier aún tenía amigos que me sacaban de apuros y yo procuraba no pasarme de la raya. No iba a ganar nada excediéndome, porque España no cambiaría de la noche a la mañana aunque yo fuese más lejos y porque tenía una familia esperándome en casa. Entendí que muchos españoles hacían lo mismo que yo: pensar en su familia y no en ser libres.

La vida, en ocasiones, es un asco. Ser una hormiga que se enfrenta a un gigante sentado en el Palacio de El Pardo aún da más asco. Y por eso el vaso no terminaba de llenarse del todo.

Había algo, eso sí, que compensaba cualquier pequeña derrota. Era mi dulce Nefer, que iba creciendo y cada día era más «hermosa» y más perfecta. Cuando la veía corretear por el pasillo e intentar alcanzarme con sus manitas, me daba cuenta de que no tenía nada que envidiar a Vela y sus aventuras. Porque hay otras cosas importantes en la vida, cosas que justifican tu existencia, cosas que Vela jamás conocería. Y eso me consolaba. Aunque no del todo.

Así que redoblé mi activismo. Aparte de colaborar en la reconstrucción del Partido Socialista, trabajaba en dos grupos de acción antifranquista, uno en Madrid y otro en las afueras. También ayudaba a los estudiantes que eran perseguidos por sus actividades ilícitas y daba apoyo a las huelgas mineras en Asturias. A mediados de los años sesenta comencé a dar refugio en mi casa a perseguidos por la justicia o, para ser exactos, por la injusticia franquista, por los grises y sus porras, por la Brigada Político-Social y el Tribunal de Orden Público.

—Nos estás poniendo en peligro, Marina —me dijo una tarde Javier mientras Nefer dibujaba osos y lobos en el salón. No sé por qué, pero le encantaban los osos y los lobos. Siempre estaba con sus lápices de colores dibujando montañas para cobijar a esos animales que representaba sin descanso.

—No puedo permitir que capturen al camarada Ferrán y lo manden a la cárcel concordataria de Zamora.

Allí es donde enviaban a los sacerdotes que se atrevían a poner en duda la legitimidad del régimen. La cárcel concordataria era un pabellón de la cárcel de Zamora donde, aislados del resto de los presos, los miembros díscolos del clero eran olvidados por Dios y por los hombres.

—Marina, sabes que asumimos demasiados riesgos y...

—Javier, soy como soy. Eras consciente antes de casarnos. Además, nuestras almas están a salvo porque el camarada Ferrán no es un sindicalista, ni un minero, ni un estudiante universitario.

—Entonces, ¿qué es?

Como muchos españoles, mi marido no había oído hablar de la cárcel concordataria de Zamora.

—Es un cura. Lo persiguen por hacer homilías contra Franco y contra los fascistas.

Parpadeó un par de veces, atónito. Se dio cuenta de que no solo yo no podía cambiar, sino que el mundo cambiaba a nuestro alrededor. Si hasta los curas eran perseguidos y encarcelados, eso indicaba que realmente una revolución era posible.

—Mira, mamá. Mira lo que he dibujado.

Nefer nos enseñó una hoja en la que cinco osos y tres lobos (o algo que se les parecía) huían a través de las montañas. En medio de todos ellos, como una especie de guía, había un hombre con una sotana y los brazos en alto. La niña había visto llegar a Ferrán por la mañana, antes de que su padre volviese del trabajo.

—Un dibujo precioso, Hermosa —dijo Javier.

—Los lobos malos le persiguen, pero él escapa porque le ayudan los osos buenos —nos explicó Nefer.

Los niños no son tontos. Escuchan conversaciones, ven gestos y los reconstruyen dentro de su cabeza desde la porción de realidad que son capaces de entender. Los niños dibujan metáforas y alegorías sin saber lo que son las metáforas ni las alegorías.

—Es el dibujo más bonito que has hecho nunca —dije yo—. Creo que lo voy a colgar en la nevera.

Javier estuvo de acuerdo. También Ferrán, que compareció en ese momento desde la habitación de invitados.

Una hora después nos sentamos a cenar y el sacerdote pidió bendecir la mesa.

—Nunca hemos bendecido la mesa —le informé.

—Nunca es demasiado tarde para comenzar un buen hábito.

—No estoy tan segura de que lo sea.

—Daño no hará.

Me encogí de hombros y le dejé hacer porque su presencia en mi casa era la demostración palpable de que el río se estaba transformando.

Tal vez la «*pax* franquista» fuese como un río, pero aquel maldito torrente de banalidades se le iba a atragantar a más de uno. Las cosas llevaban inmóviles demasiado tiempo y la gente se había cansado de ver correr las aguas tan serenas.

Como ya he dicho antes, cuando una dictadura está en paz con sus vecinos, nada se mueve y el río se estanca. Pero ya no me sentía sola, muchos estaban hartos de aquel río tan pacífico. Había llegado la hora de que estallase una pequeña guerra, una pequeña conmoción que sacara a los fascistas de sus madrigueras.

Tal vez no fuera aún el momento de conseguirlo, pero sí de intentarlo.

Y cuando fracasásemos, lo intentaríamos otra vez.

Carrero Blanco (1967-1973)

A veces reflexiono sobre la inocencia y la forma en que esta se pierde. Porque supongo que ser de izquierdas es, de algún modo, ser un poco inocente, hacer oídos sordos a que los banqueros dominan el mundo, hacer oídos sordos a que el poder es siempre de derechas, hacer oídos sordos a ese mundo que funciona de una manera artera y falaz, y es un proceso irreversible. Al ser de izquierdas, soñamos con un mundo mejor, con un mundo más justo, con un mundo donde necesariamente las cosas no sean como nos dicen que deben ser. Pero nos engañamos, hacemos metáforas sobre ríos que llevan cadáveres, sueños, almas que una vez fueron hombres. Y nos creemos mejores por ello. Y qué demonios... ¡somos mejores! Pero también inevitablemente más inocentes.

A lo largo de los años, y a pesar de los sinsabores, había mantenido la inocencia, vivía activamente mi fantasía al mismo tiempo que tenía una vida en el mundo real junto a Javier, Nefer y el resto de mi familia, aquellos que me querían de verdad. Era una burbuja de felicidad, de normalidad y de hermosa vida doméstica.

Por aquel tiempo ingresé en una logia masónica de Madrid. No contaré nada al respecto, solo que fue otro sueño cumplido. Siempre quise conocer aquel mundo secreto que tanto había fascinado a mi padre. Heredé su nombre simbólico: él era Adamastor y yo Adamastora. Y pasé a formar parte de una sociedad que rinde culto a la hermandad, al conocimiento y la trascendencia.

Me sentía completa y realizada. Una vez más, era demasiado inocente y confiada. Porque el mundo real, con sus imperfecciones y sus espinas, tiene siempre la última palabra.

Así, el 20 de diciembre de 1973 se quebró mi inocencia. Fue un día que basculó entre la alegría y la desgracia más absoluta, de una forma tan abrupta que siempre lo recordaré como uno de los más extraños y terribles de mi existencia.

Cuando mi hija volvió del instituto, discutimos un poco:

—No quiero llamarme Nefer. Mis amigos se ríen de mí. A partir de ahora me llamo Laura —dijo la niña, que ya no era tan niña pues tenía quince años.

Recordé con tristeza que hasta hacía poco se pasaba el día dibujando animales. Pero ahora pasaba poco tiempo en casa y tenía novio.

—Laura es un nombre que me vi obligada a poner en tu partida de nacimiento por culpa de un idiota del Registro Civil. Es el nombre de una tía abuela de tu padre. Ella es Laura. Tú eres Nefer.

—Pero en mi partida de nacimiento pone «Laura Nefer» —insistió, testaruda.

—Te acabo de explicar por qué. Y no deberías escuchar a unos críos. Ellos no tienen ni idea de que es un nombre precioso y...

Nefer (o Laura) se dio la vuelta y sus largos cabellos rizados se movieron rápidos como un látigo.

—Me da igual. Si pone «Laura», legalmente estoy autorizada a usar ese nombre. Y es el que voy a usar.

—¿«Legalmente estoy autorizada»? Hablas como el funcionario quisquilloso que me obligó a ponerte un nombre cristiano antes del tuyo. Digas lo que digas, seguirás llamándote Nefer.

Pero Laura se encerró en su habitación dando un portazo, puso el último *single* que había comprado en la tienda de discos y nunca más volvió a atender por Nefer ni por Hermosa. Si no la llamabas Laura, hacía como si no te hubiese oído. Al final ganó, cosa que ya sabía cuando escuché cómo cerró la puerta.

Me masajeé las sienes, me serví una copa de licor y encendí la televisión. La noticia estalló delante de mi retina. No podía creerlo. Creo que hasta derramé parte del contenido de mi copa: Carrero Blanco había sido asesinado. Una bomba le había hecho saltar por los aires.

Pero ¿quién era Carrero Blanco? En teoría era el presidente del Gobierno, la mano derecha de Franco y uno de sus mejores amigos, quizá el mejor. Pero no solo eso. Carrero Blanco era el franquismo. El Caudillo era un anciano de ochenta años, un esqueleto viviente, todo piel y huesos, que apenas se mantenía en pie. La esencia del franquismo, la continuidad del franquismo, era Carrero. Nadie estaba en condiciones de sustituir a Franco más que él. Daba igual que la jefatura del Estado fuese a recaer en el príncipe Juan Carlos. Mientras Carrero siguiese vivo, el franquismo seguiría vivo. Ese mismo franquismo que se oponía a la creación de partidos políticos y a la libertad sindical, el franquismo contra el que luchábamos… seguiría vivo. Todos sabíamos que con la muerte del Caudillo no cambiaría nada, porque su obra quedaría en manos del temido y todopoderoso Carrero Blanco.

Era una figura capital, y probablemente el hombre más influyente del país.

Su muerte, no voy a negarlo, me llenó de una alegría indescriptible. Levanté los brazos y corrí por toda la casa como si mi equipo de fútbol hubiese marcado un gol en la final de la Copa de Europa. Nunca me ha gustado el fútbol. No sabría decir quién ha ganado la última Copa de Europa ni la anterior, ni ninguna, pero el símil es adecuado. Laura salió de su habitación y me miró asustada:

—¿Qué pasa, mamá?

—Una cosa maravillosa.

Me callé. Pensé en cómo explicárselo de forma que lo entendiese pero no creyera que me estaba regocijando por la muerte de un hombre.

—Es como si nos hubiese tocado la lotería —añadí.

Cuando Javier volvió a casa, por supuesto, Laura le dijo dos cosas: primero, que ya no se llamaba Nefer y, segundo, que nos había tocado la lotería o algo similar. No sabía de cuánto dinero se trataba pero, por la expresión de mi cara, debía ser un buen pellizco.

Javier me miró de reojo, esbozando una sonrisa. Me conocía bien.

Cuando nos quedamos a solas, me dijo:

—Has estado celebrando la muerte del presidente y le has contado una milonga a la niña cuando te ha visto por ahí dando saltos como una loca, ¿no es verdad?

Me eché a reír. Estaba de tan buen humor que tenía ganas de salir de fiesta. Así que me apunté a uno de los «guateques con clase» de los amigos de Javier. Yo no solía acompañarle porque se codeaba con gente demasiado estirada para mí, el tipo de gente contra la que yo luchaba en muchos casos. Pero aquel día me daba igual: quería emborracharme un poco y celebrar que el franquismo se caía a pedazos. Me parecía hasta irónico celebrarlo rodeada de franquistas. Porque desaparecido Carrero, todo iba a cambiar. Estaba convencida de ello.

Aquel mismo jueves sus amigos se reunieron en un bar de copas en Chueca. A puerta cerrada y con invitación. España se iba al garete pero había mucha gente, incluso entre los teóricos del régimen, que no se perdería una buena juerga por nada del mundo.

Y no me equivocaba con lo de que España se iba al garete, porque tras la muerte de Carrero Blanco el franquismo se tambaleó, la salud del Caudillo empeoró y en poco tiempo las cosas cambiaron de verdad. Pero no voy a adelantar acontecimientos, sobre todo porque debo explicar lo que pasó aquella infausta noche en que fui a un local de moda con los amigos de Javier.

—Es una fiesta muy bonita —le dije a mi marido.

Yo ya iba por la tercera copa, paseándome con mi minifalda, mirando los espejos y las luces de neón, riéndome de aquellos malditos ricachones. Pensaba que era superior a ellos, sabía que era superior a ellos y, en el fondo, de una forma un poco infantil, disfrutaba zampándome sus canapés y sus pinchos de langostinos. Por una vez se los estaba comiendo alguien que lo merecía.

Entonces vi aparecer al general Clavijo. Pomposo, afectado, caminaba por el local como si fuera suyo, como si todos los que nos encontrábamos allí fuésemos de su propiedad. No había cambiado nada. A sus setenta y cinco años, tenía la misma mirada feroz, asesina, de siempre. Disfrutaba de una salud envidiable, tenía un aspecto orondo y sonrosado.

—Maldito cabrón —murmuré entre dientes—. Cuando caiga el Caudillo y llegue la democracia, pagarás por lo que has hecho.

Pensé que no me había escuchado. Me alejé soltando una risita y me puse a mirar las fotos de famosos que decoraban una pared del bar. Me bebí otra copa.

Estaba algo borracha. Di unos saltitos sobre el suelo de nogal pulido, bailé como una loca el último vinilo que pincharon, me fui hasta la barra, pedí algo muy cargado y me quedé mirando la araña del techo. No sé cómo me enredé con una cortina que daba paso a la zona reservada. Pensé que estaba en un agujero de un árbol, en una madriguera, como Alicia en el País de las Maravillas. Di vueltas sobre mí misma, entre risotadas. Por desgracia, al final del camino no estaba el Conejo Blanco, ni siquiera la malvada Reina de Corazones.

No. Al fondo del agujero se hallaba el general Clavijo. Me miró con superioridad, hasta con un deje de tristeza, como si estuviese tratando con una pobre tonta, una débil mental.

—Me gustaría explicarle una cosa —me dijo.

No podía insultarle en la cara. No quería dejar en mal lugar a Javier. Al fin y al cabo, estaba rodeada de sus amigos y para él eran importantes.

—Cómo no. Explíquese, general —respondí esbozando una falsa sonrisa.

No podía imaginar que estaba a punto de tener la conversación más importante de mi vida. Una conversación que era la segunda parte (o el lado oscuro y siniestro) de otra que tuve en 1936 con mi padre en un coche oficial mientras huíamos de Madrid con destino a Valencia.

—Lo que tengo que decirle es muy sencillo —comenzó Clavijo—. Es algo que la mayor parte de la gente como usted no comprende.

—¿Gente como yo?

—Sí, rojos, comunistas, activistas, sindicalistas, desafectos al régimen y purrela semejante. Yo los llamo «subversivos». Es una forma genérica de nombrar a los enemigos de la patria.

Me sonrió. Le sonreí.

—¿Qué es lo que no comprendo, general? —repuse con voz meliflua, tratando de controlarme.

—Es muy sencillo. Quiero que recuerde mis palabras: nunca pagaremos por lo que hicimos.

Tragué saliva. ¿Se estaba refiriendo a la muerte de Roderick? ¿O a otra cosa? ¿O a todos los Roderick a los que había asesinado a lo largo de su vida? Me pregunté cuántos serían. Por desgracia, no tardé en averiguarlo.

—Ustedes, los subversivos —prosiguió—, y fíjese bien que digo «subversivos» en sentido descriptivo, no peyorativo, porque solo trato de definir el tipo de personas que ustedes son objetivamente… Los subversivos, decía, creen que cambiando las cosas se alcanza una nueva forma de justicia. Y no hay nuevas formas de justicia. El mundo es de derechas y eso nunca cambia. No sé si me explico con claridad.

Había dicho una frase que podía ser de mi padre y el corazón me dio un vuelco. Pero me recompuse enseguida.

—No. De momento, no le estoy entendiendo.

—Es normal —dijo meneando la cabeza con falsa pesadumbre—. A ustedes, todo eso de la justicia les resulta complicado de entender. Se lo diré de otra manera.

El general se llevó las manos detrás de la espalda. Parecía una pose natural en él.

—Muchos de ustedes lucharon en la Guerra Civil, tal vez en la Resistencia, tal vez fueran espías e incluso cazaran a algún nazi —me guiñó un ojo.

Por primera vez me di cuenta de que yo no era nadie para aquella gente. Siempre habían sabido quién era, quizá no todo lo que hice, pero sí que había hecho muchas cosas. Y no les importaba. Porque eran los vencedores.

—He hecho muchas cosas, en efecto —reconocí.

—Escuché decir que dos subversivos cazanazis acabaron con un alto mando de la Gestapo. También que habían apresado a un guardia de las SS, un tipo que estaba involucrado en crímenes en un campo de concentración. Y luego capturaron a muchos más, incluso a uno que dio la orden de matar a diez o quince judíos en un gueto. Esta pareja imaginaria de cazanazis acaso capturaran luego a un alemán que había matado a unos cuantos judíos, por lo visto estranguló a varios niños con sus propias manos y experimentó con cientos de ellos. Eran personas terribles, pensaba la pareja de vengadores, hemos librado al mundo de unos monstruos y dado ejemplo. Pero ¿sabe qué? Esos subversivos no hicieron nada. No castigaron a los nazis por ser nazis. Nadie hizo tal cosa.

—¿No?

—No. Castigaron a los nazis porque podían. Y podían porque los nazis perdieron. Los asesinos del bando aliado jamás fueron encausados. Los que perpetraron los bombardeos masivos sobre la población alemana, los que mataron a miles de personas en Dresde o en Hamburgo, o el propio Churchill, que dio las órdenes, o los soldados soviéticos que violaron a un cuarto de millón de mujeres alemanas... Todos esos «criminales» han quedado impunes. ¿Y sabe usted por qué?

—Comienzo a entender su línea de razonamiento. No les pasó nada porque vencieron.

Clavijo aplaudió mi respuesta. Luego regresó a su pose habitual.

—Así es. Y a nosotros, los fieles al Movimiento Nacional, no nos pasará nada porque vencimos. A ustedes los subversivos sí les pasó cuando perdieron la Guerra Civil y los ejecutamos sin medida, incluso terminada la contienda. Muchos otros murieron en campos de concentración; fíjese que no digo «campos de internamiento» en deferencia a usted, pues sé que les gusta eso de comparar nuestros campos con los de Hitler. —Clavijo cogió un gin-tonic de la bandeja de un camarero, sorbió con intensidad y añadió—: De cualquier forma, lo que quería dejarle claro es que los supuestos criminales de guerra de nuestro bando han quedado y quedarán siempre impunes. Gente como yo.

Era la primera vez que oía a un hombre declararse a sí mismo criminal de guerra. Ni siquiera el peor de los nazis, ni siquiera Joseph Ulbrecht Cruz, lo había hecho, a pesar de sus ideas de superioridad racial.

—Yo he matado a casi dos mil personas —me confesó Clavijo al oído—. Unas mil cien en lo que ustedes los subversivos llaman la «masacre de Badajoz». Me presenté voluntario para los fusilamientos en la plaza de toros y pedí que no me relevasen. Más tarde participé en otros actos de limpieza por todo el frente. Mi hoja de servicios interesó a mis superiores, que me ascendieron. Finalmente, acabada la guerra, estuve en algunas unidades encubiertas, aquí y allá, limpiando España de maquis, espías y otros enemigos. Fue entonces cuando casi nos conocemos.

—No diga casi. Nos conocemos. Yo estaba allí cuando mató a Roderick.

Clavijo me miró sin comprender.

—¿Roderick?

Aquel monstruo había matado a tanta gente que no recordaba a mi amigo.

—Un inglés con muy buenos modales que trabajaba para la embajada británica.

—Ah, ahora me acuerdo. Me está hablando de don finolis. Lo seguimos durante semanas hasta que cometió un error y fue hasta su base. ¿Y estaba usted allí cuando…?

—Sí. Escondida en un zulo bajo la escalera. Lo vi todo.

Clavijo dio un paso adelante.

—Vaya. Eso no me lo esperaba. Pero ¿sabe qué? Lo que usted viera o dejara de ver no cambia nada. Nadie vendrá a pedirme cuentas si llegado el día usted declara en mi contra o remueve cielo y tierra. Porque soy y seré tan inocente de ese crimen a ojos de la ley como todos los demás hombres de mi condición. Me amnistiarán porque España aún me necesita.

—No. Un día pagará. Su propia conciencia le hará pagar por esos actos. Y luego lo harán los tribunales…

—¿Conciencia? ¿Cree acaso que los fantasmas de todos esos a los que ajusticié vienen a verme por la noche? No, para nada. Duermo como un bendito. Pero no porque piense que no eran seres humanos, sé de sobra que ustedes los subversivos sienten y padecen. Duermo tranquilo porque obedecía órdenes, porque eran mis enemigos y si hubiésemos perdido la guerra, serían los míos los que estarían enterrados en las cunetas.

»Pero voy a ir más allá, y le repito lo que quería decirle desde el principio: vamos a quedar impunes. Sé bien que España está cambiando, que el Caudillo morirá en breve, que Carrero ya no está, que con Juan Carlos de Borbón llegará la democracia aunque en privado diga lo contrario. Habrá grandes cambios. Pero, fíjese, aun en democracia, no nos pasará nada.

Aquello ya era demasiado.

—¿Y cuando investiguen las matanzas a manos de criminales como usted? ¿Y cuando...?

—¿No lo comprende? Eso no pasará. Con la excusa de amnistiar todos los crímenes, para que salgan todos los presos políticos que hay en las cárceles, los sindicalistas y los enemigos del viejo régimen, también amnistiarán a los hombres como yo, a los asesinos de la Guerra Civil, a los torturadores de la policía y otras fuerzas de seguridad y a todos aquellos que podrían ser investigados. Nos amnistiarán a todos, porque nadie quiere investigar lo que hicimos. España nos necesita.

Era la segunda vez que decía que España los necesitaba. ¿A quiénes necesitaba? Me di cuenta de que ahí estaba la clave de lo que quería decirme. A esas alturas de la conversación, yo quería saber la verdad, aunque solo fuera su verdad.

—¿Qué significa eso de que España los necesita?

—Pues está bien claro. España nos necesita a todos. Me necesitará a mí y a otros que podrían ser considerados criminales de guerra en un mundo ideal; necesitará un rey cuando ya no esté el Caudillo; necesitará a los socialistas, a los comunistas e incluso a las cazanazis reconvertidas en activistas de tercera que van por la universidad lanzando pasquines y gritando consignas que ya no significan nada. La patria nos necesitará a todos.

»Sabe, yo hace tiempo era un bruto, una bestia de la peor clase. Pero poco a poco me fui cultivando. Han pasado treinta años desde la muerte de su amigo y casi cuarenta desde que comenzó la guerra y yo inicié mi carrera depurando subversivos. He madurado y he ido comprendiendo cómo funciona el mundo y cómo funcionará en el futuro.

—¿Y va a ilustrarme sobre ello?

—Sí. Pero no porque sea más listo que usted, sino porque puedo mirar al mañana fríamente, sin idealismos. Y sé que la gente como yo, la gente de orden, no tenemos fuerza suficiente para seguir gobernando este país. Pero ustedes, los subversivos, tampoco la tienen. Así que habrá que alcanzar un pacto. Porque esto es España, no es Europa. Eso es algo que los subversivos no comprendéis. España nunca cambia. España siempre es igual. Se pone una máscara para recibir divisas o para hacer méritos e ingresar en el Mercado Común, pero seguimos donde siempre hemos estado: la mitad de la población piensa una cosa y la otra mitad, la contraria. Y al final acabaremos por matarnos, como hacemos siempre. A menos que pactemos.

Felipes contra Venancios, a eso se refería. Súbitamente comprendí.

—Aun así, los crímenes atroces que usted y otros como usted cometieron no pueden ser olvidados.

—No solo pueden… deben ser olvidados. Los subversivos tendréis que aguantaros y vivir con ello. Y la gente como yo tendrá que aceptar que en el Parlamento de nuestro amado país estén los mismos subversivos asquerosos contra los que luchamos en la guerra, o sus hijos o sus herederos políticos. ¿Y sabe por qué nos aguantaremos? Porque ni siquiera nosotros queremos que haya otra guerra civil. Eso no puede volver a pasar. Otra guerra semejante en este mundo moderno en el que vivimos enviaría España a la Edad de Piedra. Sería nuestro final. Así que todos tendremos que tragar mucha mierda y mirar hacia otro lado.

Abrí la boca una, dos, tres veces. Clavijo encendió un

cigarrillo, sonriente, esperando a que yo fuese capaz de articular palabra. Finalmente lo hice:

—Los socialistas un día gobernaremos. Puede que junto a los comunistas. Y entonces será usted el que trague mierda porque...

Me interrumpió una vez más. Yo estaba borracha y no era un digno rival para ese monstruo. Se me trababa la lengua y parecía que Clavijo hablaba en un soliloquio demoledor.

—El mundo es de derechas. ¿Acaso no se ha dado cuenta aún? ¿No me he explicado bien antes? Los empresarios, la banca, la Iglesia, las jerarquías de cualquier tipo (incluidas las de los subversivos como usted), todo eso es de derechas. Los socialistas no gobernarán jamás a menos que dejen de ser marxistas, es decir, socialistas. Los comunistas no gobernarán nunca porque no podrían dejar de ser comunistas. Gobierne quien gobierne, debe hacerlo para todos los españoles, para los beatos, los monárquicos, los fieles al Movimiento Nacional, los partidos de izquierda y hasta para los nacionalistas catalanes y vascos. Reconciliación u otra guerra. Esa es la dicotomía. ¿Cuál de ellas elige?

—Yo... yo no elijo nada. Intenta liarme con sus palabras y yo he bebido demasiado. Somos... somos muy diferentes. No deberíamos seguir hablando.

—Lo que nos diferencia por encima de toda ideología es que yo veo el mundo como es y usted lo ve tal y como quisiera que fuese. Pero tiene razón, no hablemos más, no creo que sirva de nada, jamás llegaremos a convencernos de nada el uno al otro. Solo quiero repetirle tres palabras para que no las olvide: amnistía, impunidad y reconciliación. Así es como acabará España. ¿Y sabe cómo acabaré yo? Moriré rodeado de los míos, admirado y en mi propia cama, cogiendo las manos de mis hijos y encomendándome a Dios, no en un autobús rodeado de desconocidos. Y mi figura será recordada por mi familia y por la historia mucho después de que me haya marchado de este mundo.

La alusión al fallecimiento de mi padre me desarmó por completo. Las lágrimas asomaron a mis ojos. Aquel hombre llevaba investigándome a conciencia desde hacía tiempo. Ahora ya no tenía dudas. Cuando regresé a España, me dejaron en paz porque, una vez cayó el Tercer Reich, ya no representaba un peligro para ellos. Porque los subversivos como mi familia y yo habíamos perdido la guerra y ellos la habían ganado. Se sentían seguros, algo preocupados por los cambios pero sabedores de que al final seguirían siendo parte del sistema, de la jerarquía, y nadie les tocaría un pelo.

Aún lloraba cuando Clavijo se alejó con paso marcial hacia una esquina del local. Se sentó en una silla de terciopelo y se acabó su gin-tonic lánguidamente, sin prisas. Le esperaban aún muchos años de jubilación, de disfrutar la gloria de ser un general retirado y de vivir a cuerpo de rey. Aunque no me gusta adelantar acontecimientos, quiero añadir que murió a los noventa y dos años y, en efecto, nadie le persiguió nunca por sus infames actos, ni a él ni a ninguno de los criminales del bando nacional. Amnistía e impunidad. El cabrón de Clavijo estaba en lo cierto.

—Hijo de puta —dije en voz alta. Luego apuré mi copa y pedí otra.

Aquel día, que debía ser de celebración de la lucha de las izquierdas, una jornada que presagiaba el fin del franquismo, se transformó para mí en el fin de la inocencia. Entendí de una vez por todas a qué se refería mi padre cuando en 1936 me dijo que el mundo era de derechas. Hubiese preferido no descubrir la verdad.

Aunque seguí luchando, por supuesto, porque anhelaba para mi país un poco más de libertad. Pero nunca más fui ingenua. Y eso me duele, pues era mucho más feliz cuando en el fondo era como una niña que luchaba contra molinos de viento.

Me encantan los molinos de viento. Me encanta pensar que son gigantes y que pueden ser derribados con fuerza de voluntad. O con una lanza como trató de hacer Don Quijote.

Pero no, sus aspas siempre acaban agarrándote y te lanzan por los aires, rompiéndote todos los huesos.

3

La democracia

Los tornados (primera parte: 1974-1975)

A veces la vida es como un tornado, y el torbellino de acontecimientos gira a tal velocidad que apenas eres capaz de ver lo que sucede ante tus ojos. Estiras la mano intentando asir el instante presente, pero una fuerza incontrolable arrasa con todo. Solo puedes contemplar, indefensa, cómo se desmorona cuanto conocías.

Los años que siguieron a la muerte de Carrero Blanco fueron exactamente así. Sucedieron tantas cosas y tan rápido, no solo en la esfera personal sino en todo el país, que no estoy segura de que las asimilase todas, ni siquiera sé si las he asimilado todavía.

En primer lugar, nació mi nieta María.

—¿No le vas a poner un nombre original y diferente como Nefer? —pregunté a mi hija.

—No. Prefiero un nombre español tradicional —repuso.

Nos miramos. Laura sabía hasta qué punto despreciaba yo la palabra «tradicional», pero los seres humanos anhelamos los opuestos. Ella había tenido en su infancia un nombre único, tuvo que dar explicaciones a cuantos conocía de lo que significaba, que provenía de los egipcios y quién sabe cuántas cosas más. Así que quería darle a su hija normalidad, lo mismo que yo traté de darle a ella excepcionalidad. Me pareció una muestra inequívoca de que se preocupaba por su hija a pesar de no haber cumplido aún los dieciocho años. Y yo quería apoyarla, quería decirle que respetaba su decisión de casarse tan joven, de irse de casa y de tener su propia familia.

Laura no era como yo. Ella era un ser hermoso e independiente, con sus propias ideas y sus propios sueños. ¿No era eso lo que siempre deseé para ella y quise inculcarle? Pues entonces debía estar satisfecha.

—María es un nombre precioso, hija. Me gusta.

—Quiero que me ayudes a elegir la ropa de la niña.

—Claro, lo que necesites.

—Y he estado mirando un papel pintado para la habitación del bebé, pero todos son horribles. Y tú tienes muy buen gusto para esas cosas.

—Mañana mismo vamos de tiendas y montamos la habitación entera, desde el papel pintado hasta los muebles y el colchón. No te preocupes. Quedará preciosa.

—¿No tienes que irte a ninguna manifestación de las tuyas? ¿O a un mitin clandestino? ¿O alguna cosa similar?

—En estos tiempos hay cosas similares a esas todos los días. Pero el primer hijo de mi niña solo nacerá una vez.

Nos sonreímos y nos abrazamos. No solo nosotras sonreíamos, sino que el mundo a nuestro alrededor parecía sonreír. El franquismo agonizaba, el universo que habían fraguado mis enemigos estaba en las últimas, a pesar de la jactancia de seres infames como el general Clavijo.

Era el fin de una época.

Yo sabía (todos lo sabían) que Franco estaba a punto

de morir. Durante meses circularon rumores acerca de su fallecimiento. Incluso en ocasiones había quien aseguraba que ya estaba muerto y lo tenían conectado a una máquina en un hospital. Entonces sacábamos las botellas de champán. Pero nuestras esperanzas se desvanecían cuando le veíamos de nuevo por televisión saludando en la plaza de Oriente, viejo, decrépito, consumido, hecho una piltrafa, pero soltando las mismas frases de siempre.

Laura y yo volvimos la cabeza cuando el Generalísimo comenzó a hablar y la caja tonta nos mostró su rostro:

«Españoles, me dirijo a vosotros en esta histórica plaza de Oriente para hablaros de nuestra nación y de los desafíos que afrontamos en estos tiempos difíciles. Nuestra patria, que ha resistido con valentía y determinación las adversidades, sigue siendo un faro de estabilidad y progreso en el mundo.

»El Movimiento Nacional, que ha guiado a España durante décadas, es un referente para nuestra sociedad y nuestra juventud. Hemos logrado mantener la unidad de nuestra nación y preservar nuestras tradiciones y valores. Pero ahora, en un mundo cada vez más turbulento, debemos estar alerta y preparados para enfrentarnos a cualquier amenaza.

»La subversión y el desorden que amenazan a otros países no encontrarán un lugar en España. Nuestra firmeza en la defensa de la paz y la justicia es bien conocida, y no vacilaremos en tomar las medidas necesarias para proteger nuestra patria y a nuestro pueblo.

»Algunos hablan de cambios, pero debemos recordar que el cambio no siempre es sinónimo de progreso. España ha prosperado y se ha mantenido fuerte al preservar lo que nos hace únicos: nuestra historia, nuestra fe y nuestra lealtad a la patria. No debemos permitir que las fuerzas externas socaven estos pilares fundamentales de nuestra sociedad.

»Españoles, os insto a mantener la confianza en el Movimiento Nacional y en nuestra capacidad para afrontar los desafíos del futuro. Juntos, guiados por nuestra fe y nuestro amor a España, superaremos cualquier obstáculo y continuaremos construyendo una nación fuerte y próspera para las generaciones venideras».

Apagué la televisión.

—Vámonos a montar la habitación más bonita del mundo, hija. Y a ver si entretanto se nos muere la momia esta de una maldita vez.

Pero no fue el Generalísimo quien murió.

—Me voy a comprar, Javier.

Mi esposo asomó la cabeza por la puerta de su estudio. Estaba como siempre, leyendo, tomando apuntes de un ensayo sobre la vida privada de una tribu aborigen o algo por el estilo. Seguía fascinado por la antropología. Apenas nos había ayudado con la decoración de la habitación del bebé pero dijo que le gustaba mucho. Nos había traído, eso sí, libros de diseño de cuartos para niños y nos indicó un par de veces cómo optimizar el espacio. Es decir, había sido él mismo, como siempre. A Laura y a mí nos parecía un hombre auténtico y maravilloso a pesar de sus defectos, o precisamente por ellos.

—¿Qué dices?

—Javier, he dicho que me voy a comprar.

—Llevamos juntos desde hace dos décadas y aún me llamas Javier. Ni «cariño», ni «mi amor» ni...

—Me encanta tu nombre: Javier, es tan musical y tan perfecto. Y ya sabes que esas memeces de «mi amor» o «mi cielo» me parecen cursilerías.

—A veces, en la cama…

Alcé una mano y detuve su lengua.

—La cama es la cama. No es lo mismo. —Levanté una ceja y la bajé. Repetí la acción un par de veces. Era una señal privada de ambos—. Y si lo que quieres es oírme decir esas cosas te lo tendrás que trabajar.

—Ya sabes que soy muy cumplidor.

—Lo sé muy bien, señor Javier. Voy a por unas cosillas, que me cierra la tienda, y cuando vuelva conversamos largo y tendido sobre este asunto.

—Me voy a duchar mientras tanto, mi amor.

A Javier no le costaba nada decir cosas como «mi amor». A veces le envidiaba.

—Muy buena idea.

Regresé veinte minutos más tarde. Me había dado mucha prisa (yo también tenía ganas de «conversar» sobre nuestro asunto privado) y necesitaba una ducha porque estaba sudada.

—He comprado marisco para la cena. Estaba muy bien de precio —dije mientras entraba en nuestro piso cargada con dos bolsas—. Voy a hacer una salsa de…

Las palabras se helaron en mi boca. Javier estaba tirado en medio del pasillo, con los ojos en blanco, mirando al techo. Delante de la puerta del baño, en albornoz. Ni siquiera se había secado del todo.

Infarto súbito, dijeron los médicos. Había tenido desde niño una patología, solo lo supieron tras su muerte. Le podría haber pasado a cualquiera.

—Sí, pero le pasó a mi esposo —respondí al cirujano que me dio la noticia en el hospital.

Y también me pasó a mí. Viví unos días, unas semanas de profunda tristeza, porque Javier era un hombre bueno que había transformado mi vida, que me había hecho mejor. ¿Y acaso no es eso el amor? Ser mejor en compañía de otra persona de lo que eres estando solo. Eso es amar.

Y nosotros nos amamos mucho. Su pérdida hizo que comprendiera plenamente hasta qué punto había sido importante en mi evolución como mujer, en mi madurez... en todo. De hecho, nunca más he vuelto a tener pareja; ni siquiera he vuelto a acostarme con nadie. Ya había conocido el amor verdadero. Buscarlo de nuevo no tenía sentido.

Quizá me costara un poco decir «te quiero», pero amé a Javier con pasión, ternura y completa fidelidad. Yo creo que él lo supo desde el primer hasta el último instante.

Aún le echo de menos.

En el entierro lloramos mucho. Fue una ceremonia bonita, sencilla. Metí el último libro que estaba leyendo en el féretro. Me pareció que, de existir otra vida, le gustaría terminárselo.

—¿Dónde está el abuelo? —preguntó mi nieta, que tenía entonces cinco años.

—Está en el cielo, con los ángeles —dijo su tía Teresita.

Lancé una mirada a mi hermana y no dijo nada más. Era yo la que tenía que hablar. Cuando el sacerdote iba a decir las palabras de costumbre, le interrumpí:

—¿Puedo decir algo?

—Claro —dijo Ferrán—. En cuanto acabe...

—No. Quisiera hablar yo y que tú no lo hagas.

Ferrán meneó la cabeza.

—Soy yo quien debe celebrar las exequias y despedir el alma del difunto. No es lo adecuado en estos casos que el rito lo haga otr...

—Tampoco es lo adecuado que a un cura le persigan para meterlo en la cárcel por decir la verdad y que tengan que esconderlo una bolchevique y su marido.

El sacerdote se frotó la nuca. Recordó los cuatro meses que pasó escondido en nuestro piso. Estaba en deuda conmigo.

—Eso también es cierto. Habla y di lo que quieras. Creo que Dios lo entenderá.

Di un paso al frente y me aclaré la garganta para ahogar los murmullos de algunos de los presentes:

—Familia y amigos de Javier, hoy nos encontramos aquí para despedir a un hombre maravilloso. Es un momento de tristeza y pesar pero también de esperanza, porque si hay vida eterna, quien más se merece estar entre las nubes es mi esposo.

»Javi fue alguien estupendo, único. Ha dejado una huella imborrable en el corazón de todos los que tuvimos la dicha de conocerlo.

»Sé que el Señor, si realmente está por ahí arriba, perdonará los pecadillos de mi esposo (si es que cometió alguno, que lo dudo) y lo acogerá en su Reino. Y le pondrá un estudio bien surtido de libros de antropología para que disfrute toda la eternidad.

»Te quiero, mi amor. Te quiero, mi vida. Sé que no te lo dije lo suficiente y lo lamento mucho.

»Amén, o lo que sea que se diga en estos casos.

Los tornados (segunda parte: 1975-1981)

Pero el ciclón no había terminado. Seguía girando enloquecido. Solo que yo, sumida en su vórtice tras la muerte de mi amor verdadero, no podía verlo.

Me preguntaba por qué ahora me resultaba tan fácil llamar a Javier «mi amor verdadero» cuando en vida apenas pude decírselo unas pocas veces.

Me sentía como una idiota.

Pero entonces, en uno de los peores momentos de mi vida, al menos desde que se acabaron las guerras, el espionaje y la caza de nazis... en uno de los momentos más aciagos de los últimos veinticinco años, sucedió algo maravilloso:

—¡Oh, no! ¡Oh, qué será de nosotros! ¡Que Dios nos proteja! —oí que gritaban en la calle.

Mis vecinas, Dorita y Manuela, estaban abrazadas, llorando. Las conocía bien, eran dos beatas que se pasaban la vida en la iglesia. Hasta tenían un grupo de estudio bíblico y rezaban sin descanso por la salud del Caudillo. Razoné qué podía haberlas afectado tanto y acerté de pleno. Encendí el televisor y vi la cara de Arias Navarro, compungida, al borde del llanto.

«Españoles... Franco ha muerto».

Arias Navarro, el antiguo ministro de la Gobernación, que acababa de ascender a presidente tras la muerte de Carrero Blanco, estaba informando de la muerte del tirano.

«El hombre de excepción que ante Dios y ante la historia asumió la inmensa responsabilidad del más exigente y sacrificado servicio a España ha entregado su vida, quemada día a día, hora a hora, en el cumplimiento de una misión trascendental».

Apagué el televisor de un manotazo, como siempre que escuchaba hablar a los fascistas.

—«Misión trascendental», dice. A joder la vida a los españoles lo llama «misión trascendental».

Fue el mejor día de mi vida. Lo digo en serio. Lo he

repetido muchas veces: «El mejor día de toda mi vida fue cuando murió Francisco Franco Bahamonde». Nunca me he sentido tan feliz, realizada y completa.

Con el tiempo me entró algo de culpabilidad por sentirme tan feliz al poco de morir mi marido, o por considerar aquel momento aún más feliz que el nacimiento de mi hija o de mi nieta. Pero soy quien soy y no puedo negar que cuando murió mi enemigo sentí una dicha plena.

—¿Adónde vas? ¿Estás loca?

Esos días estaban de visita varios familiares, entre ellos mi suegra, que era una mujer muy de derechas. Cuando me vio salir de la habitación envuelta en la bandera republicana, dispuesta a bajar a la calle para unirme a la primera manifestación espontánea que se organizase para celebrar la caída del dictador, me cogió del brazo.

—No vayas. Es peligroso. Laura no me perdonará si a su madre le pasa algo y yo no he hecho nada por impedirlo.

En un primer momento pensé que le horrorizaba mi actitud, pero la buena mujer estaba preocupada. Sabía que los fascistas no aceptarían de buen grado el fin de aquella época, que habría peleas, que atacarían a los rojos. Y yo tenía ya más de cincuenta años por entonces, no era precisamente una chiquilla. No es lo mismo que te den una paliza a los veinte años que a los cincuenta y uno.

—Me da igual que sea peligroso. Es un momento clave de la historia. Tengo que estar ahí.

Mi madre, que llevaba tiempo enferma, se levantó con dificultad de su sillón.

—Hazle caso, Pipi. Ten cabeza por una vez.

—No puedo evitarlo. Es por esto por lo que he luchado toda la vida.

—Siempre estás luchando por algo. Esto es solo otra lucha. Así eres tú.

—Aunque tengas razón, esta es la lucha más importante de todas.

Era la misma mujer de siempre, moderna pero abnegada a la vez. No quería que yo sufriese, quería que fuese feliz, pero tenía miedo, como todos los padres cuando vemos a nuestros hijos salir por la puerta.

—Ten cuidado, Pipi.

—Mamá, tengo cincuenta y un años.

—Precisamente. No eres una niña y no estás para que te den un mal golpe.

Era la misma reflexión que acaba de hacer yo misma. Como tenía razón, asentí.

—De acuerdo. Pero nadie me impedirá que salga a celebrar la muerte del tirano. Tengo que estar ahí.

Y estuve. Vaya si estuve. Los subversivos tomamos las calles y obligamos a los de arriba a tomar decisiones. Si no hubiera sido por nosotros, la democracia habría tardado más tiempo en llegar. Aun así se necesitaron dos años de protestas para que en 1977 tuvieran lugar las primeras elecciones libres desde 1931. Yo formé parte de los que lucharon para que esas elecciones fueran posibles: yo y mi bandera republicana, que se había convertido en mi segunda piel. Iba con ella a todas partes, a veces hasta a comprar, y la gente me miraba extrañada. Más de una vez recibí insultos de los pequeños Clavijo que había en cada esquina, críos de derechas que amenazaban a los que queríamos libertad. También recibí críticas de mis vecinas y otras mujeres, esas que cuando murió el Caudillo se mesaban los cabellos preguntándose qué íbamos a hacer sin Franco, como si el universo se hubiera desencajado, como si nada tuviera sentido sin el omnipresente enano de la voz aflautada. Cada vez que aquellas idiotas me maldecían, yo ganaba fuerzas para seguir saliendo a la calle con mi bandera republicana a pedir elecciones libres y una España mejor.

Al final, le pesara a quien le pesase, se celebraron las elecciones. Y nada pudo con la democracia española. Por desgracia, Clavijo estaba en lo cierto. Hubo que pactar, hacer concesiones y sacrificios. Los asesinos quedaron impunes. Clavijo quedó impune. Y yo pensaba en él todos los días.

Pero el tornado no cesaba. Ahora nos arrastraba a todos camino del futuro y la modernidad. Por desgracia también alimentaba a los monstruos, a los nuevos asesinos de todos los bandos. Asistí horrorizada a la matanza de los abogados laboralistas de Atocha y otras acciones perpetradas por pistoleros de extrema derecha, a los secuestros y los estragos de los coches bomba de ETA y a las acciones terroristas de los comunistas del GRAPO.

Una vez más, los hermanos se mataban entre sí: españoles contra españoles. Como antes, como siempre. Aunque en esta ocasión la disputa estaba condenada al fracaso. El pueblo deseaba la democracia y la libertad. Nada podía frenar el cambio, ni siquiera los extremismos. No estábamos en 1936 y el tornado no nos barrería de nuevo.

O eso quería creer yo.

Porque el tornado no se detuvo. La democracia, como antaño la República, tenía enemigos a izquierda y derecha. Y como siempre, suspendido sobre nuestras cabezas, estaba el fantasma de otro alzamiento militar.

El 23 de febrero de 1981, el teniente coronel Antonio Tejero entró en el Congreso de los Diputados, pistola en mano, dispuesto a acabar con el nuevo rumbo que estaba tomando nuestro país.

Mi madre y yo estábamos escuchando por la radio la votación para la investidura del candidato a la presidencia del Gobierno. Entonces, la programación se interrumpió. En su lugar pudimos oír cómo los guardias civiles de Tejero disparaban al techo con sus ametralladoras y daban órdenes a los periodistas de que abandonasen su trabajo.

—Ay, Pipi, que vuelven. ¡Otra vez! ¡Otra vez! —gimió mi madre.

Aquel día me di cuenta de lo frágil que era entonces. A pesar de la emoción del momento, a ratos se quedaba dormida delante de la radio, o se despertaba dando un respingo.

—¿Qué ha pasado?

—Estamos escuchando las últimas noticias sobre el golpe de Estado.

—¿Un golpe de Estado? ¿Vuelven los fascistas?

—No, mamá. Ya han sido derrotados.

—Uf, menos mal.

Estábamos aún a día 23. Al día siguiente ambas contemplaríamos la derrota de los golpistas, tanto en el Congreso de los Diputados como en las calles de Valencia, los principales escenarios del alzamiento.

Pero esa noche quise calmarla.

Cuando todo hubo terminado, la televisión emitió por fin imágenes de los hechos. Pudimos ser testigos de los disparos de los hombres de Tejero y de cómo todos los diputados, salvo tres, se tiraron al suelo.

Al ver que yo sonreía, petrificada, me zarandeó usando las pocas fuerzas que le quedaban.

—¿Estás bien, hija?

Tardé un momento en contestar.

—Estoy bien, mamá.

—Pero ¿por qué sonríes?

—Fíjate bien en quiénes se mantienen en su asiento, con dos cojones.

Los tres hombres que no estaban tirados en el suelo eran Adolfo Suárez, presidente del Gobierno, antiguo militante de la Falange y ministro del Movimiento, es decir, un representante del viejo orden; Santiago Carrillo, secretario general del Partido Comunista y el más famoso subversivo de las izquierdas, quien a juicio de muchos estuvo implicado en crímenes de guerra en Paracuellos; y el general Manuel Gutiérrez Mellado, representante del estamento militar, ese que tantas veces se había levantado contra los gobiernos legítimos de España y ahora trataba de hacerlo de nuevo.

—Un falangista, un comunista y un general —dijo mi madre.

—La derecha, la izquierda y el estamento militar luchando juntos contra un alzamiento. España ha cambiado, mamá. Este golpe de Estado va a fracasar porque por fin estamos todos representados. La democracia ganó justamente ayer, no cuando se votó hace cuatro años por primera vez. Hoy comienza la España con la que soñaba papá.

Lo comprendió por fin. Y sonrió también.

Lo comprendió por fin. Y sonrió también. Pero luego su expresión se relajó, como la de un niño pequeño que ha jugado demasiado y puede quedarse traspuesto en cualquier momento.

—¿Tienes ganas de irte a dormir? ¿Te preparo un té y unas galletas?

Siempre tomaba lo mismo antes de irse a la cama.

—Sí, por favor. Gracias, hija.

Media hora después la arropé y le di un beso en la frente.

—Buenas noches, mami —le dije.

Pero no me contestó. Ya se había dormido.

No me di cuenta hasta más tarde, pero había otro tornado que avanzaba arrasando todo a su paso. Era el tornado
que había acabado con Javier, el que afectaba no al país
sino a mi vida personal. Mi madre había vivido a mi lado
los últimos años. Estaba enferma y yo la había cuidado;
también Laura, por supuesto, y mi hermana se ocupó de
ella los meses de verano. Pero mi madre se había ido apagando. No tenía ninguna dolencia grave. Bueno, sí, muchas
pequeñas que la desgastaban. Porque lo que estaba gastado
era su cuerpo, que ya había trabajado demasiado y ansiaba
descansar. De todas las cosas que se llevó mi tornado imaginario, esta era la más endeble. Pero fue la última en caer.

Una mañana no pudo levantarse de la cama y llamé a
la ambulancia.

—Ay, Pipi. No te molestes.

—¿Cómo no me voy a molestar?

—Prefiero morir en mi cama.

—No te vas a morir.

—Contra eso no puedes ni tú.

—Pero podemos luchar como hemos luchado en otras
ocasiones. Aún te quedan muchos años de vida, mamá.

—Siempre has sido una soñadora.

Cuando llegaron los enfermeros, la cargaron en una ca-
milla y se la llevaron. Solo entonces entendí que era grave.
Mi madre, inmóvil, ni siquiera respondió a sus preguntas.

—¡Mamá! ¿Cómo estás? —grité mientras me subía en
la parte de atrás de la ambulancia antes de que cerraran
las puertas.

Abrió los ojos. Me reconoció.

—Pipi, vamos a casa. Quiero plantar el rosal antes de
las dos de la tarde.

El rosal de nuestra casa en Torrelavega, la que nos habían quitado los fascistas cuando condenaron a mi padre tras la guerra. Hacía días que no paraba de hablar de ella. Mi madre quería regresar para plantar aquel rosal y darle una sorpresa a mi padre. No había pensado en ello en el último medio siglo, pero esos días recordamos juntas aquella escena maravillosa y el pasado perfecto, de ensueño, que vivimos antes de que el mundo se volviera loco.

—Ahora mismo vamos para allá y lo plantamos juntas —le dije.

—Gracias, hija. Date prisa, quiero que tu padre vea que ya está plantado cuando regrese del despacho. Le va a encantar. Yo sé que le va a encantar.

No dijo nada más. Cerró los ojos y ya no se despertó.

Y así terminó el tornado de aquellos años, en los que sucedieron demasiadas cosas, mezclándose lo bueno y lo malo de forma inextricable.

Porque el vórtice, caótico, incontrolable, se llevó la vida de dos de las personas que más amaba, pero también a Franco, la dictadura y las cosas que más odiaba en este mundo. La espiral de acontecimientos y su remolino implacable no hicieron distingos.

Por suerte, tras el paso del tornado llegó el momento de renacer, de construir una España mejor y un futuro para nuestros hijos.

Era el momento de ponerse manos a la obra.

Un viejo conocido (1982-1992)

Y tras el tornado llegó la calma. Siempre pasa. Después de un gran acontecimiento o de la suma de muchos acontecimientos, buenos y malos, llega la tranquilidad, el remanso de paz, incluso el hastío. Las luchas en España no habían terminado, por supuesto, pero la gran lucha había llegado a su fin.

—Comisiones Obreras y la UGT han convocado una huelga general contra la reforma laboral —dijo Rosita—. Me acabo de enterar. Será mañana.

Rosita era mi mejor amiga, mi única amiga. Había tardado veintiocho años en abrirme a alguien que no fuese de mi círculo familiar. La conocí durante las manifestaciones en las que exigíamos elecciones democráticas. Desde el primer momento hubo conexión entre nosotras. Ambas habíamos enviudado, ambas teníamos muchas heridas de la Guerra Civil y ambas éramos divertidas y un tanto excéntricas. Embutidas en nuestras banderas republicanas gritábamos por las calles y, poco a poco, nuestra amistad se fue afianzando.

—Me apunto —le dije a Rosita.

—Ya te había apuntado. Sabía que querrías venir.

Nos echamos a reír y nos fuimos a tomar un café antes de ir a la residencia donde estaba la madre de mi amiga.

—¿Sigue empeorando? —le pregunté.

Su madre, Charo, estaba ingresada en una residencia del barrio de Chamartín. Era un lugar bonito, tranquilo, con muchos árboles y espaciosas zonas verdes.

—Tiene alzhéimer. Los días buenos son pocos. La mayoría de las veces ni me reconoce. Pero me gusta verla. Está serena y feliz. No todos los enfermos de alzhéimer tienen esa suerte.

Recuerdo bien aquel día porque sucedió algo que cambiaría mi perspectiva de las cosas. Siempre que Rosita entraba en la habitación de su madre y la cogía de la mano, yo aprovechaba para dar una vuelta por los jardines. Era un momento privado entre madre e hija. Ojalá la mía estuviese viva para poder cogerla de la mano. Así que salí a pasear entre los rosales y avancé por un camino de baldosas que conducía hasta el césped. Más allá había una gran fuente junto a unos setos. Al final del camino encontré a un hombre en silla de ruedas.

—No, no es justo —balbució con voz aflautada, casi idéntica a la de Franco.

Lo reconocí al instante. Era un anciano decrépito con el rostro gastado por el tiempo, pero seguía siendo el mismo. Lo advertí en el tono de su voz, en su gesto de desprecio. Emérito del Rincón. El usurero, el prestamista que cambiaba billetes por favores sexuales, el que una vez me dijo que todas las rojas somos unas putas.

No hablé, no le dije nada. No quería otra conversación como la que tuve con el general Clavijo. Sencillamente me alejé y lo dejé allí a su suerte, mirando a las nubes. Le deseé que tuviera alzhéimer como la madre de mi amiga o, aún mejor, una enfermedad dolorosa. Voy a ser sincera: no soy de esas que no le desean el mal a sus enemigos. Ojalá todos los fascistas, todos los asesinos que mataron a los republicanos en la guerra, se despertaran con un cáncer dolorosísimo y sangrante. No soy perfecta, no pongo la otra mejilla. Así es como soy.

Cuando Rosita terminó su visita me encontró con el ánimo un tanto sombrío.

—¿Te encuentras bien?

—He visto a alguien, un cabrón, un tipo con el que no coincidía desde hacía mucho tiempo. Te hablo de cuando mi madre era un topo. Hace mil años.

—¿Te hizo algo? —preguntó.

—A mí no, pero sí a muchas otras.

Le conté un poco sobre Emérito, que era un falangista,

que tenía una joyería en la calle de Hortaleza y que exigía sexo a mujeres desesperadas que vendían sus joyas para alimentar a sus hijos.

—Un cerdo, vaya —concluí—. Había muchos en aquellos tiempos.

—Y en estos también —dijo Rosita.

Las mujeres conocemos cerdos todos los días. Los hay de izquierdas y de derechas, altos y bajos, jóvenes y viejos. En eso no cambia el mundo; con o sin democracia, los cerdos se reproducen como moscas.

De vuelta a casa, abrí el buzón y encontré una carta que me dejó boquiabierta. Llamé de inmediato a mi hija y a casi toda mi familia. Estaba asombrada, emocionada y en mi interior bullía una mezcolanza de muchas más emociones. Finalmente, más sosegada, me senté en una mecedora que acababa de comprar. Me relejé tomándome un té. Entonces marqué el número de Rosita.

—La carta lleva el membrete del Parlamento Europeo, es del presidente del Comité de Derechos Humanos.

—¿Y qué dice?

—Comienza con un «Estimada Sra. Marina Vega». Y luego sigue.

—Vamos. ¿Cómo sigue? No te hagas de rogar.

Me puse las gafas y leí:

—«Nos complace comunicarle que, en reconocimiento a su destacada labor y su compromiso con la promoción de la libertad y la lucha contra los enemigos de la democracia, el Comité de Derechos Humanos del Parlamento Europeo ha decidido otorgarle la prestigiosa condecoración Estrella de Europa por la Libertad».

—Vaya, no sabía yo que eras tan importante.

—Hasta hace un rato, yo tampoco lo sabía —reconocí.

La ceremonia de entrega fue en Bruselas un mes más tarde. No me condecoraron solo a mí, había otros luchadores anónimos por la libertad que recibieron aquel honor.

Digo anónimos porque la mayoría, al igual que yo, habían realizado trabajos al margen de la ley o que no podían mencionarse sin dar demasiadas explicaciones. Oficialmente, yo me dediqué durante años a leer la prensa española y hacer resúmenes para la Francia Libre. Pero, en realidad, casi todo lo que hice era secreto o no podía explicarse, como secuestrar nazis para llevarlos ante la justicia.

Así que allí estábamos, un montón de hombres y mujeres de más de sesenta años, en un amplio salón adornado con las banderas de los países miembros de la Unión Europea. Tanta solemnidad no me apasionaba precisamente, pero decidí que por una vez aceptaría toda aquella pantomima de la que gustan los poderosos.

Aguanté un largo discurso del presidente del Comité de Derechos Humanos del Parlamento Europeo. Habló de la justicia, la igualdad, de las personas que han servido a Europa en la sombra y de otras cosas por el estilo.

A mi derecha tenía a un maquis francés que era duro de oído. No entendía las palabras del presidente.

—¿Qué es *que c'est* que dice el señor *président*? —me preguntó en un español deficiente.

—*Il a dit que nous sommes une équipe du tonnerre, mais...*

—*Quoi?*

Le repetí, hablando en voz más alta, que el presidente había dicho que éramos la hostia, pero en plan fino, como hablan los políticos.

El maquis se echó a reír hasta que una de las chicas de protocolo nos indicó que guardáramos silencio.

Cuando el presidente dejó el escenario, un presentador pronunció uno por uno los nombres de los homenajeados. Fuimos subiendo en orden para recibir nuestra condecoración. Era muy bonita, un broche dorado con unas cintas en violeta y negro. Yo fui la última en subir y, por lo tanto, en hablar.

Miré al público. Había parlamentarios, dos primeros ministros, varios embajadores y un montón de gente que nunca he sabido quiénes eran. También estaban presentes algunos familiares de los galardonados, como mi hija Laura, mi nieta María y mi hermana Teresita.

—Pensaba que Europa se había olvidado de mí —dije—. Pensé que lo que hacemos los españoles no le importa a nadie. Pensé que si en el pasado nos había dejado tirados en la Guerra Civil o en manos de un dictador, ¿cómo iba a preocuparse por lo que una pobre española hizo o dejó de hacer en nombre de la libertad y la justicia?

Se hizo el silencio. No era el discurso que esperaban.

—Celebro por una vez haberme equivocado. Y espero de todo corazón que cuando los fascismos regresen, que regresarán, no nos olvidemos de los que luchan contra esos monstruos. Y no dejemos tirados a los que son devorados ni a sus familias.

En los anteriores discursos hubo aplausos corteses y protocolarios. Pero de pronto todo el auditorio se puso en pie y aplaudió largamente. Mi hija estaba llorando.

No recuerdo gran cosa del brindis de honor ni del elegante cóctel que le siguió. Todo el mundo quería darme la mano y decirme lo acertadas que habían sido mis palabras.

Por una vez, fui la protagonista. Y me gustó.

—Te lo mereces —me dijo Laura, aún emocionada.

Esa fue la mejor condecoración. El que tu hija se sienta orgullosa de ti vale más que cualquier joya dorada con cintas de seda.

Una vez en Madrid, volví a ser la Marina de siempre. Rosita estaba más emocionada que yo y no paró de hacerme preguntas sobre el Parlamento Europeo. Por suerte había hecho muchas fotos y fuimos a revelarlas al día siguiente de mi llegada.

—Tuvo que ser extraordinario —me dijo mirando una instantánea donde se me veía posando con otros galardonados.

—Sí. Supongo.

Para mí había sido un día normal. No necesitaba el reconocimiento del Parlamento Europeo para saber quién había sido, pero no estaba mal que aquel reconocimiento existiera. Tal vez llegaba un poco tarde. Me emocionó más la muerte de Franco o las primeras elecciones en España. Pero no me podía quejar.

Unas pocas semanas más tarde, acompañé a Rosita de nuevo a la residencia en Chamartín. Su madre cumplía cien años y le habían hecho una pequeña fiesta. La mujer ya no era capaz de reconocer a nadie y sus ojos miraron vacíos la tarta con las velas y el número cien. Comí más pastel de la cuenta (maldición, era de chocolate, una de mis debilidades) y salí, como tenía por costumbre, a pasear por los jardines de la residencia. Pensé que así se me quitaría un poco la sensación de hartazgo.

Avancé sin darme cuenta por el camino de baldosas hasta el seto junto a la fuente. No sabía que era su lugar preferido. No había vuelto a verlo desde aquella vez. Pasaba la mayor parte del tiempo en su habitación con terribles dolores y apenas salía. Las enfermeras me dijeron más tarde que Emérito del Rincón no recibía visitas (sus hijos le odiaban), no era amigo de ningún otro anciano y su vida se iba extinguiendo lenta y lastimosamente.

—¡Maldita seas, puta espía roja! —dijo aquella vieja voz de pito.

Su tono era un poco más tenue, roto y cascado que la última vez, pero nada más oírle supe que mi camino se cruzaba de nuevo con el antiguo prestamista.

Me picó la curiosidad. No podía estar hablándome a mí, porque no me veía. ¿O sí? Emérito estaba de espaldas en su silla de ruedas, mirando hacia el seto.

—¡Qué injusticia! ¡Qué gran injusticia!

Estaba leyendo el periódico. Me acerqué, intrigada, y descubrí que ojeaba un artículo del diario *El País* en el que salía mi foto. Había salido al menos quince días antes y tenía un aspecto desgastado, como si hubiese estado manoseándolo sin descanso desde que llegó a sus manos.

—Yo conocí a esa puta roja, hija de rojos, hija de nadie —le dijo al seto—. Era una zorra, una estrecha y una mentirosa. Ahora dicen que fue espía de la resistencia francesa. ¡Y la condecoran y le dan una medallita!

Comenzó a toser. La silla de ruedas se movió como si fuera a caerse de lado. Pero milagrosamente se mantuvo en pie.

—No tienen en cuenta que los rojos… esos… —Buscó otro epíteto que fuera más insultante pero no se le ocurrió—. Esos malditos rojos hicieron cosas terribles, como el asesinato de Calvo Sotelo, la matanza de Paracuellos, las checas, el incendio de iglesias y de conventos, y solo Dios sabe qué cosas más.

Estuve a punto de abrir la boca, pero me callé. Me di cuenta de que el monólogo no había terminado.

—Con lo que le costó al Caudillo restaurar el orden, y ahora llega la democracia y todas esas zarandajas. Los rojos siempre acaban ganando. Los rojos siempre acaban infectando nuestro país como las ratas que son. Y siempre lo hacen cambiar, progresar. Malditos progres, malditos sean.

Estuve a punto de echarme a reír. Por un lado, siempre me ha llamado la atención que se utilice «progre» como un insulto, que la idea de progreso sea considerada negativa, aunque sea por alguien de derechas. ¿Qué sería del mundo sin el progreso? Estaríamos aún en una cueva adorando al sol y pintando animales en los muros de piedra.

Pero Emérito continuaba su lamento, cada vez en voz más baja, como si se estuviera apagando.

—Los crímenes de la izquierda siempre quedan impunes. Siempre. ¿Cómo es posible que se olviden? ¿Cómo es posible que condecoren a un hatajo de rojos?

Justo en ese instante me di cuenta de algo: yo era el Clavijo de Emérito del Rincón. Para él, yo era un ser infame, representante de la criminalidad de la izquierda; una persona que había quedado impune de sus fechorías y era reconocida por el Parlamento Europeo. Para él, trabajar en la Resistencia contra Franco y los nazis era algo tan deshonroso como para mí lo era un hombre que perteneciese a la Gestapo o a las SS. Emérito creía que mi reconocimiento era injusto, de la misma forma que yo odiaba la impunidad con la que vivía el general Clavijo, un criminal abyecto a mis ojos.

¿Pero era la misma cosa? ¿Un asesino y un torturador como Clavijo era equiparable a una persona que salva a judíos de los campos de concentración haciéndolos pasar por sordomudos? Yo creo que no. Todos cometemos errores, pero no es lo mismo un fascista que un rojo. ¿Acaso me engañaba? Lo cierto es que secuestré a ciudadanos de varios países de Europa sin una orden de detención. ¿Era, pues, una criminal?

Me parece que demasiadas cosas dependen, como dice el dicho, del color del cristal con que se miran.

Entonces recordé las palabras de mi padre acerca del vaso medio vacío y medio lleno. El mío estaba a rebosar por primera vez en mi vida. Así que me afectaba bien poco que aquel despojo humano me considerase una delincuente. Yo me tenía por una buena persona, el Parlamento Europeo creía que era una heroína y mi hija estaba orgullosa de mí. El resto de opiniones me importaban un pimiento.

—Con el tiempo, hasta quitarán los nombres de las calles que honran a los que lucharon en el bando nacional —dijo Emérito—. Todos nos olvidarán.

Emérito ya había sido olvidado. Por eso se lamentaba. Siempre fue un mal hombre y ahora no era más que un despojo. Para los egipcios, una civilización a la que yo admiraba, una persona seguía viva mientras la recordasen sus descendientes, mientras llevasen ofrendas a su tumba. Emérito ya estaba en su tumba, y eso que aún no había muerto. La gente como él, los usureros, los que sacan provecho de la desgracia ajena, deberían tener todos el mismo final.

—Puta, puta espía roja —seguía gimiendo su pena cuando me alejé.

De vuelta al interior de la residencia no me sentía del todo bien. Es como si tuviera una espina clavada. Haberme comparado con el monstruo de Clavijo me había dejado un sabor amargo en la boca.

—¿Me acompañas al cementerio de la Almudena?

El cumpleaños de su madre había terminado y Rosita se subió de buen grado conmigo en el taxi. Cogidas de la mano, traspasamos la entrada principal del cementerio. Pasamos de largo el arco de piedra neorrománico y la capilla dedicada a la Virgen. Caminamos entre tumbas y panteones hasta llegar al lugar que buscaba.

—Espera en ese banco. Es un tema personal.

Avancé despacio por un camino de grava hasta llegar a mi destino, la lápida de mi enemigo. Ya la había visitado otras veces, movida por el rencor. El primer año tras su muerte siempre tenía flores frescas. El segundo, a menudo estaban marchitas. Ahora que comenzaba el tercero ya no había flores.

—Quiero decirte que estabas equivocado. Y hasta mi padre estaba equivocado en este tema. No siempre gobiernan las derechas. No solo vosotros dirigís el mundo. Hay espacio para todos, incluso para los subversivos.

Y entonces saqué mi medalla. Jamás me he vanagloriado ni se la he enseñado a nadie, solo aquel día.

—Mira, una medalla que nunca podrás tener. ¿Sabes por qué? Porque esta medalla no es para gente como tú, un pedazo de mierd...

De pronto me sentí estúpida, allí, en medio de ninguna parte, hablando sola. A Clavijo, que era polvo y huesos, le traía sin cuidado lo que le dijese. Luego entendí que aquel gesto lo hacía para mí misma. Entonces todo fue más sencillo. Dejé de hablar y saqué el pintalabios, con el que escribí sobre la lápida con pulso firme. Luego cogí una piedra afilada del suelo y tallé burdamente siguiendo el recorrido de las palabras.

Media hora después, regresé al banco junto a mi amiga. Rosita me había observado desde lejos y no se había acercado. Pero también era una mujer curiosa y no pudo evitar levantarse, avanzar por el camino de grava y enterarse de qué diablos había estado haciendo.

La oí reírse a carcajadas cuando descubrió la inscripción en la lápida. Porque aunque el tornado que había dominado mi vida ya había parado, yo todavía necesitaba expresar mi ira, dejar bien claro que era una luchadora y que jamás dejaría de serlo. Rosita, que había desfilado a mi lado en cientos de manifestaciones, sabía que nunca me iba a quedar callada. Pero creo que ni ella se esperaba lo que se encontró:

GENERAL ENRIQUE CLAVIJO, 1898-1990
AQUÍ YACE UN VALIENTE
GUERRERO LEAL Y FIRME
POR ESPAÑA LUCHÓ
HONRADO DESCANSA

Pero el epitafio anterior había sido tachado y en su lugar podía leerse:

AQUÍ YACE UN ASESINO
CONDENADO AL OLVIDO
POR UNA SUBVERSIVA
POR LA PUTA ESPÍA ROJA

4

La vejez

El retorno de la poesía (1993-2002)

Y un día regresó la poesía. De niña había sido mi compañera, el lenguaje del alma que siempre tenía explicaciones para todo, desde el murmullo de las aguas al trinar de los pájaros. Cuando me convertí en espía comenzó a desvanecerse. Mientras cazaba nazis se terminó de desdibujar. Finalmente, cuando fui una persona cualquiera, absorbida en la espiral de la vida diaria como hija, esposa y madre, la poesía se convirtió en un recuerdo, un sueño lejano.

Pero cuando llegué a la séptima década de mi vida todo se desaceleró, las cosas volvieron a la quietud de antaño y la poesía anidó en cada uno de los silencios y las pausas de la existencia.

Creo que la poesía terminó de dar un brinco y se apoderó de mi espíritu el día que decidí visitar el almacén de los recuerdos.

—¿Qué demonios es el almacén de los recuerdos? —preguntó Rosita cuando entramos en el piso de mis padres en la calle del Alcalde Sainz de Baranda.

Llevaba cerrado desde que murió mi madre y había

nidos interminables de telarañas en el techo de escayola. El suelo de mosaico parecía de color negro o gris, o vete tú a saber.

—He decidido vender este piso y financiarme unos cuantos viajes. Quiero disfrutar de la jubilación.

—Ah, muy bien. Pero sigo sin entender lo del almacén de los recuerdos.

Abrí una puerta al fondo del salón. Chirrió como si detrás hubiese alguien arrastrando cadenas. Estaba cerrada desde mucho antes de que faltase mi madre.

—Mi madre lo guardaba todo. De cada época de nuestra vida tenía cajas con recuerdos. Las fue amontonando en cada ciudad, en cada traslado. Antes de vender el piso quiero abrirlas y decidir qué hago con ellas.

En el primer grupo de cajas, a la izquierda, estaban los recuerdos de Castro Urdiales, fotos en la playa con Miguel de Unamuno, mis tíos, mis padres, y de una niña llamada Marina que contemplaba formas sin forma emerger del océano. Y había algo más:

—¡Mira, Rosita! ¡Son mis libros de Rubén Darío! ¡Y los de Julio Verne!

Estaban en un estado lamentable, con las páginas amarillentas y gastadas. Pero aún se podían leer.

—Los de Darío los pondré en las estanterías de mi salón —anuncié—. Los de Verne los voy a vender o a donar.

En otro grupo de cajas estaban los recuerdos de Torrelavega. Más fotos, esta vez de nuestra casa, del rosal que plantamos, del salón, de cuando éramos felices. Antes de que vinieran los monstruos. Encontré doblado y muy bien preservado el vestido azul que mi madre llevaba el día que conoció a mi padre. Casi me echo a llorar cuando lo vi.

Rosita me distrajo:

—¿Qué es esto? —preguntó.

Había un cofre dentro de la caja, algo guardado con sumo cuidado, como si fuese valioso. Cuando lo abrí, acudieron por fin las lágrimas a mis ojos.

—¡Es el carrusel musical que me regaló mi tío Ernesto!

No había pensado en él en cuarenta años. Los recuerdos estallaron en mi mente al contemplar la madera color caoba y las flores talladas en la base. Los tres caballos de color violeta estaba despintados pero seguían siendo preciosos. Acaricié sus crines como antaño y giré la manivela. Aún estaban vivos y comenzaron su graciosa danza al son de aquella canción entre jazz y swing.

Me puse muy contenta y luego algo triste, porque recordé que el mismo día que mi tío me lo dio hallamos los cuerpos sin vida de Felipe y de Venancio.

—Ay, las dos Españas otra vez —dije en voz alta.

De cualquier forma, decidí que mi primer viaje sería a Torrelavega.

—¿No vamos a abrir todas las cajas? —se extrañó Rosita.

—No. Quiero dilatar en el tiempo los secretos que contienen. Así durarán más. Los primeros recuerdos me empujan hacia el norte. Ya veremos a qué lugar me empujan los siguientes más adelante.

Era, en cualquier caso, un buen momento para volver a Cantabria. Mis primos, los hijos de mi tío Ernesto, habían regresado hacía pocos meses de Rusia y se habían instalado en Torrelavega. Ahora Piedad la pequeña era sencillamente Piedad, y Enriquito y Francisquito eran Enrique y Francisco.

—¿Quieres pasar por vuestra casa? Está bastante bien conservada. Sus nuevos dueños... —comenzó a decir Piedad, que andaba con un bastón y cojeaba ostensiblemente.

—No quiero saber nada —la interrumpí—. Lo último que me apetece es regresar a un lugar que ya no es de mi familia. Intento preservar el recuerdo de nuestra casa tal y como era. No permitiré que la realidad empañe mi fantasía.

Piedad se pasó una mano por sus blancos cabellos. Paseábamos por su finca en Viérnoles. Sin prisas, sin obligaciones. Sus dos hermanos iban a pocos pasos, charlando con Rosita. Porque mi amiga me había acompañado, en segundo plano, callada casi siempre, pero indefectiblemente a mi lado.

—Eres la de siempre. No has cambiado nada —dijo Piedad.

—Oh, te equivocas. He cambiado muchísimo. Pero sigo siendo la misma persona. Todo lo que perdí por culpa de los hombres y sus guerras, me enseñó que una puede aceptar cualquier derrota, salvo que te quiten tu identidad. Así que sigo con mis ideas y luchando, siempre luchando… ¿pero cambiar? He cambiado mil veces para seguir siendo fiel a mí misma.

Piedad me entendió. Ella había perdido tantas cosas como yo o más. Incluso perdió su patria durante más de cinco décadas. Pero a pesar de todos los cambios que había tenido que sufrir o afrontar seguía siendo mi prima, una luchadora como yo. Siempre fuimos muy parecidas.

—He organizado una fiesta para celebrar nuestro regreso —me dijo—. Supongo que vendrás.

—No me la perdería por nada del mundo.

Por la tarde nos reunimos la mayor parte de la familia: hermanos, hijos, nietos, españoles y rusos. Lloramos y reímos evocando el pasado, ellos me contaron historias increíbles de la odisea de unos niños españoles en la URSS y yo correspondí con algunas historias de espías y cazanazis. Nos sorprendimos los unos a los otros, nos abrazamos y juramos vernos a menudo. Así lo hemos hecho desde entonces, cada año, sin falta.

—¿Qué cajas de recuerdos abriremos ahora? —quiso saber Rosita en el tren cuando volvíamos a casa.

—Ahora toca Madrid, San Sebastián y Segovia, supongo.

Mi madre había escrito el nombre de la ciudad en el lateral de cada caja con su caligrafía ampulosa y redondeada. Unas horas más tarde, las estaba abriendo esperanzada, pero de primeras me llevé una desilusión. La época de Madrid fue triste, con mi madre vendiendo sus joyas y buitres como Emérito del Rincón comprando pendientes, broches y voluntades.

—El maldito usurero se quedó con las mejores piezas de mi madre —dije soltando un resoplido.

Rosita tenía una noticia al respecto.

—¿Sabes que murió hace un mes?

—¿Emérito del Rincón? ¿Estás segura?

—Sí. Hemorragia cerebral. Nadie ha reclamado su cuerpo. Me lo dijeron las enfermeras de la residencia. No saben qué hacer con él. Creo que irá a la fosa común del cementerio más cercano.

—Es lo que se merece.

No me alegré de su muerte como otras veces en las que había fallecido uno de mis enemigos. Era tan poco importante que lo olvidé de inmediato, tan pronto abrí la caja de San Sebastián. Era una ciudad que me traía buenos recuerdos, allí nos sentimos seguras por primera vez desde que terminó la guerra. Pero en la caja apenas había nada, unas conchas de mar que yo había recogido en la playa y unas cuantas cartas de nuestra casera, que acabó convirtiéndose en una buena amiga y nos escribía cada 20 de enero coincidiendo con la fiesta grande, la Tamborrada. También encontré algo de ropa.

—A veces un lugar maravilloso deja pocos rastros —dije.

De la época en que yo estaba en Segovia y mi madre en Quitapesares tampoco había nada digno de mención. Meses tristes en un país que pasaba mucha hambre.

—Entonces ya trabajaba para la resistencia francesa. Subteniente de la Francia Libre, nada menos —le expliqué a Rosita.

Mi amiga sonrió levemente, distraída. Estaba intentando coger una caja que se encontraba al fondo, apartada del resto. Me sorprendió que en un lateral pusiese MADRID. Ya habíamos abierto hacía un rato las cajas de Madrid.

—Ah, ya sé lo que es —dije soñadora cuando cedió una de las tapas—. Aquí está todo lo que queda de mi estancia en Madrid cuando trabajaba con Santos, Jiménez y Vela, mis compañeros de la Base España.

Había carnets, permisos de jefes de la Falange que me permitían moverme por España y hasta un documento oficial (todo más falso que una moneda de cuatro pesetas) que explicaba que yo era experta en lengua de signos y debía trasladar con urgencia a un sordomudo a Madrid.

—Fue una época excitante, aunque en su momento, en ocasiones, me pareció aburrida. No era consciente del peligro. O no lo suficiente —murmuré, montada en las alas de la retentiva.

—¿Y qué es esta tela?

Rosita sacó un trozo de paño gris. No supe qué era hasta que vi los lazos de seda.

—¡Dios mío! Es mi pamela. La llevaba para parecer mayor. Piensa que tenía diecisiete o dieciocho años y debía pasar por una mujer de entre veintiuno a veinticinco dependiendo de la misión. Así que me ponía este sombrero con alas, como una dama respetable de buena familia.

Aquello me dio una idea. Nuestro siguiente viaje sería a los lugares donde me disfracé de adulta. Así que fuimos a Madrid, a San Sebastián, a Pamplona y a varias ciudades más. Nuestro tour terminó en la frontera francesa. Caminamos un par de horas por el monte Larrun hasta que encontré el lugar que andaba buscando. Le indiqué a mi amiga con un dedo un recodo del río Bidasoa:

—Allí estaba el puesto de guardia de Biriatou, y allí murió Santos, mi jefe en la Base España.

Rosita me vio emocionada y me palmeó el hombro. No dijo nada.

—La última vez que estuve aquí había muchas más aves, infinidad de garzas y martinetes, martines pescadores y otras especies. Incluso eso ha cambiado.

—Todo cambia, Marina.

—En eso tienes razón.

Un mes después hice un último viaje al almacén de los recuerdos. Esta vez sola.

—¡Ay, los abrigos de piel! —dije al abrir una caja que no tenía nada escrito en el lateral.

Allí estaban los abrigos que compró mi madre, los que nos poníamos en casa para sentirnos unas señoras, para recordar que, a pesar de que nos lo habían quitado todo y del desprecio de los vencedores de la guerra, éramos unas personas decentes.

—Las polillas y la humedad han acabado con vosotros, amigos míos —dije al contemplar el estado en el que se hallaban.

Estaban agujerados, ennegrecidos y apestaban. El correr de los años es un mal enemigo, incluso para los objetos inanimados.

Aunque seguí buscando en el almacén de los recuerdos durante un rato más, no encontré nada que me interesase salvo un montón de papeles, que guardé para revisarlos más tarde. Después limpié el piso, lo puse a la venta y coloqué los libros de Rubén Darío y el carrusel musical junto al resto de mi biblioteca, en las estanterías del salón.

Entonces la poesía regresó a mi vida. Fue Rubén Darío quien me la trajo, quien me condujo a la niña fantasiosa que fui una vez.

Y descubrí poesía en el rostro de mi nieta María, que iba a celebrar su veinte cumpleaños. Organizamos una fiesta para la ocasión y había poesía en cada rincón: en las risas y la alegría compartida de mi familia, en la tarta adornada con esmero, en las velas que ella sopló con entusiasmo y hasta en nuestra ronca y desafinada interpretación del *Cumpleaños feliz*.

Mi hija me abrazó cuando me despedí.

—Tienes que venir más. Y contratar a una chica para que te ayude en las faenas de la casa o para no estar sola.

—No estoy sola. Tengo a Rosita.

La poesía me hizo disfrutar aún más de aquel momento, pues aprecié una belleza sublime en la preocupación de Laura, en el instante efímero en que me miró a los ojos y me dijo:

—Te quiero, mamá.

—Yo te quiero aún más, hija.

Mientras caminaba de vuelta a mi piso me sentí sabia, completa, como si el vaso medio lleno de mi padre no solo rebosase, sino que fuese imposible llenarlo más. Estaba colmado de experiencias y de momentos magníficos.

«Has vivido una buena vida», me dije cuando atravesaba el parque del Retiro en dirección a casa.

Si hubiese muerto aquella misma noche, no me habría quejado. Mi vida ya había dado la vuelta a un imaginario círculo de causas y efectos.

Pero al día siguiente me desperté y comprendí que debía hacer algo más con mi vida. Decidí leer un poco de poesía y tomé uno de los viejos libros de Rubén Darío.

Después me senté a ver pasar el tiempo, expectante ante el siguiente capítulo que me deparaba la existencia.

Siempre vuelven (2003-junio de 2011)

La poesía no siempre es suficiente. La edad nos enseña que en ocasiones nada puede contra el mal tiempo, que siempre encuentra la forma de regresar para aplastar con su fuerza arrolladora cada rastro de poesía, cada chispa de belleza y esperanza que intentamos conservar en nuestros corazones.

Porque las tormentas siempre vuelven. Da igual que aprendamos a construir mejores defensas, refugios emocionales más seguros, al final consiguen descargar su furia contra nosotros.

Por eso, cuando una es vieja, sabia y está un poco de vuelta de todo, aprende a no enfadarse cuando la tempestad asoma por el horizonte. Aprende a sobrellevar la tormenta y a disfrutar de los momentos de calma. La familia, los seres queridos, una buena amiga como Rosita, deben ser el centro de nuestra vida cuando la quietud se instala. Los ancianos sabemos generar buenos recuerdos que nos alimentan en los días de zozobra.

—He estado buscando algo nuevo que hacer —le dije

un día a Rosita—, algo que ocupe mi tiempo: una última lucha. Si sigo parada, disfrutando de cada instante sin plantearme retos ni alternativas, creo que mi cuerpo se detendrá.

—¿Se detendrá?

—Sí. Necesito una razón para vivir, para levantarme cada día de la cama. Porque a veces no tengo ganas, y eso me asusta.

Me daba la sensación de que Rosita ya estaba harta de escucharme. Ambas teníamos más de ochenta años y nuestra paciencia había disminuido.

—Marina, tienes una hija preciosa y una nieta aún más preciosa. Pronto tendrás bisnietos. Yo creo que es bastante razón para levantarte de la cama. Además, están tus primos de Bilbao y de Torrelavega y…

—Y a ti, también te tengo a ti.

—Pues eso. Lo tienes todo. Deja de pensar en el pasado.

—No puedo, Rosita. Quiero que rehabiliten a mi padre y a mi tío Ernesto, quiero que se declaren nulos los juicios contra ellos, que sean exonerados y que su memoria quede limpia.

Había decidido comenzar una nueva cruzada. Si la lucha por la democracia ya estaba superada, había que buscar nuevos retos. Entre los papeles de mi madre había encontrado las actas del juicio de mi padre. Y había pedido a Piedad las actas del juicio y del fusilamiento del tío Ernesto. Aquellas dos injusticias me daban fuerzas para seguir. No muchas, pero al menos me mantenían en pie.

—¿Y qué harás luego, cuando consigas rehabilitarlos?

—Luego habrá que luchar por la memoria histórica, por una ley que de verdad ponga las cosas en su sitio, y buscar todos los cadáveres que están enterrados en fosas comunes y...

—¿Y luego?

Alcé los brazos.

—Y luego vendrán otras luchas. Los fascistas ponen piedras y nosotros las quitamos. Así funciona el mundo. Siempre habrá alguna injusticia que haya quedado atrás. El Valle de los Caídos habría que echarlo abajo, sacar de allí al Caudillo, qué sé yo... lo que sea.

Ser de izquierdas conlleva estar siempre en movimiento. Si te paras, si dices «el mundo está bien», no puedes seguir siendo de izquierdas. Así es como mucha gente se hace conservadora en la vejez. No es porque hayan dejado de tener ideas progresistas, sino porque se han cansado y ya no quieren moverse. Todo les da igual. La apatía es el cáncer de la izquierda, no solo de las ancianas con el cuerpo cansado y superada la fecha de caducidad.

—Tal vez tengas razón —dijo Rosita, que tras la muerte de su madre, y en parte también debido a la artrosis, había comenzado a dejarse llevar por esa misma apatía.

Si no fuese por mi influencia, probablemente ya no iría a manifestaciones ni a mítines. Puede que ni saliese de casa.

—Quiero decirte una cosa, Rosita querida. Dios me dio el don de ser roja, masona y republicana. Ya que me concedió tan graciosas virtudes, no voy a desaprovecharlas ahora que soy una vieja cascarrabias. Así que seguiré siendo la misma mujer de siempre. No me queda más remedio.

Rosita asintió. Había citado a Dios, en quien no creía ni dejaba de creer, para que ella entendiese la firmeza de mis argumentos. Mi amiga cerró los ojos un instante. Había veces que se quedaba así, o mirando al cielo o a ninguna parte. Entonces yo le daba un golpecito en la rodilla y la despertaba de su ensoñación.

—Yo también soy como tú, Marina —dijo entonces—. Lo que no tengo tan claro es que mi cuerpo quiera seguir siéndolo. Estoy cansada y te entiendo cuando dices que necesitas una razón para seguir. Pero yo no. Creo que es mejor me vaya a casa.

Se levantó a duras penas y se alejó apoyada en su bastón. Aunque era dos años menor que yo, últimamente no se encontraba nada bien. Me quedé preocupada y no me faltaban motivos. Cuando llamé por la tarde a su casa, me respondió su nuera, que la estaba cuidando desde hacía unos meses.

—Iba a llamarte justo ahora. La pobre Rosita, ay, la pobre Rosita…

Había sufrido un desmayo. Casi se muere. Salió adelante pero el médico nos dijo que no le quedaba mucho de vida. Le fallaba el corazón, y no había repuestos para un corazón tan grande y tan perfecto. Tal vez tampoco para el mío, porque yo tomaba pastillas para el corazón desde hacía mucho tiempo.

Mientras Rosita estuvo en el hospital me sentí muy sola. Mi hermana estaba en una residencia en el País Vasco y no la había visto en cinco años, pero la llamaba de cuando en cuando. Mi hija me visitaba los fines de semana, mi nieta cada mes. Y pasaba con ellas todo el verano. Pero no me hacía a la idea de seguir cuando Rosita faltase.

—Vente a vivir conmigo —dijo Laura.

—No.

—Podría contratar a una chica fija, que esté contigo las veinticuatro horas.

—No.

—Eres una cabezota.

—Sí, eso es verdad.

Y ahí quedó la cosa.

Una semana después fui a ver a Rosita a su casa. Acababa de regresar del hospital. La encontré pálida, ojerosa, lanzando miradas lastimeras como un perro vagabundo. Estaba sentada en un sofá, cubierta por una mantita a cuadros.

—¿Crees que somos pareja? —le pregunté cuando ya habíamos agotado los temas habituales: el tiempo, los hijos, lo cara que se ha puesto la cesta de la compra, cosas de esas.

Rosita se quedó boquiabierta.

—¿Pareja? No, por Dios. No hacemos eso.

—Si te refieres al sexo, ya sé que no lo hacemos. Tampoco creo que pudiésemos. Pero no estoy hablando de sexo.

—¿Entonces de qué hablas?

Me rasqué la barbilla. Trataba de buscar las palabras exactas.

—Hablo de que somos viudas desde antes de la muerte del Caudillo. No hemos vuelto a salir con nadie. Nos vemos todos los días. Hemos pasado más tiempo juntas que muchas parejas que conozco.

Rosita estaba más sorprendida que incómoda con la conversación.

—Visto así, podría decirse que somos pareja. Nos hacemos compañía y... bueno, podemos llamarlo como queramos. ¿A quién le importa más que a nosotras?

De pronto me sentí obligada a decirle lo que de verdad rondaba por mi cabeza.

—No quiero quedarme sola. No quiero sentir otra vez lo que sentí cuando murió Javier. No podría aguantarlo, Rosa.

Nunca la llamaba Rosa. Solo para captar su atención cuando algo era extremadamente importante.

—Una tendrá que morir antes que la otra —me dijo cogiéndome la mano—. Nos queda el consuelo de saber que la que sobreviva, no lo hará por mucho tiempo. Y luego nos reuniremos en el cielo.

Rosita no era una beata, pero era creyente. El tema del cielo y el infierno, de la otra vida, salía cada vez más en nuestras conversaciones. Como para todos los viejos, era un asunto que cobraba importancia según pasaban los años. Los egipcios también creían que al morir nos reuníamos con nuestra familia en la otra orilla de la vida, el Bello Occidente. Ojalá pudiera estar segura de que unos u otros estaban en lo cierto.

—Yo no tengo claro si hay cielo o infierno u algo semejante —reconocí—. Alguna vez lo he hablado con mi hermana, que como tú cree en esas cosas. Yo no sé lo que hay. No digo que no haya nada. Solo que...

—Hay algo, Marina. Tampoco yo sé lo que es. Pero algo nos espera.

—Ojalá pudiera creerlo.

Me apretó los dedos con sus manos agarrotadas y cubiertas de arrugas.

—Llegado el momento, yo creeré por ambas.

A la mañana siguiente me pasé por el cementerio de la Almudena. Últimamente iba mucho. Vagaba entre las mudas sepulturas, como buscando alguna cosa. No sé el qué. Era como si la tierra me reclamase.

Aquel día estaban enterrando a una señora diez años más joven que yo. Fue una ceremonia breve, triste y emotiva, pero apenas presté atención. Por primera vez descubrí lo que era la apatía. Por primera vez tuve la sensación de que todo me daba igual, de que ya había visto a muchos cuerpos desfilar en el río de mi imaginación y los cadáveres se amontonaban sin orden ni concierto. No quería vivir hasta los cien años y acabar viendo a más seres queridos fallecer.

No quería morir después de Rosita.

Pensando en todas estas cosas, fui caminando sin rumbo entre las hileras de nichos y tumbas. Al final me encontré con la lápida del general Clavijo.

—Vaya, hacía tiempo que no venía a verte —dije.

No me sorprendió descubrir que aún estaba mi inscripción. Aunque el rojo del pintalabios se había desvanecido hacía años, el texto labrado se mantenía. Nadie se había encargado de arreglar la lápida o de sustituirla.

—Se han olvidado de ti, genocida. No hablamos esta vez de uno o dos años de olvido. Se han olvidado de ti definitivamente. Tú dijiste que los tuyos te recordarían, que te tendrían en un pedestal porque habías sido alguien importante. Esos hijos de los que hablabas, esos nietos, todo el respeto que te tenían... todo eso no era respeto, era miedo. Cuando desapareciste, el miedo se esfumó y no quedó nada.

Había visto con mis propios ojos cómo trataba a sus subalternos, a gritos y a bofetadas. No era difícil suponer que habría tratado a los suyos de la misma forma, como si fuesen soldados y él su instructor. Ese tipo de relación no genera un afecto duradero.

Tomé asiento en un banco de piedra justo delante de la lápida. Era el mismo en el que se sentó Rosita mientras yo vandalizaba la tumba.

—Ay, qué malos somos los subversivos, ¿eh, general? Solo te recuerda la espía roja. Y pronto ni siquiera yo —murmuré al viento—. Entonces ¿qué será de ti? A esos republicanos que mataste en Badajoz, a los de las cunetas, a todos los enemigos de tu patria... sus familias los siguen buscando y los recuerdan, pero tú no eres nada, eres humo. ¿Escribirán libros sobre ti o sobre mí, general? ¿A quién crees que recordarán las generaciones futuras? ¿Apostamos algo?

Me alejé lentamente, estaba muy cansada, y me fui a casa a dormir.

Aquella noche soñé que era poesía, que cada experiencia de mi vida era un verso, que me asombraba con cada figura retórica y cada metáfora junto al lector. Soñé que era un poema y que mil voces cantaban mis estrofas. Me alegré de que mi canción se amoldara al tono de tantos hombres y mujeres.

Me desperté con una sonrisa en los labios.

Una vez en el salón, me senté en mi mecedora y encendí la radio. Un político de derechas hablaba de reducir impuestos (a los ricos, claro), de competencia y libre mercado (para que el Estado no intervenga en los negocios de los ricos y estos puedan hacerse aún más ricos), de libertad de elección en la educación (para que los niños ricos vayan a colegios donde se les inculquen valores católicos y conservadores) y, en general, de reducir la intromisión del Estado en la vida de los ciudadanos (para que los pobres no reciban ayudas económicas y los ricos sigan campando a sus anchas).

No dejaba de sorprenderme que los valores de la derecha fuesen tan obvios, que nada hubiese cambiado desde los años treinta, y que la gente de la calle siguiese votando a unos políticos que ni siquiera disimulaban que gobernaban para las élites.

Harta del discurso, cambié de emisora y, finalmente, apagué la radio. No había nada que me interesara. Porque yo nunca he pretendido ser una oyente imparcial, ni siquiera una narradora imparcial: nada de cuanto he contado trata de serlo. Soy una mujer de izquierdas y mi historia está narrada desde el punto de vista de alguien que busca que la sociedad progrese, no que se estanque.

En la política, sea de izquierdas o de derechas, por desgracia no hay poesía. Y yo ya era toda poesía, sabiduría y distanciamiento. Me pregunté si la vejez no sería acaso una composición poética, un soneto español, o un rondel francés, o casi mejor un haiku, tres versos nada más, que en mi caso resumirían la infancia, la madurez y la senectud de alguien que se apaga.

Decidí que pasaría el resto del día leyendo, buscando un adarme de pasión y belleza que otros poetas hubieran creado. Caminé hacia mi biblioteca, bastante bien surtida. Acaricié cada balda de la estantería del salón, el lomo de varios volúmenes sobre el antiguo Egipto y los caballos de mi viejo carrusel musical. Me detuve cuando comenzó mi colección de poesía.

Rubén Darío fue el primer poeta del que me enamoré; pero ahora prefería a Alberti, Lorca, Miguel Hernández, Neruda, Vicente Aleixandre y, especialmente, Mario Benedetti. Uno de sus poemas últimamente me daba vueltas en la cabeza. Siempre que lo leía, me acordaba de la casa de Torrelavega que nos obligaron a abandonar.

ELEGIR MI PAISAJE

Si pudiera elegir mi paisaje
de cosas memorables, mi paisaje
de otoño desolado,
elegiría, robaría esta calle
que es anterior a mí y a todos.

Ella devuelve mi mirada inservible,
la de hace apenas quince o veinte años
cuando la casa verde envenenaba el cielo.
Por eso es cruel dejarla recién atardecida
con tantos balcones como nidos a solas
y tantos pasos como nunca esperados.

Entiendo este poema, y el paisaje que lo titula, como el recuerdo de la calle de Torrelavega donde estaba la casa que habité, el otoño como melancolía por la pérdida de nuestro hogar, la calle y la mirada inservible que son testigos del tiempo pasado desde entonces. Solo le faltaba al poeta hablar del rosal junto a la glorieta del jardín. Si lo hiciera, pensaría que los versos los había escrito yo o que en sueños se los dicté a alguna musa que fue a visitar en la noche a su autor.

Estaba aún leyendo y fantaseando cuando alguien llamó a mi puerta. Dejé el poema a medias y fui a abrir. Resultó ser una joven de catorce años que respondía al nombre de Carol. Una joven que accedió a ser la taquígrafa de mis memorias.

Esto nos lleva al momento presente. Soy una vieja algo egoísta que no quiere quedarse sola ni ver morir a más gente a la que ama, una vieja testaruda metida aún en la lucha por un mundo mejor y decidida a rehabilitar el buen nombre de su familia. He sido testigo de muchas otras luchas, algunas vencidas, algunas perdidas.

Estoy agotada.

Aprovechando mi debilidad y mi hastío, el mal tiempo ha encontrado la forma de regresar. Lo siento en los huesos.

A veces pienso que me he convertido en un fósil viviente, pero haciendo un repaso al conjunto de mi vida creo que puedo estar satisfecha porque siempre me he enfrentado al mal tiempo y he salido airosa.

Porque aun sabiendo que la adversidad iba a volver, seguí luchando para disfrutar de este respiro en la tempestad. Y por eso he atesorado cada instante con los míos. Los he besado, los he amado y ellos saben que los quiero. Sé que no me olvidarán.

Me llamo Marina Vega y soy roja, masona y republicana. Eso es todo lo que soy, todo lo que quise ser. Y podéis creerme... con eso me basta.

La verdad nos alcanza
al final del camino

«Con eso me basta», ese es el final de mi historia. Parpadeo varias veces. Trato en vano de enfocar la vista. Mi salón está borroso, lejano, como al final de un túnel. Solo la voz de Carol me devuelve a la realidad.

—Me ha encantado la historia de tu vida, Marina. Muchas gracias.

—¿Has tomado nota de todo?

—De todo. Hasta la última palabra.

Carol coge su libreta y se levanta.

—Hay otra cosa que quiero preguntarte, muchacha.

—Dime.

—¿Eres la hija de mis vecinos, los del primero segunda?

—No.

—¿Quién te contrató para que te dictase mis memorias? Porque no fue mi hija, se lo he preguntado.

—No me ha contratado nadie. Vine a buscarte y cuando llamé a tu puerta me preguntaste si podías dictarme tus memorias. Yo te dije que sí y me dejaste pasar.

Tuerzo el gesto, preocupada.

—¿Viniste a buscarme? ¿Para qué?

El rostro de Carol se torna sombrío. Tengo la sensación, una vez más, de que la he visto antes. No una vez sino muchas. Es alguien que conozco. Se parece a alguien de mi pasado. Tiene que ser familia de... ¿de quién si no es de aquel maldito nazi de la Gestapo? ¿De Jiménez? ¿De Santos? No. No. ¡No! Lo tengo en la punta de la lengua. Ella es... Carol es...

El sonido del teléfono me saca de mi ensoñación. Abro los ojos. Me estiro y cojo el aparato. Le doy la espalda a Carol y bajo la voz.

—¿Sí? ¿Dígame?

—Soy yo, Vela.

—Dime qué has averiguado sobre ya sabes quién. Precisamente la tengo aquí a mi lado. Ha reconocido que no es hija de mis vecinos y que vino a buscarme hace cuatro días. Aún no ha dicho para qué. Quiero obligarla a que me diga la verdad.

Vela se sorprende.

—¡Qué raro! Tengo a un hombre delante de tu casa. Lleva ahí varias horas. Nadie ha entrado en tu edificio. Nadie que encaje en la descripción.

Mi amigo ha cambiado. La ira ya no lo domina, no lanza exabruptos ni exclama «recontracojones». También es un viejo sabio. O sencillamente... un viejo.

—Pues entonces tiene que venir de dentro del edificio —concluyo tras una breve reflexión—. ¡Y por eso me sonaba su cara! Debe ser la hija de los del quinto. O de los del tercero. Son los únicos con edad de tener hijos de catorce años. El resto son demasiado jóvenes o, como yo, demasiado viejos. A menos que sea una nieta o...

Vuelvo la vista. Carol no está.

—Un momento, Vela.

La busco con la mirada, confundida. No la veo por ninguna parte. La llamo por su nombre. No hay respuesta. Acto seguido, me levanto y reviso cada habitación, cada rincón. Abro armarios, miro debajo de la cama, hasta en la ducha del baño. Vuelvo a mi mecedora y cojo el teléfono de la mesita.

—Se ha ido. Llevo desde las doce hablando con ella. Estaba algo rara, creo que sospecha algo. Mientras hablábamos por teléfono se ha escurrido por el pasillo y ha salido sin hacer ruido. No está.

—¿Has estado con ella desde las doce hasta ahora?

—Exacto.

—Voy a consultar algo con mi hombre. Lo tengo en la otra línea, te pongo en espera.

Esta vez es a mí a quien le toca aguardar. Estoy nerviosa. Tomo un sorbo de té. Está frío.

—Hola de nuevo, Marina. Hay una cosa muy extraña que quiero comentarte.

—Sí, dime.

Cuando Vela me lo cuenta, lo comprendo todo de golpe. Como si me hubieran dado una patada en el plexo solar o en la boca del estómago. Estoy en estado de *shock*, anonadada. Pero consigo reaccionar.

—Ya está todo aclarado, amigo. Gracias.

—Pero, Marina… Ahora soy yo el que no comprende…

—No, no, Vela. No hay nada que entender. Me has hecho un gran favor. Y creo que no fui justa contigo. Debí llamarte hace mucho tiempo para retomar nuestra relación. Eres alguien con una moral distinta a la mía pero eres de fiar. Eso es lo más importante de todo. Te fallé. No supe ver que siempre fuiste de la familia. Lo siento.

—Gracias, Marina. Lo que has dicho significa mucho para mí.

Al otro lado de la línea escucho una voz que se rompe, una voz que no puede añadir nada más. Es la voz un hombre solo cuya única amiga le dio la espalda hace seis décadas. Es imposible imaginarse a alguien más solitario que Vela, alguien que no ha podido abrirse ni confiar en nadie desde que terminó la Segunda Guerra Mundial. Yo misma estuve a punto de ser como él, siempre dudando de todos, siempre sentándome de espaldas en los bares para ver a un posible agresor que viniera a matarme. Por suerte, Javier, Rosita, mi familia paterna y luego Laura y María me devolvieron al mundo de los vivos. Pero Vela es y será siempre un espía, un maldito muerto en vida. Pero es mi muerto en vida.

Le pido perdón de nuevo por el largo e innecesario compás de espera en nuestra relación. Luego nos despedimos. Y me quedo sola con mi té y mi propia condena.

Camino pesadamente hasta la cocina. He decidido preparar mi famoso guiso de ternera cántabra con arroz. Una delicia. Es mi plato favorito. Mientras corto la carne en dados pequeños y los sazono con sal y pimienta, pienso en lo hermosa que ha sido mi vida. Recuerdo los rostros de Juanito, de mi padre, de mi madre, del tío Ernesto, de todos los que se han ido. Cada uno forma parte de mi memoria y les digo cada día «te quiero» desde el pedazo de mi alma que se llevaron con ellos.

Echo la carne en una olla grande y me pongo a cortar las verduras en trozos pequeños: cebolla, zanahoria, pimiento y ajo. Una vez se ha dorado la carne, agrego las verduras a la olla y las salteo. Lo dejo hervir una hora y la casa se llena con el aroma delicioso del guiso. Cuando me sirvo un plato caliente, nuevos recuerdos se agolpan en mi mente. Y hago las paces con todos ellos, con los buenos y los malos.

Con la barriga llena, vuelvo al salón. Cojo el teléfono y llamo a mi hija, a mi nieta, a mi hermana, a mi familia en Bilbao, en Torrelavega, a Rosita y a toda mi gente. Sonrió sin parar aunque nadie me vea. Mi cara sin duda refleja paz y satisfacción: si pudiera, abrazaría a cada uno de ellos.

—Te agradezco el tiempo que hemos compartido juntos —digo al final de cada llamada. Y añado, al igual que hice con aquellos que ya no están—: Te quiero.

Ya no me cuesta decir esas palabras: «Mi amor», «cariño», «mi vida». Si Javier pudiera verme, estaría muy orgulloso.

Terminada la última llamada, me quedo sentada en mi mecedora. Me balanceo. Inspiro aire lentamente. Cierro los ojos.

—¿Ya sabes quién soy?

Mi visitante ha vuelto. Y sí, ya sé quién es. La he visto muchas veces en el río que arrastra a los que se fueron. La he visto junto a Felipe, Venancio, Juanito, Santos y tantos otros.

—Eres Carol. Carolina, claro. O, sencillamente, Lina.

La recuerdo en un charco de sangre, en la entrada del Liceo Sorolla. Las bombas se la llevaron. Podría haber sido yo, pero le tocó a ella. Así de caprichosos son los hados.

—No soy Lina. Bueno, sí lo soy. Más o menos.

La entiendo. Lina es parte de ella, pero ella es mucho más. Estoy delante de la dama más poderosa del universo. Ha sido todo un detalle por su parte no venir vestida de negro y con una guadaña. Tal vez sabía que odio los gestos teatrales y la ostentación.

—¿Lo soñé todo? Porque Vela me ha dicho que las dos horas que hablé contigo estuve dormida en mi mecedora. Su hombre me vio claramente desde la calle.

Carol frunce el ceño.

—Era necesario que nos encontrásemos antes de emprender tu último viaje. Vine varias veces mientras dormías, pero aún no estabas lista. Cuando lo estuviste, debías hacer examen de conciencia. Todos deben hacerlo. Aunque tú tenías mucho más que contar que la mayoría y tuve que regresar en varias ocasiones para que completaras tu historia.

Las explicaciones sobran. Es hora de emprender ese viaje y no me gustan las despedidas largas. Así que me levanto y digo:

—¿Cómo será?

—Derrame cerebral. Ya no vas a despertarte.

Me muerdo el labio inferior. Tengo miedo. ¿Quién no lo tendría? Pero me rehago, como he hecho siempre, como cuando tuve que exiliarme a Francia, o cuando vi morir a Roderick, o cuando viajé en un tren de ganado, o cuando crucé el Bidasoa bajo los disparos de mis enemigos, o...

—Dime que no me esperan ángeles ni fanfarrias ni gilipolleces de esas.

Carol no dice nada.

Algo acude a mi mente en ese momento.

—Pero me gustaría encontrarme con mis padres, eso sí. ¿Los veré ahora? ¿Y a Javier?

—Los verás. Vamos, coge mi mano.

—Otra cosa. ¿Habrá una gran luz blanca y todo eso que cuentan?

Mi guía parece algo cansada de tantas preguntas.

—No hay luz alguna. Pero si quieres...

—Sí, pon una luz bien fuerte. Siempre me ha gustado la luz. Es a los fachas a quienes les gustan las tinieblas y el oscurantismo. Y ahora va de camino una roja. Que se note la diferencia.

372

Carol menea la cabeza. Pero se le escapa una sonrisa.

—Se notará, tranquila. Todos se darán cuenta de que llegas. Pondré un foco e iré gritando muy fuerte: ¡Abrid paso, aquí viene la espía roja!

Soltamos una carcajada. Nos cogemos por fin de la mano.

—¿Lista, Marina?

—Lista.

A lo lejos, entre las nubes, hay una figura que flota, un cuerpo, una forma sin forma, una masa que se balancea camino de las alturas.

—Así es la vida de los hombres —dice la Muerte—: un instante, un balanceo y luego os diluís en la nada.

Aguzo la vista. En el cielo, donde habita el azul recóndito, un espectro informe navega al compás del viento. La silueta incierta danza fugaz, baila sobre el horizonte.

El espectro, la forma sin forma, soy yo, dentro y fuera de mí, arriba, abajo y en todas partes.

—¿Ya hemos llegado? —me extraño cuando finaliza el viaje. La sinfonía celeste esculpida a mi alrededor se ha terminado y una fuerza invisible me proyecta hasta el lugar donde debo estar.

¿Dónde me hallo? Estoy frente una casa de altas columnas y elegantes balcones de hierro forjado. Súbitamente, la reconozco y entonces, al volverme, los veo a todos, esperándome. Al principio no me salen las palabras, solo un hilo de voz que poco a poco se va transformando, subiendo de tono, hasta que al final es un grito de felicidad:

—¡Mamá! ¡Has vuelto a plantar nuestro rosal junto a la glorieta del jardín! Está precioso. Es lo más bonito que he visto jamás. Ven a verlo, papá. ¡Ven a verlo!

Nota de la autora

Marina Vega es un personaje ficticio, aunque basado en una persona real: Marina Vega de la Iglesia. La vida de la verdadera Marina fue fascinante. Por desgracia, no hay demasiados datos sobre la misma. La propia Marina dejó en blanco muchos momentos de su existencia. Por ello decidí ser fiel a la voluntad de la protagonista y guiarme por la forma en que cuenta su historia a la hora de reelaborarla para esta novela.

Los nombres de los miembros de su familia que siguen vivos, por respeto, han sido alterados. En cuanto a las personas fallecidas de las que habla en sus entrevistas con nombre y apellidos, sus padres, sus tíos, su jefe en Francia y algunos otros, he conservado los nombres originales y me he tomado pocas o ninguna licencia. Aunque no debemos olvidar que estamos ante una obra de ficción y todo debe encajar, cuando en la realidad, como bien sabemos, pocas veces encajan a la perfección las piezas del puzle. Por ello, buena parte de su vida privada posterior a 1950 también es ficción.

Respecto a aquellos a los que Marina critica o su retrato en la novela es muy negativo, como la familia de su madre, he optado por cambiar nombres y apellidos, aunque ya hayan fallecido. Y en el caso de los que no nombra o cita de pasada (sus compañeros en la Base España, entre otros), me he inventado sus nombres aunque mi investigación me hubiera revelado quiénes eran, y me he tomado alguna licencia más en sus historias para articular la trama. Siempre atendiendo a la verdad. Por ejemplo, la muerte de Jiménez una vez preso de los nazis es verídica. Y la mayoría de lo que se cuenta también lo es, aunque rellenando los huecos, que son muchos, con ficción.

Sobre su época de cazanazis, Marina no explicó absolutamente nada y nunca ha trascendido cuáles fueron sus actuaciones exactas. Por ello, todo lo que se cuenta, aunque basado en un caso real casi idéntico, es ficción.

Y he usado la palabra «ficción» al final de cada párrafo porque esta novela es eso, una reconstrucción «ficcionada» de los hechos. Partiendo de un hecho real y siendo fiel a la voluntad de su protagonista, he escrito la historia de una mujer que merecía ser contada. Con vuestro beneplácito, acaso merezca también ser leída.

Porque Marina fue una mujer increíble. No por ser condecorada por el Parlamento Europeo, no por luchar en la Resistencia, no por las muchas cosas que hizo y que nunca sabremos, sino porque actuó como una heroína en una época en que lo más fácil era callar y bajar la cabeza. Y porque lo hizo sola, sin el apoyo de su familia, que fue diezmada y encarcelada. Marina fue una niña que se lanzó al combate solo con la fuerza de su determinación, que se hizo mujer durante la lucha y que envejeció en el anonimato hasta que fue rescatada por la historia.

Espero de todo corazón que esta novela sirva para rescatar de forma definitiva su figura y que nunca sea olvidada. Porque si alguien merece no ser olvidada es, precisamente, Marina Vega de la Iglesia.

Sofia DeAlma
Oviedo, abril de 2023

«Para viajar lejos no hay mejor nave que un libro».

Emily Dickinson

Gracias por tu lectura de este libro.

En **penguinlibros.club** encontrarás las mejores
recomendaciones de lectura.

Únete a nuestra comunidad y viaja con nosotros.

penguinlibros.club

Penguin
Random House
Grupo Editorial

penguinlibros